I0740329

UN PROTECTEUR POUR BREE

FORCES TRÈS SPÉCIALES : ALLIANCE
TOME 7

SUSAN STOKER

DU MÊME AUTEUR

<u>Autres livres de Susan Stoker</u>

<u>Forces Très Spéciales : Alliance</u>

Un protecteur pour Remi

Un protecteur pour Wren

Un protecteur pour Josie

Un protecteur pour Maggie

Un protecteur pour Addison

Un protecteur pour Kelli

Un protecteur pour Bree

<u>Au Repos du Guerrier</u>

Le Soldat

Le Marin (3 Mars 2026)

Le Pilote

Le Garde-Côtes

<u>Les Anges Gardiens</u>

Un ange pour Laryn

Un ange pour Amanda

Un ange pour Zita (10 Feb)

Un ange pour Penny

Un ange pour Kara

Un ange pour Jennifer

Un soutien pour Henley

Un soutien pour Reese

Un soutien pour Cora

Un soutien pour Lara

Un soutien pour Maisy

Un soutien pour Ryleigh

Silverstone

Pour la confiance de Skylar

Pour la confiance de Taylor

Pour la confiance de Molly

Pour la confiance de Cassidy

Delta Force Deux

Un refuge pour Gillian

Un refuge pour Kinley

Un refuge pour Aspen

Un refuge pour Jayme

Un refuge pour Riley

Un refuge pour Devyn

Un refuge pour Ember

Un refuge pour Sierra

Forces Très Spéciales : L'Héritage

Un Sanctuaire pour Caite

Un Sanctuaire pour Brenae

Un Sanctuaire pour Sidney

Un Sanctuaire pour Piper

Un Sanctuaire pour Zoey

Un Sanctuaire pour Avery

Un Sanctuaire pour Kalee

Un Sanctuaire pour Jane

Mercenaires Rebelles

Un Défenseur pour Allye

Un Défenseur pour Chloé

Un Défenseur pour Morgan

Un Défenseur pour Harlow

Un Défenseur pour Everly

Un Défenseur pour Zara

Un Défenseur pour Raven

Ace Sécurité

Au Secours de Grace

Au Secours d'Alexis

Au Secours de Bailey

Au Secours de Felicity

Au Secours de Sarah

Forces Très Spéciales Series

Un Protecteur Pour Caroline

Un Protecteur Pour Alabama

Un Protecteur Pour Fiona

Un Mari Pour Caroline

Un Protecteur Pour Summer

Un Protecteur Pour Cheyenne

Un Protecteur Pour Jessyka

Un Protecteur Pour Julie

Un Protecteur Pour Melody

Un Protecteur pour l'avenir

Un Protecteur Pour Les Enfants de Alabama

Un Protecteur Pour Kiera

Un Protecteur Pour Dakota

Un protecteur pour Tex

Delta Force Heroes Series

Un héros pour Rayne

Un héros pour Emily

Un héros pour Harley

Un mari pour Emily

Un héros pour Kassie

Un héros pour Bryn

Un héros pour Casey

Un héros pour Wendy

Un héros pour Mary

Un héros pour Macie

Un héros pour Sadie

Un héros pour Annie

Autre

Un moment suspendu : Recueil de nouvelles

<u>AUDIO</u>

Un paradis pour Élodie

1

Jude *Smiley* Stark regardait fixement la femme qui dormait sur son canapé. Il n'arrivait pas à croire qu'il l'ait retrouvée… ou plutôt, qu'*elle* l'ait retrouvé, lui. De plus, pour la deuxième fois, elle avait joué un rôle clé dans le sauvetage des proches de ses coéquipiers.

Sans Bree Haynes, Ellory et Yana auraient fini enfermées dans un conteneur maritime, et vendues pour leurs organes. Les deux enfants devaient la vie à Bree, qui avait éloigné leur ravisseur pendant qu'elles se cachaient. Smiley ne supportait pas qu'elle ait dû encaisser des coups pour ses actes héroïques. Il pouvait encore voir les dernières traces d'ecchymoses sur son visage… et il était sûr qu'elle en avait sur tout le corps.

Il repensait aussi à la veille, lorsqu'elle s'était glissée sur la banquette arrière de la voiture du ravisseur de Kelli, et qu'elle lui avait envoyé discrètement des indications sur leur position, leur permettant, à Flash et à lui, d'arriver à temps pour empêcher ce salaud de tuer la femme de son coéquipier.

Bree était téméraire, impulsive. Elle n'était pas du genre à réfléchir avant d'agir.

Il n'avait jamais été aussi impressionné par quelqu'un de toute sa vie.

Il était accro depuis leur rencontre à Las Vegas – après que la mère de l'ex-petit ami de Josie, une folle, avait vendu cette dernière à un homme impliqué dans le trafic sexuel.

Quelque chose chez Bree l'avait captivé, et ne le lâchait plus.

Et maintenant, elle était là.

Dans son salon.

Endormie sur son canapé.

Il avait insisté pour lui laisser son lit, mais elle s'était montrée plus têtue que lui.

Smiley l'avait cherchée sans relâche depuis cette fameuse nuit à Las Vegas, quand elle était ligotée à l'arrière d'une voiture, morte de peur, et qu'il l'avait libérée. Puis elle avait disparu dans le chaos. Même si son incapacité à la retrouver après des mois de recherches l'avait frustré, il devait admettre qu'il était aussi impressionné : elle avait parfaitement su rester sous les radars. À vrai dire, si elle n'était pas venue à Riverton et ne s'était pas impliquée dans la vie de ses amis, il ne l'aurait peut-être jamais retrouvée.

Ce qui posait question : pourquoi avait-elle fait cela ?

Pourquoi Riverton ? Pourquoi l'avoir cherché ? Pourquoi aider ses amis ?

Pourquoi ne pas avoir fui à l'autre bout du pays ?

Et pourquoi l'homme qui l'avait *achetée* – Smiley ne

supportait pas qu'aujourd'hui encore, des êtres humains puissent être vendus ou achetés – était-il si déterminé à mettre la main sur elle ?

Smiley avait tellement de questions... et la seule personne capable d'y répondre, c'était Bree.

Une part de lui avait envie de la secouer, de la forcer à s'assoir pour parler. Mais ce n'était pas le moment. Elle était épuisée. Il l'avait vu sur son visage et dans ses gestes lorsqu'il l'avait interrogée plus tôt, malgré ses efforts pour le cacher.

Smiley était fatigué lui aussi, mais il ne voulait pas se coucher, de peur que Bree ait disparu à son réveil. Il ne le supporterait pas. Il restait donc dans son fauteuil, à la regarder dormir.

— Pourquoi on t'appelle Smiley ?

Il sursauta, pris de court. Bree était réveillée. Et il n'avait rien remarqué. Sa respiration n'avait pas changé. Elle n'avait pas bougé.

Il nota que cette femme était encore plus observatrice qu'il ne le pensait – ce qui était idiot de sa part, vu tout ce qu'elle avait accompli. Smiley se cala dans le fauteuil et haussa les épaules.

— À cause de mon côté jovial ?

Bree ouvrit les yeux, et même dans la pénombre de l'appartement, il vit son regard noisette se poser sur lui avec une précision qui lui fit comprendre qu'elle était sûrement réveillée depuis plus longtemps qu'il ne le croyait.

— Sans vouloir t'offenser... non, dit-elle avec un léger sourire.

Smiley cligna des yeux. L'avait-il déjà vue sourire ? Non.

Les rares fois où il l'avait croisée, elle n'en avait pas eu l'occasion.

Et soudain, il se surprit à vouloir plus que tout la voir sourire. La voir heureuse. Plus encore que de l'entendre répondre à ses questions, et que de coincer les criminels.

Même plus que d'être Navy SEAL.

C'était... déconcertant.

— C'est ironique, lâcha-t-il brusquement, plus sec qu'il ne l'aurait voulu. Un de mes instructeurs 'a fait remarquer que je n'étais pas vraiment monsieur *sourire*. Le surnom est resté". Depuis combien de temps ?

Elle fronça les sourcils et tenta de se redresser.

— Non, ne bouge pas, lui ordonna Smiley.

Il ne supportait pas de voir la grimace qu'elle faisait en essayant de bouger. Soulagé, il la vit se rallonger et se blottir sous la couverture qu'il lui avait donnée plus tôt.

— Depuis combien de temps *quoi* ? demanda-t-elle.

— Depuis combien de temps tu rendais visite à Kelli ? Ici, chez moi...

Bree haussa les épaules.

— Environ une semaine. Pas plus.

— Pourquoi maintenant ?

— Tu sais, tu es un grand garçon, tu pourrais utiliser plus de mots, répliqua Bree avec un léger sourire. Ça m'éviterait de devoir te demander à chaque fois ce que tu veux dire.

Même ce petit mouvement de ses lèvres fit vibrer Smiley de satisfaction.

— Pourquoi me contacter maintenant ? Après tout ce temps ? Et pourquoi ne pas être venue me voir directement quand tu as su que je ne vivais plus ici, que Kelli et Flash avaient emménagé chez moi à cause de leur situation ? Qu'est-ce qui a changé ?

— Là, ça fait peut-être un peu trop de mots, plaisanta-t-elle.

Mais Smiley n'était pas d'humeur. Il se sentait nerveux, sur le qui-vive. Il avait besoin de comprendre cette femme. Et en cet instant, il en était plus loin que jamais.

— Bree, dit-il d'un ton qui appelait une vraie réponse.

Elle soupira.

— Je ne sais pas.

Smiley ricana, incrédule.

— Pour être honnête, j'admets que je suis venue à Riverton parce que je savais que tu étais là. Je me suis souvenue que cette nuit affreuse à Las Vegas, tu m'as donné ton nom, Jude Stark, et tu m'as dit que tu étais un Navy SEAL basé à Riverton. Quand les choses ont dérapé chez moi, le premier endroit auquel j'ai pensé, c'est ici. Là où tu étais. Sauf qu'une fois arrivée, je n'avais aucun plan, aucune idée de comment te trouver. Et j'ai réalisé à quel point c'était ridicule. Tu ne me connaissais pas, et moi je ne te connaissais pas. On s'était vus cinq secondes à peine. Alors je me suis sentie idiote. Mais ça ne m'a pas empêchée de traîner près des grilles de la base navale dans l'espoir de t'apercevoir... et je t'ai vu.

— Donc tu m'as suivi.

Bree haussa les épaules.

— Oui.

Smiley était content qu'elle ne cherche pas à se défiler, qu'elle n'essaie pas de lui mentir.

— Franchement, ça m'a permis de tenir le coup. Vivre

dans ma voiture, c'était d'un ennui mortel. Je n'avais pas beaucoup d'argent, donc je ne pouvais pas aller au restaurant ou à l'hôtel. Enfin, j'ai de l'argent, mais j'ai peur de m'en servir, parce que je suis sûre que le type qui croit m'avoir achetée peut me retrouver de cette façon. Alors je t'ai observé. J'ai appris qui étaient tes amis. Je les ai suivis aussi. On peut apprendre énormément de choses sur quelqu'un en l'observant sans qu'il le sache.

Smiley aurait dû être en colère, furieux qu'elle l'ait espionné. Mais pour une raison quelconque, il ne l'était pas.

— Qu'as-tu appris sur moi et mes amis ?

— Que tu es loyal. Et gentil. Et que tu travailles dur, mais tu sais aussi t'amuser.

Elle n'avait pas tort.

— Alors pourquoi es-tu venue chez moi ? Kelli m'a dit que tu avais frappé directement à la porte.

Bree ricana.

— Ce n'était pas le moment le plus glorieux. Après tout ce temps à t'observer, je n'avais même pas réalisé que tu n'habitais plus là. Et au début, j'ai cru que c'était ta petite amie, alors j'étais dépitée.

— Pourquoi ?

Bree le regarda fixement, fatiguée. Puis elle inspira à fond avant de lâcher d'une traite :

— Parce que tout le temps où je t'ai observé, je ne t'ai jamais vu avec une femme. J'avais ce petit fantasme dans la tête : je frappe à ta porte, tu es fou de joie de me voir, tu règles tous mes problèmes, tu découvres que je te plais, et on vit heureux pour toujours, conclut-elle en levant les yeux au ciel.

Ses paroles étaient teintées de sarcasme, mais n'empêchèrent pas le frisson électrique qui parcourut Smiley.

Il se pencha en avant, les avant-bras posés sur les genoux, sans la quitter des yeux.

— Il y a quelque chose entre nous, dit-il simplement. Je n'aurais pas passé ces derniers mois à tout faire pour te retrouver s'il n'y avait rien.

Elle le regarda longuement. L'atmosphère entre eux était électrique. Smiley n'avait jamais rien ressenti de tel auparavant. Les poils de ses bras et de ses jambes semblaient se dresser. Il se passait quelque chose. Quelque chose qu'il ne comprenait pas. Mais son expérience de SEAL lui avait appris qu'il fallait parfois suivre le courant, même si ça n'avait aucun sens, même si ça allait à l'encontre de tout ce qu'on lui avait inculqué.

— J'allais repartir, mais Kelli s'est montrée... persuasive. Elle m'a appâtée avec la promesse d'une douche et d'un repas, poursuivit Bree plus doucement. Avant, je prenais une douche sans même y penser. Quand j'avais faim, je mangeais. C'était juste évident. Mais quand tu arrives au point où tu ne peux plus ouvrir un robinet ou un placard, tu comprends à quel point c'est précieux.

— Oui. Ce n'est pas pareil, mais après une mission de deux semaines, à ramper dans la jungle, marcher dans le sable ou nager pendant des heures... il n'y a rien de mieux que la première douche ou le premier repas.

Bree hocha la tête.

— Exactement. Alors quand Kelli m'a invitée, je suis entrée. Et puis j'ai commencé à revenir. Je savais que je ne devais pas, qu'il fallait que je parte, que j'aille vers l'est, n'importe où. Mais

Kelli était si gentille. Et me retrouver ici, entourée de tes affaires… ça me donnait l'impression d'être normale à nouveau.

— Je vais arranger ça, dit Smiley.

Bree ricana.

— Je vais le faire, insista-t-il.

— J'ai beau retourner la situation dans tous les sens, je ne trouve aucune solution. Je n'arrive pas à comprendre comment j'en suis arrivée là. Je ne vois pas comment tu pourrais retrouver ce type.

— J'ai des contacts, répondit-il simplement en listant dans sa tête toutes les démarches à entreprendre, les personnes à appeler. Tu as de la famille ?

— J'ai une sœur, à Washington. Mais je ne veux pas la mêler à ça. Et nous ne sommes pas proches.

— Et tes parents ?

— Eh bien, si c'est l'objet de ta question, je ne sors pas d'un œuf, répliqua Bree avec un léger sourire.

Encore un. Smiley en devenait fou. Il avait l'impression qu'elle souriait rarement, comme lui. Chaque sourire était comme une bénédiction, une récompense. Il en ressentait le besoin, à l'image de l'adrénaline pendant une mission.

— Tu étais proche d'eux ? reprit-il.

— Oui. Ma mère a eu un cancer du côlon il y a quelques années. Elle en est morte. Mon père s'est fait renverser par un chauffard alcoolisé quelques mois plus tard.

— Merde, Bree. Je suis désolé.

Elle haussa les épaules.

— Ça n'a pas été une période facile.

Smiley se dit que c'était un euphémisme.

— Mon père battait ma mère pendant que je me cachais sous mon lit, lâcha-t-il. J'aurais dû l'arrêter, l'empêcher de faire ça.

Il ne savait pas vraiment pourquoi il lui racontait ça, mais comme elle partageait des souvenirs douloureux, il ressentait le besoin de lui rendre la pareille.

— Tu avais quel âge ?

— Six, sept, dix ans. Ça a duré des années.

— Smiley, tu n'étais qu'un enfant. Tu n'y pouvais rien.

Il secoua la tête. Il n'oublierait jamais ces matins où il retrouvait sa mère couverte de bleus dans la cuisine pour lui préparer le petit déjeuner. Parfois, elle saignait encore... et lui souriait, comme si de rien n'était, pendant que son père dormait sur le canapé en ronflant bruyamment, toujours ivre de la veille.

Il fit de son mieux pour retrancher ces souvenirs au fond de son esprit.

— Je vais m'assurer que ta sœur soit en sécurité, et que personne ne se serve d'elle pour t'atteindre. J'aurai besoin de toutes les informations que tu peux me donner : le nom de cet enfoiré qui t'as vendue, ce qu'il faisait, où tu travaillais, tes amis... Tout.

Bree ferma les yeux et soupira. En voyant son visage se renfrogner, Smiley eut un pincement au cœur.

— Des fois, j'ai du mal à réaliser ce que ma vie est devenue. J'avais un boulot que je n'aimais pas, mais pour lequel j'étais compétente. Un copain. Des gens avec qui je sortais, et que je considérais comme des amis. Maintenant, je suis sans abri, en train de fuir un homme qui veut m'utiliser et abuser de moi de la pire des manières. Je me demande où j'ai merdé.

— Souvent, ce n'est pas *toi* qui as merdé, c'est juste... la vie. Elle a tendance à te mettre des bâtons dans les roues quand tu t'y attends le moins.

Bree rouvrit les yeux, et Smiley sentit le poids de son regard lorsqu'elle demanda :

— Tu le penses vraiment ?

— Oui.

— Tu as besoin de plus t'amuser dans la vie, Smiley.

Il ricana.

— M'amuser ? Tuer des terroristes, c'est fun. Faire exploser des bateaux remplis de types qui ne veulent rien d'autre que massacrer des innocents, c'est fun. Voir des salopards avoir ce qu'ils méritent, c'est fun.

— Euh... ce n'est pas le genre d'amusement dont je parlais, répliqua-t-elle. Je parlais de... parties de bowling, de pique-niques au parc, de lézarder sur la plage, profiter du soleil.

— Ça, du fun ? C'est de la torture. Je déteste le sable.

— Évidemment, répondit-elle en riant.

Merde. Il était fichu. Chaque fois qu'il faisait sourire cette femme, il avait un incroyable sentiment de fierté et de satisfaction. Si cela lui permettait de voir cette expression sur son visage, il pourrait passer le reste de sa vie à dire des bêtises et à se ridiculiser.

Et si un travail, un toit au-dessus de sa tête, et des amis avec qui passer du temps suffisaient à la rendre heureuse, il pouvait facilement lui offrir tout ça. Il n'était pas sûr d'être le petit ami idéal, il était trop... dur. Trop cynique.

Mais si elle voulait aussi en avoir un, il se plierait en quatre pour être le genre d'homme sur qui elle pourrait compter.

L'idée d'un avenir avec elle ne le faisait même pas paniquer. Elle était au centre de son univers depuis des mois. Il s'était inquiété pour elle chaque minute, de jour comme de nuit. Et maintenant, elle était devant lui, en sécurité, sur son canapé. Il n'était pas surpris d'imaginer lui offrir tout ce dont elle avait besoin pour être heureuse.

— Et si tu dormais encore un peu, suggéra-t-il d'un ton bourru.

— Et toi ?

— Quoi, moi ?

— Tu ne vas pas dormir ? Tu ne peux pas rester assis toute la nuit dans ce fauteuil à me surveiller. Je te promets de ne pas partir, Smiley.

Bien sûr qu'il pouvait rester ici toute la nuit. Il avait dormi dans ce fauteuil plus de fois qu'il ne pouvait les compter. Et bien sûr qu'elle ne partirait pas – il ne la laisserait pas faire. Elle avait besoin d'aide. Une aide que ses contacts et lui pouvaient lui apporter.

Bree Haynes allait découvrir que venir à Riverton était la meilleure décision qu'elle ait jamais prise. Elle voulait des amis ? Elle était déjà proche de Kelli ; il ne lui faudrait pas grand-chose pour qu'elle s'intègre au reste du groupe. De plus, Addison voudrait rencontrer celle qui avait sauvé sa fille et sa belle-fille ; et Caroline Steel et sa bande la prendraient sans hésiter sous leur aile.

Bree ignorait complètement à quel point sa vie était sur le point de changer.

— Smiley ? Tu m'écoutes ? Je te promets de ne pas filer en douce au milieu de la nuit.

— Tu crois que tu en serais capable ? Après tout, je *suis* un SEAL.

— C'est un défi ? demanda-t-elle en dressant le menton.

— Non ! aboya-t-il, soudain terrifié à l'idée qu'elle décide de le lui prouver.

— Détends-toi, le rassura-t-elle en riant à nouveau. Je suis trop fatiguée pour faire quoi que ce soit... *ce soir*.

— Merde, jura-t-il en réalisant le bourbier dans lequel il s'était fourré.

Bree gloussa.

Elle gloussa vraiment, et Smiley comprit qu'il était fichu.

Il avait passé les trente premières années de sa vie à détester les gloussements, et voilà qu'il avait une érection en entendant cette femme faire exactement la même chose.

Il se réinstalla dans le fauteuil et tira la couverture posée derrière sur ses genoux. Il ne voulait surtout pas que Bree le remarque. C'était déplacé, et vu ce qu'elle traversait, cela risquait de lui faire peur.

— Dors, Bree, ordonna-t-il d'une voix bourrue.

— Smiley ?

— Tu ne dors pas, lui fit-il remarquer.

Elle sourit encore. Chaque sourire s'enfonçait un peu plus dans son cœur.

Puis son sourire s'effaça.

— J'apprécie toute l'aide que tu veux m'apporter, mais si ça ne marche pas, s'il me retrouve... tu n'as pas le droit de culpabiliser.

La culpabilité faisait partie intégrante de la vie de Smiley.

Il portait encore le fardeau de n'avoir rien fait pour sa mère, et ce n'était pas près de disparaître.

Même s'il aurait aimé promettre à Bree que celui qui la traquait ne la retrouverait jamais, il ne pouvait pas. Il savait mieux que quiconque que la vie réservait parfois de mauvaises surprises. Et Bree le savait aussi, c'était pour ça qu'elle abordait ce sujet maintenant. Mais il pouvait au moins lui faire un serment.

— S'il te retrouve, je viendrai te chercher. Je ne m'arrêterai pas tant que je ne t'aurai pas retrouvée – et que je ne lui aurai pas collé une balle dans la tête.

C'était violent et glauque, mais Smiley ne regrettait pas de l'avoir dit.

— Promis ? souffla Bree.

— Promis.

2

Bree regarda l'homme qui dormait dans le fauteuil en face d'elle. Il avait laissé la lumière de la cuisine allumée pour qu'elle ne se réveille pas au milieu de la nuit en se demandant où elle était.

Comme si cela risquait d'arriver.

Bree savait *exactement* où elle se trouvait : dans l'appartement de Jude Stark, sur son canapé. Et elle ne s'était jamais sentie en sécurité à ce point. Du moins, pas au cours des derniers mois.

Sa vie avait complètement basculé, et elle ne savait toujours pas comment tout cela était arrivé. Un jour, elle était au travail, elle venait de rompre avec son petit ami... Le lendemain, elle était kidnappée, ligotée, elle apprenait que son ex l'avait *vendue*, et qu'elle appartenait désormais à une organisation qui avait bien l'intention de l'utiliser à des fins sexuelles.

C'était insensé. Et pourtant, ça lui était arrivé. À *elle*.

Cette nuit-là, elle avait eu beaucoup de chance que son ravisseur fasse un détour pour embarquer une deuxième femme avant de la livrer à son contact. Et encore plus de chance que cette deuxième femme, Josie England, ait un petit ami Navy SEAL qui n'avait pas du tout l'intention de la laisser disparaître dans la nature, comme tant de gens le faisaient, année après année.

Elle l'avait échappé belle, et le premier visage qu'elle avait vu quand la portière s'était ouverte était celui de Smiley, ce qui l'avait profondément impactée.

Bien sûr, certains diraient qu'elle ressentait une connexion avec lui seulement parce qu'il l'avait sauvée. C'était peut-être l'élément déclencheur, mais à force de les 'observer, lui et ses amis, Bree avait fini par se faire une bonne idée de sa personnalité.

Elle avait suivi ses faits et gestes pendant un bon moment. Il ne conduisait pas comme un chauffard, tenait la porte aux gens – hommes comme femmes – et laissait de bons pourboires, à en croire les sourires des serveurs. De plus, même s'il affichait la plupart du temps une mine renfrognée – le *resting bitch face* existait-il aussi chez les hommes ? – il s'était montré gentil et attentionné avec elle.

Quand Kelli lui avait ouvert la porte une semaine auparavant, Bree avait failli faire demi-tour et prendre la fuite. Elle avait vraiment cru qu'il avait une petite amie, et qu'elle ne l'avait pas remarqué. Mais ce n'était pas vraiment surprenant qu'il cède son appartement à ses amis en danger.

Bree avait le sentiment que si elle listait toutes ses qualités à Smiley, il se contenterait de lui lancer un regard sombre en lui répondant qu'elle se trompait, qu'il était un connard.

S'il le pensait vraiment, tant pis. Elle savait que c'était faux. Le simple fait qu'elle soit allongée sur son canapé, au chaud, propre, et le ventre plein, renforçait cette conviction.

Les mots qu'il avait prononcés juste avant qu'elle s'endorme résonnaient encore dans sa tête.

S'il te retrouve, je viendrai te chercher. Je ne m'arrêterai pas tant que je ne t'aurai pas retrouvée – et que je ne lui aurai pas collé une balle dans la tête.

L'une de ses plus grandes craintes était de disparaître sans que personne ne s'en rende compte ou ne s'en soucie. Elle ignorait pourquoi Smiley s'était mis en tête de la retrouver, mais elle ne s'en plaignait pas.

Bree sourit en regardant le plafond. Ça ressemblait tellement à Smiley de lui avoir fait cette promesse. Il avait ce côté brut de décoffrage, et disait beaucoup de choses que les gens trouveraient inappropriées, mais savoir qu'il n'hésiterait pas une seconde à s'en prendre à l'homme qui la traquait avait quelque chose de rassurant, de réconfortant. Ce que les autres pouvaient en penser n'avait pas d'importance.

À vrai dire, elle était à bout. Elle faisait bonne figure, mais à l'intérieur, elle était en miettes. Elle n'arrivait pas à comprendre comment elle en était arrivée là. C'était une petite amie aimante et attentionnée. Puis, sans prévenir, Carl lui avait demandé de participer à un plan à trois, et elle avait refusé. Un refus clair et net. Il s'était énervé, et s'était mis à l'asticoter presque tous les jours en la traitant de fille coincée, en répétant que cela améliorerait leur vie sexuelle, que si elle l'aimait vraiment, elle voudrait son bonheur, et que réaliser son fantasme de coucher avec deux femmes en même temps y contribuerait.

Bree avait alors réalisé qu'elle ne l'aimait pas, et l'avait quitté. Jamais elle n'aimerait un homme qui désirait avoir des moments d'intimité avec quelqu'un d'autre, comme si elle ne suffisait pas.

Ce fut à ce moment que sa vie prit un tournant radical.

Carl n'avait pas supporté qu'elle le rejette, et lui avait juré qu'elle le regretterait. Elle avait effectivement des regrets, mais pas pour les raisons qu'il devait imaginer.

Elle regrettait de ne pas l'avoir quitté beaucoup plus tôt.

Il l'avait *vendue*, comme si elle n'était qu'un objet, un déchet.

À cause de lui, elle était en cavale, sans aucun moyen d'échapper à l'homme qui la poursuivait. Bree supposait qu'il devait être furieux de l'avoir perdue elle, mais aussi Josie. Dans ce cas... pourquoi ne s'en prenait-il pas à l'autre femme ? Pourquoi seulement *elle* ?

Elle n'était personne : la trentaine, de taille moyenne pour une femme, du haut de ses 1,65 mètres. Ses cheveux châtain-roux et ses yeux noisette n'avaient rien de spécial. Son corps non plus. Elle était tout à fait ordinaire. Elle travaillait dur, adorait les chiots et les chatons, et faisait toujours de son mieux pour être gentille avec les autres.

Et pourtant, elle en était là.

Bree se tourna de nouveau vers Smiley. Il avait la bouche entrouverte, et respirait profondément. Ses cheveux étaient aplatis du côté où il avait reposé sa tête, et sa barbe était un peu plus longue qu'une barbe de trois jours. Même endormi, il fronçait les sourcils, l'air renfrogné.

Elle aurait dû avoir peur de cet homme. Après tout, elle ne le connaissait pas vraiment. Mais ce n'était pas le cas. Elle se sentait en sécurité. Ce qui était insensé, puisqu'elle n'était vraiment en sécurité nulle part ; pas tant que celui qui voulait l'ajouter à son harem n'aurait pas renoncé, ou qu'il ne serait pas mort. C'était peut-être la simple présence de Smiley qui lui donnait ce sentiment de sécurité. Elle l'avait ressenti des mois plus tôt, lors de leur première rencontre, et elle le ressentait encore aujourd'hui.

C'était la raison pour laquelle elle était ici, à Riverton, sur son canapé.

Elle se remémora ses paroles : *il y a quelque chose entre nous.*

Il n'avait pas tort. Il y avait bel et bien quelque chose entre eux. C'était déroutant et un peu effrayant, étant donné qu'elle ne le connaissait pas. Enfin, pas vraiment. Mais elle savait qu'elle ne pouvait pas quitter Riverton avant d'avoir compris exactement ce qui les attirait ainsi l'un vers l'autre.

C'était idiot, et faible. Elle mettait sa vie en danger. Mais elle ne pouvait se résoudre à partir.

Elle se tourna sur le côté en soupirant.

En entendant ce léger bruit, Smiley ouvrit les yeux.

— Tout va bien ? demanda-t-il d'une voix encore ensommeillée.

— Oui, murmura-t-elle.

— Tu n'es pas bien installée ? Tu pourrais dormir dans mon lit...

Une vague de désir submergea Bree si rapidement qu'elle fut troublée. L'idée de partager le lit de Smiley lui inspira des images d'eux entièrement nus, faisant l'amour avec fougue. Elle ne l'imaginait pas comme un amant tendre. Il serait exigeant, dominateur. Et elle adorerait ça.

— Je suis bien ici, croassa-t-elle.

Il laissa échapper un soupir profond et guttural, qu'elle interpréta comme un signe d'approbation.

— Pourquoi tu ne dors pas ? demanda-t-il.

— C'est juste... une habitude, expliqua Bree à voix basse. Quand je dormais dans ma voiture, j'étais constamment sur mes gardes. Chaque fois que je voyais de la lumière, je croyais que c'était ce type qui venait me chercher. À chaque bruit, c'était lui qui forçait ma portière. J'ai du mal à me sentir en sécurité. Il est là, dehors. Il attend. Il surveille.

Smiley se redressa, et Bree regretta aussitôt ses paroles. Elle aurait dû inventer une excuse bidon et le laisser dormir. Il lui restait encore quelques heures avant qu'il ne parte pour la base navale, mais maintenant, il semblait parfaitement éveillé. Elle se sentait coupable d'avoir perturbé son repos. Il ne dormait déjà pas assez.

— J'espère qu'il va se montrer, dit-il d'un ton grave et menaçant.

Cela aurait dû lui faire peur, mais au contraire, son excitation monta d'un cran. Cet homme était... intense. Et apparemment, elle avait un faible pour les *bad boys*, les hommes dangereux.

Non, c'était faux. D'ordinaire, elle n'aimait pas les connards, ni les hommes qui la rendaient nerveuse. C'était le cas de Smiley, mais au fond d'elle, elle savait qu'il ne lui ferait jamais de mal.

— Tous ceux qui participent à l'agression et à l'exploitation des femmes – en fait, des êtres humains en général –

sont des ordures. Les déchets de l'humanité. On vit tous sur la même foutue planète, et personne n'a le droit de se servir ou d'abuser de quelqu'un pour son profit personnel. Que ce soit pour l'argent ou la luxure. Et à mes yeux, le viol constitue le pire crime qu'un homme ou une femme puisse commettre. Je veux que le type qui te traque te retrouve pour pouvoir lui arracher la tête et lui chier dans la gorge.

Bree ne put s'empêcher d'éclater de rire.

— Tu trouves ça drôle ? demanda Smiley en fronçant les sourcils.

— Non. Oui. Enfin, je ne sais pas... J'ai déjà entendu cette réplique dans quelques films, mais jamais de la bouche de quelqu'un.

— Je ne plaisante pas, insista-t-il.

Bree reprit son sérieux.

— Je sais. Merci.

— Bordel, j'ai du mal à croire qu'on est en train d'avoir cette conversation, marmonna-t-il en serrant les dents.

Bree essaya de se retenir, mais sourit de nouveau.

— Et ça te fait rire, grommela Smiley en levant les yeux au ciel.

Mais Bree voyait bien qu'il n'était pas contrarié. À vrai dire, si elle ne se trompait pas, il semblait même... content ? Elle ne savait pas ce qui le satisfaisait à ce point, mais après avoir passé tout ce temps avec Carl sans vraiment réussir à le satisfaire, rendre Smiley heureux au beau milieu de la nuit, alors qu'ils auraient dû dormir, lui faisait un bien fou.

— Tu peux me dire quel est ton plan ? demanda Bree d'une voix faible. Je veux dire... pour essayer de régler ce foutu bazar dans lequel je me suis fourrée ?

Elle avait besoin de savoir. Elle n'aimait pas les surprises.

— Demain matin, je vais appeler un ancien SEAL, Tex Keegan. C'est un génie de l'informatique. Je vais le mettre sur le coup, et essayer de découvrir à qui ton connard d'ex t'a vendue. On va t'équiper d'un ou deux traceurs. Comme ça, si jamais le pire arrive et qu'on t'enlève à nouveau, Tex saura où tu es, et on viendra te chercher. Il faudra aussi nettoyer ta voiture à fond, même si tu ne t'en serviras pas de sitôt. Dès que possible, je vais te présenter Addison et MacGyver, pour organiser une rencontre avec Ellory et Yana. Je suis sûr que toutes mes autres amies voudront aussi faire ta connaissance. Je veux aussi appeler Fiona et Cookie, peut-être même Julie et Hurt. Fiona et Julie ont été enlevées par des trafiquants d'êtres humains il y a quelques années, et emmenées au Mexique. Je pense que ça pourra t'aider de leur parler. En plus, Josie, Blink, Remi et Kevlar se marient dans deux semaines. Ils vont organiser une énorme fête au *Aces Bar & Grill*. Tu pourras rencontrer tout le monde.

— Entre eux ?

— Quoi ? fit Smiley.

— Tes quatre amis, ils se marient entre eux ? plaisanta Bree.

Tous les projets de Smiley la dépassaient. Elle n'était pas mécontente de rencontrer officiellement ses amis, mais un peu submergée malgré tout.

Smiley sourit à son tour, et tout l'univers de Bree vacilla.

Smiley, cet homme sombre et renfrogné, était déjà séduisant, mais son sourire le rendait *irrésistible*.

— Non, pas entre eux. Ils ont décidé de faire une double cérémonie. Link et Remi ont traversé une épreuve ensemble et sont devenus très proches. Comme les deux couples invitaient à peu près les mêmes personnes à leur réception, ils se sont dit que ce serait plus simple d'organiser les deux cérémonies en même temps. J'ai aussi entendu dire que Kelli et Flash allaient à la mairie pour se marier, alors ça risque de se transformer en triple réception.

— Pourquoi ? demanda Bree.

— Pourquoi quoi ?

— Je ne les connais pas. Enfin... pas vraiment. Vous suivre, toi et tes amis, ne fait pas de moi une invitée légitime le jour le plus important de leur vie.

Smiley repoussa la couverture qu'il avait sur les genoux et se leva. Il s'approcha du canapé où Bree était allongée et s'assit près d'elle. Elle le regarda fixement tandis qu'il posait une main au niveau de son épaule pour se pencher vers elle. La manière dont il empiétait sur son espace personnel aurait dû l'inquiéter. Mais après l'avoir vu sourire, il lui fallait toute la volonté du monde pour ne pas se jeter sur lui et assouvir ses envies.

— Il y a quelque chose que tu dois savoir.

Bree attendit, et comme il ne poursuivait pas, elle trouva le courage de lui demander :

— Quoi ?

— Tu es sous ma protection, maintenant. Où je vais, tu vas, que ce soit à l'épicerie, à la base navale, au travail, au *Aces*... Partout. Jusqu'à ce qu'on ait attrapé cet enfoiré qui te poursuit, je ne te laisserai pas seule. Je ne prendrai pas le risque qu'il mette la main sur toi. Comme je ne veux pas non plus manquer le mariage de mes amis, tu viendras aussi. D'ailleurs, même si tu n'étais pas en danger, Addison insisterait pour t'inviter. Tout comme Kelli, Remi, Josie, Wren et Maggie. Et quand tu rencontreras Maggie et sa bande, ce sera la même chose. Tu as mis les pieds dans un tout autre monde, Bree. Un monde dans lequel en tant qu'amis, on se soutient les uns les autres. On ne ferme pas les yeux quand les choses tournent mal. Tant qu'on n'aura pas capturé ce connard, tu ne seras plus jamais seule.

Ses paroles apaisèrent une partie d'elle-même dont elle n'avait même pas conscience.

— Même si je vais aux toilettes ? plaisanta-t-elle, le sourire aux lèvres.

— Merde… ce sourire me tue, marmonna Smiley.

Il balaya délicatement une mèche de cheveux sur le front de Bree.

— Même si tu vas aux toilettes, confirma-t-il. On ne sait jamais, quelqu'un pourrait passer par la fenêtre. Les gens désespérés font des choses désespérées. Je ne prendrai pas le risque que quelqu'un pose un seul foutu doigt sur toi.

Maintenant, elle avait envie de pleurer. Comment avait-elle suscité une loyauté aussi… intense chez cet homme ?

— Ça va ? demanda-t-il.

Elle hocha la tête, sans voix.

— Très bien. On peut dormir, maintenant ?

Bree avait des centaines de questions : à propos de Tex, des traceurs, de la raison pour laquelle il était si sûr que ses amis voudraient la rencontrer. Mais elle se sentait submergée, et se contenta de hocher la tête une nouvelle fois.

Smiley la regarda longuement, assez longtemps pour que Bree ait l'impression qu'il allait l'embrasser. Mais à sa grande déception, il se redressa, hocha la tête à son tour, puis retourna s'assoir dans son fauteuil.

Mince... La tension sexuelle entre eux était gigantesque. Bree n'avait qu'une seule envie : savoir si ce qu'ils partageaient était éphémère, le simple fruit de la situation tendue dans laquelle elle se trouvait... ou s'il y avait autre chose. Mais au milieu de l'enfer qu'était devenu sa vie, ce n'était pas vraiment le meilleur moment pour se lancer dans une relation – s'il s'agissait bien de cela. Elle n'en était pas sûre. De toute évidence, Smiley se sentait responsable d'elle. Mais pouvait-elle s'attendre à plus ? Une fois que tout serait fini – et Seigneur, elle priait pour que ce soit bientôt le cas... voudrait-il encore d'elle ? Il la renverrait peut-être à Vegas et à son ancienne vie sans même un regard, satisfait d'avoir bouclé cette affaire une bonne fois pour toute.

Bree laissa échapper un soupir, puis se blottit sous la couverture polaire que Smiley lui avait donnée.

— Je peux dire encore une chose ? demanda-t-elle tandis que Smiley se réinstallait.

Il soupira, faussement agacé, puis il esquissa un léger sourire.

— Quoi ?

— Merci de...

— Non.

Bree fronça les sourcils, perplexe.

— Comment ça, *non* ? Parle-moi, Smiley.

— Tu n'as pas à me remercier. Je ne fais pas ça pour ta gratitude.

— Alors, pourquoi ?

— Tu ne vois pas ?

— Apparemment, non, répondit-elle, un peu vexée.

— Dans ce cas, je te le dirai après.

— Après quoi ?

— Une fois que ce sera fini, que ce connard sera hors d'état de nuire, et que tu seras en sécurité.

— Tu es agaçant, lâcha Bree.

Smiley ricana.

— Je sais.

— Et prétentieux.

— Ce n'est pas la prétention qui me rend sûr à ce point que celui qui t'a terrorisée, toi et sans doute bien d'autres, paiera pour ce qu'il a fait ; que celui qui tire vraiment les ficelles – pas les sbires qui te courent après, mais l'homme au sommet de la pyramide – regrettera ses choix de vie. C'est la certitude viscérale qu'on était faits pour se rencontrer, pour être ici, maintenant, à ce moment précis de nos vies... et qu'on aura un avenir ensemble. Avec cette menace qui plane sur toi, on ne peut pas l'envisager. Alors on va régler ça, et passer à autre chose.

Bree avait des frissons. Elle n'avait jamais rencontré quelqu'un comme Smiley. Il ne tournait pas autour du pot, il allait droit au but. Et apparemment, son but, c'était *elle*, l'insignifiante petite Bree Haynes.

En réalité, c'était aussi ce qu'elle voulait, plus que tout ce qu'elle avait jamais désiré.

Elle était prête à tout pour survivre : porter une centaine de traceurs, laisser Smiley rester dans l'embrasure de la porte pendant qu'elle était aux toilettes, rencontrer ses amis. Tout ce qu'il lui demanderait, elle le ferait. Car en réalité, elle était morte de peur, et elle voulait atteindre l'autre rive ;

ne serait-ce que pour passer une seule nuit dans les bras de Smiley.

— Dors, Bree. La journée de demain sera chargée.

Au lieu de réfléchir à ce que cela signifiait exactement, Bree obéit et ferma les yeux. Elle pensait rester éveillée à cogiter, mais elle s'endormit presque aussitôt. Ses rêves oscillèrent entre des images terrifiantes où elle se retrouvait dans le coffre d'une voiture, et d'autres où elle était sur le sable, face à l'océan, à regarder Smiley dans les yeux tandis qu'ils échangeaient leurs vœux de mariage.

3
___

Bree avait mal au visage à force de sourire. C'était une étrange sensation : elle avait l'impression de ne pas avoir été aussi insouciante depuis des années. Certes, sa vie était toujours désastreuse, et elle avait encore l'impression d'être traquée, mais à cet instant précis, elle se sentait libre.

Smiley n'avait pas menti en disant qu'il ne la laisserait pas seule une seconde. Elle se doutait que c'était surtout parce qu'il craignait les individus qui la poursuivaient... mais aussi parce que quelque part, il avait peur qu'elle disparaisse à nouveau.

Elle ne comptait pas le faire. Déjà, elle l'avait promis, mais surtout, ce serait complètement idiot de ne pas accepter l'aide qu'il lui proposait. Elle avait besoin de lui, et n'allait certainement pas commettre l'erreur de croire qu'elle pouvait se cacher pour le restant de ses jours.

Pour l'instant, elle s'amusait plus que jamais.

Smiley l'avait réveillée à l'aube et embarquée dans son

Ford Ranger, direction la base navale, où il rejoignait son équipe pour leur entraînement matinal.

Elle était un peu gênée de rencontrer officiellement toute l'équipe, surtout après les avoir suivis à la trace pendant un bon moment. Elle savait où ils habitaient, connaissait leurs modèles de voiture, et ceux de leurs compagnes. Elle les avait suivis jusqu'à l'*Aces Bar & Grill*, et ce qu'elle supposait être leurs autres restaurants préférés de Riverton. Elle savait même quelle école les enfants d'Addison et MacGyver fréquentaient.

Ils étaient tous très polis, et Bree s'attendait à ce qu'ils finissent par lui poser des questions. Ils étaient extrêmement protecteurs, et elle se doutait qu'ils voudraient s'assurer qu'elle ne représentait aucun danger pour leur coéquipier – ce qui était plutôt ironique, étant donné qu'elle ne constituait une menace pour personne.

Seuls MacGyver et Flash ne lui poseraient peut-être pas de questions. Après s'être assurés qu'elle était d'accord, ces deux-là lui avaient fait de longues accolades sincères, ce qui l'avait touchée. Mais elle n'avait pas aidé leurs proches pour recevoir des remerciements. Elle avait agi par instinct, comme en pilote automatique. Si elle était heureuse d'avoir contribué à sauver des vies, il n'en restait pas moins qu'elle était sur place pour espionner Smiley et ses amis.

Étant donné qu'elle pensait devoir leur donner des explications plus tard, Bree était soulagée quand Kevlar avait annoncé le début de l'entraînement. À sa grande surprise, Smiley l'avait emmenée jusqu'à un quad garé près d'une tour de surveillance, lui avait tendu les clés, puis lui avait simplement dit de suivre le rythme.

Il ne lui avait même pas demandé si elle en avait déjà conduit un – ce n'était pas le cas – ni si elle savait un peu comment faire – non plus. Mais en suivant son instinct, elle s'en était plutôt bien sortie, tandis que Smiley retournait auprès de ses amis après lui avoir lancé un regard qu'elle n'avait pas pu déchiffrer.

C'est ainsi que Bree s'était retrouvée à foncer sur la plage au lever du soleil en regardant sept hommes incroyablement bien bâtis courir, sauter, et même ramper dans le sable et les vagues. Ils prenaient leur entraînement très au sérieux, et ce n'était pas désagréable de regarder leurs muscles se contracter alors qu'ils faisaient ce qu'il fallait pour rester en forme, prêts à sauver le monde.

Elle ignorait comment Smiley avait obtenu l'autorisation de lui confier le quad des sauveteurs en service, mais elle était reconnaissante. C'était plutôt grisant de rouler à toute vitesse sur le sable à cette heure matinale, sans se soucier d'écraser un plagiste ou d'éviter des enfants distraits.

Elle était maintenant immobile et profitait du lever de soleil à couper le souffle tout en observant l'équipe enchaîner une torture physique composée de pompes, de roulades dans le sable, de jumping jacks, puis d'autres roulades. Soudain, Smiley s'arrêta et se mit à trottiner dans sa direction.

Bree se redressa et fronça les sourcils en regardant autour d'elle. Quelque chose n'allait pas ? Pourquoi s'était-il arrêté ?

Tandis que ses coéquipiers poursuivaient l'entraînement, Smiley s'approcha du quad.

— Ça va ? demanda-t-il.

Bree fronça les sourcils de plus belle.

— Euh… oui. Pourquoi ?

— Je voulais juste vérifier. Tu n'avais sans doute pas prévu qu'on te traîne jusqu'à la plage pour nous regarder transpirer.

Bree ne put s'empêcher de rire.

— Oh, c'est difficile, mais je crois que je peux survivre, répondit-elle d'un air sarcastique.

Smiley inclina la tête, les sourcils froncés, comme s'il essayait de comprendre ce qu'elle voulait dire.

— Smiley, ça va, tu peux me croire. Ce n'est vraiment pas une épreuve de vous regarder vous rouler dans le sable en contractant vos muscles.

Elle pouvait pratiquement voir ses muscles se détendre à ses mots.

— Il me manque juste une bonne tasse de café, mais c'est la meilleure manière de commencer la journée : le lever du soleil, la plage, ce temps magnifique… et des hommes que j'admire qui mettent leur corps à rude épreuve pour se tenir prêts à sauver des vies. Il y a pire.

— Je verrai ce que je peux faire demain pour le café. Mais ce matin, on s'arrêtera t'en acheter un en rentrant.

— Ce n'est pas…

— Tu veux du café, tu auras du café, l'interrompit-il.

Il ne souriait pas. Il la regardait toujours fixement, avec la même intensité que d'habitude.

Je voulais juste m'assurer que tu allais bien, reprit-il. Je sais que ça ne doit pas être très excitant.

— Smiley, je vivais dans ma voiture. Ma seule activité

était d'observer les gens, et ils étaient rarement comme vous. C'était ennuyeux à mourir. Ici, c'est parfait.

— D'accord.

— Okay.

— Je dois te dire… que je ferais n'importe quoi pour voir ce sourire insouciant sur ton visage tous les jours. Je suis juste venu voir ce qui l'avait provoqué, pour pouvoir le reproduire à l'avenir.

Bree était stupéfaite. Elle ne savait pas comment réagir.

— Merde, voilà qu'il a disparu, marmonna Smiley.

— Smiley ! Ramène tes fesses ici ! cria Kevlar, qui se tenait près des vagues avec les autres. On va faire quelques sprints avant de rentrer.

— Oh, super, soupira Smiley.

Les lèvres de Bree tressaillirent.

Le regard de Smiley se posa aussitôt dessus. Il hocha la tête, puis tourna les talons pour reprendre son entraînement matinal. Après quelques pas, il se retourna.

— On garde tous l'œil ouvert, mais reste quand-même sur tes gardes, au cas où.

Ses paroles ramenèrent Bree à la réalité. Il avait raison. Elle se croyait presque en vacances, alors qu'en réalité, si elle était sur ce quad et si Smiley ne voulait pas la perdre de vue, il y avait une bonne raison.

En regardant autour d'elle, elle ne vit que quelques coureurs matinaux le long de la plage et du magnifique littoral. Mais le rappel de Smiley était utile : sa vie pouvait basculer en une seconde. Elle le savait mieux que quiconque.

* * *

Ce matin-là, l'entraînement avait été une véritable galère. Smiley n'avait pas réussi à se concentrer sur autre chose que la femme qui les suivait en quad pendant qu'ils couraient. Chaque fois qu'il regardait Bree, elle souriait, comme si elle vivait le meilleur moment de sa vie.

Normalement, elle aurait dû être au plus bas. Quelqu'un la poursuivait pour l'enfermer et la forcer à mener une vie qu'aucune femme, aucun homme, aucun enfant ne devrait endurer. Pourtant, elle arrivait à trouver du plaisir dans les choses simples.

Et quand Smiley s'était arrêté sur le chemin du retour pour lui acheter un latte à la vanille, elle avait réagi comme s'il venait de lui offrir un diamant. Là encore, ce sourire valait toutes les concessions du monde, et c'était la garantie qu'elle aurait son café sucré tous les matins.

Il avait commis une erreur en lui disant qu'il voulait voir son sourire tous les jours. Après ce qu'il avait dit la veille au soir à propos de leur avenir ensemble... il allait trop vite. Après tout, elle le connaissait depuis un jour seulement. Mais il avait l'impression de la connaître depuis toujours. Il avait passé tellement de temps à la chercher, à tout apprendre de sa vie, qu'être enfin avec elle lui semblait logique.

Heureusement, elle ne l'avait pas contredit. Elle n'avait pas trouvé ça ridicule, ou obsessionnel... Ça l'obsédait, bien sûr, mais il était soulagé qu'elle ne lui ait pas fait la remarque. Chaque seconde qu'il passait avec elle, il lui était de plus en plus difficile de garder ses distances, de ne pas la plaquer sur la table, sur le canapé, ou contre le premier mur venu, et la supplier de lui donner une chance de l'aimer comme il en rêvait depuis des mois.

Smiley prit une grande inspiration, et essaya d'ignorer les petits soupirs de satisfaction que Bree laissait échapper en sirotant son latte... D'oublier qu'elle était nue dans sa douche ce matin... De ne plus penser à son sourire addictif.

Il croyait que son obsession s'apaiserait une fois qu'il l'aurait retrouvée ; au contraire, elle était décuplée.

— Pourquoi on retourne voir ton commandant, déjà ? demanda Bree tandis qu'ils traversaient un long couloir en direction de la salle de réunion.

— Parce qu'il est au courant de ta situation, répondit Smiley. Je l'ai tenu informé ces dernières semaines. Il peut m'éviter le déploiement, et le meilleur moyen pour qu'il accepte, c'est que tu lui racontes toi-même ton histoire.

Bree s'arrêta net et se tourna vers lui.

— Attends... Pourquoi tu ne voudrais plus partir en mission ?

Smiley n'arrivait pas à définir si elle plaisantait.

— Sérieusement ?

— Oui.

— Je te l'ai déjà dit : tant qu'on n'aura pas arrêté ce connard, je ne te lâcherai pas d'une semelle. Si je pars en mission, je ne pourrai pas assurer ta sécurité.

— Ce n'est pas ton problème, Smiley. J'aimerais que tu m'aides, c'est vrai, mais au final, ce qui m'arrive ne relève pas de ta responsabilité. On ne se connaît même pas !

— Tu as fait un gâteau d'anniversaire à trois étages pour

ta petite voisine de cinq ans parce que sa mère n'avait pas les moyens d'en acheter un.

Aussitôt, Bree fronça les sourcils.

— Hein ?

— Tu as toujours accepté de remplacer tes collègues quand ils avaient besoin de congés, poursuivit Smiley. Tu faisais régulièrement des heures sup', tu arrivais au travail en avance, tu repartais tard. Toutes les deux semaines, tu allais voir les pensionnaires de la maison de retraite à deux rues de chez toi.

— Smiley...

— Je te connais, affirma-t-il. J'ai passé des mois à tout apprendre sur toi. J'ai parlé à tes voisins, à tes collègues... à tous ceux à qui je pouvais parler, pour essayer de deviner où tu pouvais te cacher. Personne n'a un seul mot négatif à ton sujet.

— Tu n'as pas dû parler au vieux grincheux de l'appartement du dessous, marmonna Bree. Il se plaignait toujours que je faisais trop de bruit en marchant, et que je faisais exprès d'avoir le pas trop lourd juste pour lui pourrir la vie.

— J'ai parlé avec lui, répliqua Smiley. Il était sous le choc de ta disparition. Il a admis qu'il râlait parce que tu marchais bruyamment... mais il a aussi avoué que c'était surtout pour que tu lui offres des cookies en guise d'excuses. Il ne sait pas cuisiner, et depuis la mort de sa femme, les pâtisseries maison lui manquent.

— Oh, mon Dieu, murmura Bree.

— Je te connais, insista Smiley. Et tu as sans doute raison, je ne suis pas responsable de toi. Mais ça ne veut pas dire que je ne veux pas l'être. L'homme qui te traque comptait aussi enlever Josie. Quelqu'un qui s'en prend à l'un des nôtres ne s'en sort pas sans en payer le prix. Et je n'ai pas du tout l'intention de le laisser s'en prendre à une autre personne qui compte pour moi : toi. Alors je vais resserrer les rangs, et utiliser toutes les ressources dont je dispose pour te protéger et faire tomber ce salaud. Mais pour ça, il faut que je sois ici, pas en train de poursuivre des terroristes dans un pays étranger.

Bree cligna des yeux, et Smiley, affolé, vit des larmes apparaître.

— Oh merde, ne pleure pas. Je n'arrive pas à le supporter.

Elle ricana légèrement tout en reniflant.

— Tu élimines régulièrement des terroristes sans sourciller, mais tu ne supportes pas quelques larmes ?

— Non.

— Si tu as une fille un jour, elle te mènera par le bout du nez.

— Je ne veux pas d'enfants, lâcha-t-il – avant de s'en vouloir aussitôt.

Ce n'était ni l'endroit, ni le moment pour parler d'enfants hypothétiques.

— Tu n'en veux pas ?

— Non.

Elle le regarda si longuement qu'il se sentit mal à l'aise.

— Tu dis ça à cause de toutes les recherches que tu as faites sur moi ?

Smiley fronça les sourcils.

— Je ne comprends pas.

— Moi non plus, je ne veux pas d'enfants. La plupart des

gens pensent que je changerai d'avis quand je tomberai amoureuse, que mon horloge biologique se mettra à tourner, ou je ne sais quoi. Mais… je ne crois pas. Je n'en ai jamais ressenti le besoin. J'adore les enfants, j'aime jouer avec ceux des autres, mais je ne veux pas en avoir.

À ce moment précis, Smiley sut que cette femme était faite pour lui. Il la désirait déjà, elle l'intriguait, et il était obsédé par l'idée de la protéger du type qui la pourchassait. Si en plus elle ressentait exactement la même chose que lui au sujet des enfants… il était conquis.

— Je ne savais pas, répondit-il.

— Smiley ? Tu comptes rester planté dans le couloir toute la matinée, ou tu ramènes tes fesses ici ?

En relevant les yeux, Smiley aperçut la tête du commandant dans l'entrebâillement de la porte. Il avait l'air agacé, ce qui n'était jamais bon signe.

— J'arrive, mon commandant ! lança-t-il.

— Smiley ? fit Bree.

— Oui ?

— Merci.

— Je t'ai déjà dit de ne pas me remercier. Allez, viens, on va régler ça, ajouta-t-il d'un ton bourru, mal à l'aise face aux émotions qui bouillonnaient en lui.

Il avait envie de s'enfuir avec elle et de la cacher dans une cabane perdue en pleine montagne, là où personne ne pourrait lui faire le moindre mal. Mais il voulait aussi l'intégrer à son cercle d'amis, et s'assurer qu'elle n'envisageait même plus de retourner à Las Vegas une fois son poursuivant arrêté.

Il effleura le creux de son dos pour l'inciter à avancer,

puis ouvrit la porte de la salle de réunion et l'invita à entrer avant lui.

En entrant à son tour, Smiley ne fut pas surpris de voir que toute son équipe était là aussi. Comme il leur avait parlé de cet entretien le matin même, il comprenait qu'ils veuillent être présents pour le soutenir.

Bree, pour sa part, ne s'attendait visiblement pas à ce qu'il y ait autant de monde. Elle avait à peine franchi la porte qu'elle s'arrêta net.

— Oh, murmura-t-elle.

— J'ai trois autres réunions ce matin, lança sèchement le commandant. J'aurais mieux fait de rester sur le terrain, c'est moins fatiguant que de passer la journée assis à parler avec des idiots.

Aussitôt, il précisa :

— Je ne parle pas de vous.

Smiley accompagna Bree jusqu'à une chaise, puis s'assit à côté d'elle. Dans les vingt minutes qui suivirent, Bree raconta son histoire : sa rupture avec son petit ami, l'enlèvement sur le parking de son immeuble, comment elle s'était retrouvée dans la voiture avant d'être sauvée par Smiley et Blink, la panique qui l'avait poussée à fuir pendant l'arrestation de leur ravisseur... et sa cavale depuis ce jour.

Elle expliqua aussi qu'elle n'osait plus accéder à ses comptes bancaires, car chaque fois qu'elle essayait, elle avait l'impression d'être suivie. Elle croisait souvent des hommes différents, ce qui lui donnait l'impression qu'une organisation entière était à ses trousses, bien décidée à récupérer son dû.

Carl, son ancien compagnon, avait été retrouvé mort peu

après son départ. Elle l'avait appris plus tard, quand Kelli avait fait des recherches sur lui.

En somme, Bree n'avait pas beaucoup d'informations concrètes pour découvrir qui la traquait. En revanche, le mobile était clair : quelqu'un avait payé très cher pour elle, et n'appréciait pas que son bien lui ait échappé. Cette personne voulait récupérer sa *marchandise* : Bree.

Elle avait surtout des impressions, des soupçons, mais peu de preuves tangibles. Beaucoup de gens la prendraient pour une paranoïaque, et lui diraient qu'elle se fait des idées. Mais Smiley et son équipe avaient appris à se fier à ce genre d'intuitions – ils risquaient souvent leur vie en suivant leur instinct. Ce n'était pas eux qui allaient lui dire qu'elle s'imaginait des choses.

— Alors, Smiley. Tu veux sortir du planning de déploiement ?

— Oui, monsieur.

— Pour combien de temps ?

— Le temps de tirer tout ça au clair, répondit Smiley sans hésiter.

— C'est bien ce que je pensais. Tu vas contacter Tex ?

— Oui, monsieur. Juste après cette réunion.

Le commandant hocha la tête.

— Si Tex est sur le coup, j'espère que ça ne prendra pas trop longtemps. J'imagine que vous voulez tous être retirés du planning ? demanda-t-il en balayant la salle du regard.

Des *oui, monsieur* retentirent autour de la table.

— Je vous ai fait travailler dur, pas vrai ? lâcha-t-il avec un sourire. Et j'ai entendu dire que trois d'entre vous vont bientôt se marier. Vous aurez sûrement besoin d'un peu de temps pour vos lunes de miel...

Tout le monde acquiesça, et Smiley esquissa un sourire.

— Très bien. Deux mois. Je peux vous retirer du planning pendant deux mois, pas plus. Ça te suffira, Smiley ?

— Oui, monsieur.

— Si vous avez besoin de moi, vous savez où me trouver. Mais ça ne veut pas dire que vous êtes en vacances. Vous êtes toujours attendus à l'entraînement matinal, et vous participerez à plus de réunions.

Ils hochèrent tous la tête en grognant.

— Bien. Mademoiselle Haynes, je suis content que vous soyez saine et sauve. Vous avez trouvé de sacrés protecteurs. Faites-vous une faveur : n'omettez rien de ce que vous savez sur votre situation, même si c'est difficile d'en parler.

— D'accord, répondit doucement Bree.

Sur ce, le commandant salua les hommes d'un signe de tête avant de sortir en refermant la porte derrière lui.

Un silence suivit, rompu par MacGyver.

— Je ne te l'avais pas encore dit officiellement, alors autant le faire maintenant : merci, Bree, pour ce que tu as fait pour Ellory et Yana.

Bree esquissa un petit sourire.

— Je n'ai pas fait grand-chose.

— Foutaises, répliqua Safe d'un ton sec. D'après ce qu'on sait, tu as pris une bonne raclée pour aider les enfants à s'en sortir.

— Je ne pourrai jamais te rendre la pareille, ajouta MacGyver. Mais si tu as besoin de quoi que ce soit, c'est quand tu veux.

— Pareil pour moi, renchérit Flash. Monter dans cette voiture avec Kelli et son ravisseur, c'était téméraire, dangereux et absurde – mais c'était aussi l'un des actes les plus courageux que j'ai jamais vus. Si tu n'avais pas été là... et si tu ne nous avais pas envoyé les infos sur l'endroit où il emmenait Kelli...

Sa voix s'éteignit.

— Il faut que vous sachiez que j'étais là uniquement parce que je vous suivais tous, avoua Bree. Le commandant m'a dit de ne rien omettre, alors voilà. J'ai commencé à vous suivre parce que je voulais savoir quel genre de personnes fréquente Smiley, et si je pouvais lui faire confiance. Ensuite, j'ai continué parce que je m'ennuyais. Je vous ai vus partir en trombe de chez MacGyver, et je me suis incrustée. C'est pour ça que j'étais au bon endroit au bon moment. Je suis passée par un trou dans la clôture, et je suis tombée sur les deux filles par hasard. Je n'avais rien prémédité. Et j'étais sur le parking de Smiley parce que je l'observais à son insu, et que je voyais Kelli en cachette.

— Peu importe comment c'est arrivé, tant que c'est arrivé, répondit Flash d'un ton ferme.

— Je le pense aussi, approuva MacGyver.

— Si un jour tu as envie de filer Josie, ne t'en prive pas, lança Blink.

Bree esquissa un petit sourire.

— Mais au lieu de nous espionner en restant dans l'ombre, tu pourrais te joindre à nous, proposa Kevlar. Blink et moi, on se marie dans deux semaines, et on serait très heureux que tu sois là. Smiley te l'a peut-être déjà dit, on a prévu une fête au *Aces Bar & Grill* après la cérémonie, j'imagine que tu vois où c'est...

Bree hocha la tête.

— Parfait, poursuivit Kevlar. Il y aura nos familles, le frère jumeau de Blink, son équipe de Night Stalkers, Wolf Steel et les siens. Tout le monde sera là.

— Merci, ce sera avec plaisir. Si je suis encore ici, précisa-t-elle.

— Tu seras encore là, affirma Preacher avec assurance. Une fois que les filles auront mis les mains sur toi, tu ne pourras plus t'échapper.

Tout le monde éclata de rire, sauf Smiley, qui fronça les sourcils, incertain de la réaction de Bree.

À son grand soulagement, il remarqua qu'elle se retenait de sourire.

— Maggie est enceinte, non ?

L'espace d'une seconde, Preacher eut l'air surpris.

— J'avais oublié que tu étais une espionne, répondit-il en souriant. Oui, elle est enceinte, et Addison aussi.

— Des enfants..., fit Kevlar en secouant la tête. Qui l'aurait cru ? Bon, maintenant qu'on a fait le tour des remerciements, appelons Tex. Il doit être impatient de parler à Bree.

Blink se pencha et tira le téléphone vers lui. Bientôt, la sonnerie retentit dans la salle.

— C'est pas trop tôt, grommela une voix à l'autre bout du fil.

— Ravi de t'entendre, Tex.

— Ouais, c'est ça. Smiley, je t'ai envoyé un colis. Il contient plusieurs traceurs. Tu devrais le recevoir aujourd'hui. Bree, il va falloir tous les porter, aussi longtemps que nécessaire. Je ne veux prendre aucun risque. Il y a trop de femmes qui ont disparu, et c'est un calvaire de retrouver quelqu'un sans traceur.

— Euh... d'accord, répondit-elle en regardant Smiley, les sourcils froncés.

— Tex, je te présente officiellement Bree Haynes, déclara Kevlar. Bree, Tex vit dans l'est du pays avec sa femme, ses enfants, et son chien. C'est un ancien SEAL devenu génie de l'informatique, et un véritable fouineur. On ne sait pas ce qu'on ferait sans lui.

— Bonjour, dit Bree.

Tex poursuivit comme si elle n'avait rien dit.

— Je suis sur le coup, annonça-t-il. J'ai repéré une grosse somme versée sur le compte de votre ex-compagnon juste avant votre enlèvement. Je suis remonté jusqu'à la source, et l'organisation qui vous poursuit n'a rien d'amateur. C'est du sérieux. Et malheureusement, il y a un lien avec ce salaud, del Rio, qui a été éliminé il y a quelques années. Il régnait sur le Pérou avant que les Mountain Mercenaries et Silverstone ne le fassent tomber.

Smiley regarda Bree pour voir comment elle prenait le ton direct de Tex. Elle regardait fixement le téléphone, impassible. Sans réfléchir, il lui prit la main et posa leurs doigts entrelacés sur sa cuisse. Elle lui lança un bref regard, serra doucement sa main, puis reporta son attention sur le téléphone.

— Quel lien ? s'enquit Safe.

— D'après les informations que j'ai pu trouver, le type qui est à la tête de tout ça était l'un des hommes qui fournissaient des femmes à del Rio.

— Merde.

— C'est une blague ?

— Bordel.

Smiley était sur la même longueur d'onde que ses coéquipiers. Ils connaissaient tous del Rio, et ils savaient à quel point son organisation était impitoyable. Ils n'avaient pas eu directement affaire aux Mountain Mercenaries, mais ils avaient entendu parler de l'enlèvement de la femme de leur chef, qui était restée captive pendant dix ans à Las Vegas. Grâce à la détermination sans faille de Rex pour la retrouver, del Rio avait fini par être éliminé.

— Oui... et attends, il y a pire. Tu es juste avec ton équipe, Kevlar ?

— Bree est là aussi. Pourquoi ?

— Parce que je risque d'ouvrir une boîte de Pandore qu'il vaudrait mieux laisser fermée.

Smiley retint son souffle. Si Tex estimait que l'information était délicate, ce n'était vraiment pas bon signe.

— Mateo Castillo... Quelqu'un a déjà entendu ce nom ? demanda Tex.

Ils répondirent tous par la négative.

— C'est le chef de cette organisation. C'est lui qui a payé pour récupérer Bree. Si je t'ai demandé qui était là, c'est parce que... j'ai de bonnes raisons de croire qu'il faisait partie d'un réseau de trafic mexicain – celui dont Fiona et Julie ont été victimes.

Smiley avait le souffle coupé. Bon sang, comment était-ce possible ?

— Cookie va péter un câble, marmonna Flash.

— Sans parler de Hurt, ajouta Preacher.

— Je ne comprends pas, murmura Bree à Smiley.

Il n'eut pas le temps de lui expliquer à quel point c'était grave.

— Bree, vous m'écoutez ? demanda Tex.

— Oui, répondit-elle docilement.

— Il faut faire exactement ce que Smiley vous dit. L'organisation qui vous recherche est l'une des pires. Ils ne doivent pas vous trouvez, sous aucun prétexte. Je fais tout ce que je peux dans l'ombre pour les faire tomber, en tapant là où ça fait mal : leurs comptes bancaires. Mais ça ne stoppera pas ce qui est déjà en marche. Soyez prudente, restez sur vos gardes. C'est déjà impressionnant que vous ayez réussi à leur échapper jusque-là, mais ils doivent être encore plus déterminés à vous intégrer à leur réseau. Et franchement, vous n'avez pas envie de ça.

Même si Tex ne pouvait pas la voir, Bree hocha la tête.

— Si le pire devait arriver, ne paniquez pas, poursuivit Tex. Faites tout ce qu'il faut pour rester en vie. Vous avez bien compris ? Je suis sur le coup, comme tous les autres autour de cette table.

Le ventre de Smiley se noua. Il refusait d'imaginer Bree entre les mains de Castillo.

— D'accord, acquiesça Bree.

— Il ne faut pas en parler à Cookie, à Hurt, ni à aucun membre de l'équipe de Wolf. Je leur en parlerai moi-même quand j'aurai plus d'informations. Je ne veux pas que Fiona et Julie revivent tout ça avant d'avoir des preuves tangibles de l'implication de Castillo, et d'avoir une bonne nouvelle à leur annoncer : qu'on sait où est ce salaud, et que toute menace potentielle est écartée.

— Tu crois que Fiona et Julie sont en danger ? demanda Preacher.

— Franchement ? Non. Ça fait des années. Si Castillo avait voulu mettre la main sur elles, il avait le temps, et les moyens. Elles ne sont plus dans la tranche d'âge des femmes faciles à vendre. Mais s'ils apprenaient qu'il court toujours, Wolf et sa bande seraient incontrôlables, et je préfère me concentrer sur Bree que devoir canaliser Cookie, Hurt et les autres.

Smiley n'était pas sûr d'être d'accord. À la place de Cookie et Hurt, il voudrait être au courant si une ancienne menace refaisait surface. Mais il avait besoin de Tex et de ses compétences, et il ne fallait surtout pas le contrarier.

Il était prêt à lui laisser du temps – mais pas trop. Les SEALs se serraient toujours les coudes. Même à la retraite.

— Je vais les prévenir, poursuivit Tex comme s'il sentait leur désapprobation. Wolf et son équipe sont des amis proches. Je ne veux pas les alerter pour rien. Il me faut juste un peu de temps pour rassembler plus d'informations, retrouver ce type, et m'assurer qu'il ne représente plus une menace. Si je pensais que Julie et Fiona étaient en danger, je serais le premier à les appeler.

Cela rassura un peu Smiley, mais pas complètement.

— Bree, vous vous en êtes bien sortie, mais ne baissez pas la garde. Je suis sur le coup, et mes gars aussi. J'ai un contact au Nouveau-Mexique et un autre au Texas. Ils remontent la trace de l'argent de Castillo jusqu'à ses hommes. On finira par les trouver.

— Merci.

— Ne me remerciez pas, j'ai horreur de ça. Contentez-vous de rester prudente. Ma tension est déjà assez élevée, ne faites rien qui pourrait aggraver ça. Terminé.

Une fois qu'il eut raccroché, un silence s'installa.

— Merde, ce n'est pas bon signe, dit Kevlar au bout d'un moment.

Smiley se dit que c'était un euphémisme.

— Tu tiens le coup ? demanda MacGyver à Bree.

Elle haussa les épaules.

— Je suis en vie, et en sécurité. Ça me suffit.

— Tu peux encaisser encore un peu d'émotions ?

Smiley fronça les sourcils. Il ne savait pas où son ami voulait en venir.

— Eh bien... vu tout ce que j'ai vécu récemment, vas-y, je ne suis plus à ça près.

MacGyver esquissa un sourire.

— Cette fois, ça devrait être positif. Addison meurt d'envie de te rencontrer. Ellory aussi. Vous pourriez venir dîner tous les deux ce soir.

Bree regarda Smiley, comme pour sonder son avis. Il pouvait voir l'impatience et l'envie dans ses yeux. Il aurait été incapable de lui refuser quoi que ce soit.

— Dix-huit heures, ça te va ? demanda-t-il à MacGyver.

— Parfait. Je préviens Addy.

— Je vais emmener Bree faire les courses, acheter ce dont elle a besoin. Et je veux être chez moi quand le colis de Tex arrivera, pour l'équiper avec les traceurs. À ce soir, MacGyver. À demain tout le monde.

Smiley avait hâte de rentrer avec Bree. Certes, ils étaient plus en sécurité à la base navale, mais il ignorait qui Castillo avait dans ses rangs. Après tout, l'agresseur de la compagne de Preacher se trouvait juste sous son nez, à la base navale.

Ils hochèrent tous la tête, puis Smiley et Bree se dirigèrent vers la sortie avant que quelqu'un ne relance la discussion.

Son esprit tourbillonnait. Si Tex avait raison, et il n'en doutait pas, ce Mateo Castillo était encore plus dangereux qu'il ne l'imaginait ; et Bree était bel et bien en danger. Quelqu'un qui avait tenu aussi longtemps dans le trafic d'êtres humains devait être rusé, intelligent, et avoir des contacts.

Bree ne serait en sécurité qu'une fois l'homme retrouvé et hors d'état de nuire.

Et tout cela n'allait pas assez vite aux yeux de Smiley.

Mateo Castillo était garé en face de l'entrée principale de la base navale. Il était si près du but ; *si près* de mettre la main sur Bree Haynes. Mais le Navy SEAL avec qui elle vivait ne la quittait pas d'une semelle. Cela n'allait pas être aussi simple que prévu.

Les Navy SEALs lui avaient déjà pourri la vie quelques années plus tôt au Mexique, et ils lui compliquaient encore la tache aujourd'hui.

Il était à Riverton parce que ceux qu'il avait envoyés récupérer sa propriété avaient échoué à plusieurs reprises ; Bree Haynes leur avait échappé, et il était temps pour lui d'intervenir lui-même.

En enquêtant sur cette garce et sur les hommes qui avaient empêché la vente, non seulement il avait découvert qu'elle s'était réfugiée dans cette ville en Californie, mais aussi que les deux femmes responsables de sa chute y vivaient aussi.

Fiona Storm et Julie Lytle étaient la propriété du réseau mexicain pour lequel il travaillait. Elles avaient été sauvées par des SEALs, et maintenant, elles étaient mariées avec eux.

Quand Mateo avait appris que l'homme chez qui Bree Haynes s'était réfugiée avait un lien avec elles, une idée s'était imposée à lui : il les récupèrerait toutes les trois, et elles finiraient là où elles auraient toujours dû être, sur le dos, à lui rapporter de l'argent.

Il ne comptait pas les garder, il avait déjà des acheteurs : l'un en Corée du Nord, l'autre en Russie. Mais Bree Haynes allait rester en Équateur, où il avait installé ses nouvelles bases. Elle rejoindrait le réseau qu'il avait bâti à l'image de celui de del Rio. Dans ce pays, c'était facile de corrompre les fonctionnaires, et il contrôlait déjà une bonne partie de la police locale.

Il n'avait pas besoin de la quatrième femme, Josie England. La femme qui l'avait vendue avait exigé une somme dérisoire ; la perte était négligeable.

Mais l'ex-compagnon de Bree avait négocié gros. Et concernant les deux autres... c'était une affaire personnelle.

Il suffisait d'être patient. Un jour ou l'autre, les SEALs allaient baisser leur garde. Ou alors, les femmes feraient certainement une erreur. Elles en faisaient toujours.

Pour le moment, toute l'attention était concentrée sur Bree Haynes, ce qui pouvait jouer en sa faveur pour capturer Fiona et Julie. Mais s'il agissait maintenant, les SEALs mettraient aussitôt la troisième sous haute protection. Non, il devait attendre le bon moment pour les capturer d'un coup. Le scénario parfait : fondre sur elle avant que quelqu'un s'en rende compte.

Ses hommes avaient appris que les SEALs et leurs familles se retrouvaient souvent dans un bar, le *Aces*. Ce n'était qu'une question de temps avant qu'elles y soient toutes ensemble, et qu'il ait une occasion de frapper.

S'il pouvait, en prime, embarquer une ou deux femmes supplémentaires, tant mieux.

Mateo aperçut le petit pick-up du SEAL dont Bree Haynes s'était amourachée, et plissa les yeux en le voyant sortir de la base navale. Son heure viendrait, il lui suffisait d'attendre et d'observer.

Il agirait quand elle s'y attendrait le moins.

4

Smiley lança un regard à Bree depuis le siège conducteur. Ils venaient tout juste de se garer devant la petite maison de MacGyver.

— Tu es sûre de vouloir y aller ? Si tu veux, on peut remettre ça à plus tard.

— Je suis sûre, répondit-elle. Un peu nerveuse, mais ça me fera du bien de voir les filles heureuses, et pas mortes de peur.

En réalité, Bree avait hâte de rencontrer officiellement Ellory et Yana. La dernière fois qu'elle les avait vues, sur ce chantier naval, elles étaient terrifiées. De loin, elle avait l'impression qu'elles s'étaient bien remises de cette épreuve, mais elle voulait leur parler en face pour s'en assurer.

Elle avait aussi envie de rencontrer Addison.

À vrai dire, elle voulait toutes les rencontrer. Elle les observait depuis si longtemps qu'elle avait presque l'impression de les connaître.

Mais ce n'était pas du tout le cas. Elle était juste cette fille un peu louche qui les espionnait depuis sa voiture. Si elles le savaient, elles n'auraient sûrement pas la moindre envie de lui adresser la parole.

Bree commençait à vouloir faire marche arrière, et dire à Smiley qu'elle préférait rentrer, mais c'était trop tard. Il était déjà sorti du pick-up, et le contournait pour lui ouvrir la portière.

Elle inspira profondément pour se donner du courage. Tout allait bien se passer. Elle allait rencontrer les enfants, Addison, manger un vrai repas – certainement bien meilleur que ceux qu'elle mangeait dans sa voiture – puis ils rentreraient chez Smiley. Il n'y avait pas de quoi avoir peur. Elle n'avait pas besoin de devenir la meilleure amie d'Addison ou de ses enfants. Parfois, les gens ne s'entendent pas, et ce n'est pas un drame.

Mince.

Justement, pour elle, si.

Elle n'eut pas le temps d'y réfléchir davantage : Smiley ouvrit la portière. Comme une idiote, elle essaya de descendre sans avoir détaché sa ceinture. Ce n'était pas le meilleur début de soirée.

Smiley laissa échapper un petit rire, et Bree se sentit rougir. Une fois remise de sa maladresse, elle sortit de la voiture, mais il ne s'éloigna pas. Au contraire, il se rapprocha d'elle jusqu'à la coincer contre le pick-up. Il repoussa une mèche de cheveux derrière son oreille, et Bree resta figée, incapable de détourner le regard du sien.

— Respire, Bree. Tout va bien se passer.

Elle hocha la tête.

— Si je pensais le contraire, crois-moi, tu ne serais pas là, ajouta-t-il. Je ne te mettrais jamais dans une situation qui risquerait de te blesser, physiquement ou moralement.

— Smiley…, protesta-t-elle, dépassée.

— C'est nouveau pour moi, avoua-t-il.

— Quoi donc ? s'enquit-elle.

— D'être avec une personne à qui je pense sans arrêt, de m'inquiéter pour elle en permanence. Après avoir passé des mois à me demander ce que tu faisais, à quoi tu pensais, jour et nuit… c'est déroutant.

Bree ne put s'empêcher de ricaner.

— Oui, je comprends.

Il inclina la tête.

— Tu ressens la même chose ?

Bree acquiesça.

— Je suis soulagé de ne pas être le seul… Est-ce que ça fait de moi un connard ?

Elle lui sourit.

— Non.

— Bordel, ce sourire… Tu n'imagines pas ce que ça me fait. Allez, on y va. Je n'aime pas trop traîner dehors comme ça.

La réalité lui revint en pleine figure. Elle n'était pas une femme ordinaire sur le point de passer une bonne soirée. Elle était la cible d'un homme dangereux qui voulait la retrouver pour la forcer à se prostituer. C'était horrible.

— Mince, je ne voulais pas te faire peur, dit Smiley en la guidant vers la porte de MacGyver et Addison.

— Tu ne m'as pas fait peur, le rassura Bree.

— Foutaises. Ne me mens pas. Ne me dis pas ce que tu

crois que je veux entendre. Sois toujours honnête avec moi. Parce que pour ma part, je ne peux pas faire autrement.

Bree tourna la tête vers lui. Il avait ce côté brut, un peu sauvage. Peut-être même paranoïaque, à sa manière de scruter les environs. Il était d'une franchise désarmante, et se fichait complètement de son apparence... mais il avait beau avoir les cheveux en bataille, comme s'il venait de se réveiller, il restait terriblement séduisant. Plus elle passait du temps avec lui, plus elle se sentait attirée.

— Tu m'écoutes, Bree ?

— Oui. Tu ne m'as pas fait peur, je suis un peu nerveuse, c'est tout. À cause de cette soirée, de ce Mateo, tout ça.

— Smiley hocha la tête.

— Si tu ne l'étais pas, ça m'inquiéterait. Mais on gère, tous ensemble. Mon équipe, Tex, le commandant, tout le monde.

Bree s'apprêtait à le remercier encore une fois quand la porte s'ouvrit brusquement, et une jeune fille apparut. Ellory. Bree l'aurait reconnue entre mille.

À sa grande stupéfaction, la gamine se jeta littéralement dans ses bras.

Bree fit un pas en arrière pour garder l'équilibre, et l'enlaça tandis que Smiley, prévoyant, la soutenait pour ne pas qu'elle tombe à la renverse avec Ellory.

— Ellory !

À la porte, Bree aperçut une grande femme rousse qui secouait la tête en souriant tendrement.

— Je suis désolée, elle était impatiente de te revoir. Je suis Addison. Entre, je t'en prie.

Ellory relâcha son étreinte et recula d'un pas.

— Moi aussi, je suis désolée. Je ne pouvais pas attendre une seconde de plus, je voulais te remercier.

— El, laisse-les entrer, la réprimanda doucement Addison.

— Oui, pardon ! Entrez. Depuis qu'on est rentrées de l'école, on n'a pas arrêté de cuisiner. Je ne peux pas manger grand-chose, mais ça sent trop bon. Et Yana nous a aidées aussi !

L'enthousiasme de la jeune fille fit sourire Bree. Grâce à Smiley, elle savait qu'elle souffrait de la maladie de Crohn, donc sa remarque ne la surprenait pas.

En entrant, elle vit Smiley saluer MacGyver d'un signe de tête. Elle esquissa un petit sourire – ce genre de salut était typiquement masculin. Avant qu'elle ait le temps de s'attarder là-dessus, Ellory la prit par la main.

— Viens, Yana a vraiment hâte de te rencontrer ! Artem et Borysko aussi !

— Ellory, c'est malpoli, intervint Addison en fronçant les sourcils.

— Oh, tout va bien, elle a raison, tempéra Bree. Je suis impatiente de rencontrer tout le monde.

— Mais moi, je n'ai même pas eu le temps de te saluer comme il se doit, grommela Addison.

C'était une sensation étrange d'être au centre de toutes les attentions, que tout le monde se dispute pour l'accueillir.

— Bree, lança-t-elle maladroitement en tendant la main à Addison.

Mais cette dernière ignora la main tendue, et la serra dans ses bras avec la même intensité que sa fille quelques instants auparavant.

Bree sentit la respiration saccadée d'Addison contre son épaule.

— Merci, murmura-t-elle. Tu n'imagines pas ce que tu as fait pour nous.

— Tout le monde aurait fait la même chose, protesta Bree.

Addison recula pour la regarder de la tête aux pieds.

— Tout va bien ? Ricky a dit que tu étais blessée, que cet homme t'avait fait du mal.

— Ça va, lui assura Bree.

L'inquiétude sincère qu'elle percevait dans la voix d'Addison lui réchauffait le cœur. Après tout ce temps à vivre en marge de la société, à se sentir à l'écart, cette bienveillance avait quelque chose de bouleversant.

Les larmes montèrent aux yeux d'Addison, qui renifla bruyamment. MacGyver passa un bras autour de sa taille et l'attira contre lui. Elle se laissa faire volontiers.

— En ce moment, elle pleure pour un rien, expliqua-t-il. Les hormones de grossesse.

Bree lui sourit.

— Félicitations.

— Merci. Et je ne pleure pas juste parce que je suis enceinte, protesta Addison. Enfin, pas *complètement*. Mais... tu as été blessée en protégeant mes enfants, alors j'ai bien le droit de pleurer.

— Maman, je vais bien, et Yana aussi. Je peux l'emmener dans la cuisine pour qu'elle la voie ? Et je devrais peut-être vérifier qu'elle n'est pas en train de mettre le feu à la maison...

— Tout va bien, intervint MacGyver. Elle est dans le salon avec tes frères, devant la télévision.

— Peu importe, grommela Ellory en levant les yeux au ciel.

Bree éclata de rire. Ces retrouvailles ne ressemblaient en rien à ce qu'elle imaginait. Ellory lui sourit, et lui prit de nouveau la main.

— Allez, viens. On va voir si on peut les décoller de la télé.

Bree lança un regard à Smiley. Elle avait du mal à déchiffrer son expression, mais la tendresse dans ses yeux parlait d'elle-même.

Elle se laissa entraîner dans l'autre pièce, où Yana et deux garçons étaient affalés sur le canapé, hypnotisés par la télévision. Quand elle sentit l'odeur de cuisine italienne provenant de la cuisine, son ventre se mit à gargouiller. Ce qu'Addison et Ellory avaient préparé sentait divinement bon.

— Yana, voici Bree. C'est elle qui nous a aidées quand le méchant nous a attrapées, tu te souviens ?

Yana tourna la tête vers elles, les yeux écarquillés. Elle laissa échapper un petit cri et se précipita vers Bree.

— J'imagine qu'elle se souvient, murmura-t-elle à Ellory.

L'adolescente était rayonnante.

— Oui, on en a beaucoup reparlé avec notre psy. C'était effrayant, mais le meilleur moment, c'est quand tu es arrivée pour nous aider à nous enfuir.

— Merci d'avoir sauvé notre sœur, dit l'un des garçons. Je m'appelle Artem.

— Et moi, Borysko. Oui, merci.

Les deux frères s'étaient levés, et ils posèrent chacun une main sur l'épaule de Yana pour la calmer un peu.

Bree se sentit submergée. Elle était simplement au bon endroit, au bon moment. C'était uniquement parce qu'elle espionnait Smiley et ses amis, qu'elle se mêlait de ce qui ne la regardait pas. En réalité, elle n'avait sauvé personne – elle avait seulement attiré le ravisseur assez loin pour que les filles rejoignent les SEALs, qui les cherchaient désespérément.

Yana leva les yeux vers elle.

— Tu veux voir mes poupées ?

Face à ce brusque changement de sujet, Bree cligna des yeux, puis hocha la tête.

— Oh, pas encore ses poupées, grommela Borysko, exaspéré.

Artem haussa les épaules et se retourna vers la télévision.

— Dix minutes, prévint Ellory. Ensuite, on passe à table.

Yana acquiesça, et Bree la suivit jusqu'à sa chambre. On voyait tout de suite qu'elle la partageait avec Ellory : un côté débordait de jouets et de livres pour enfants, et l'autre ressemblait plutôt à une chambre d'ado.

Dix minutes plus tard, quelque chose attira l'attention de Bree vers la porte.

Smiley était adossé au montant de la porte et l'observait, un léger sourire aux lèvres. Bree avait l'impression d'avoir une centaine de poupées Barbie autour d'elle, et de puis que Yana s'était installée par terre pour lui présenter chacune d'entre elles, elle n'avait cessé de bavarder. Elle s'exprimait dans un mélange d'anglais et d'ukrainien ; c'était adorable.

Même si Bree ne comprenait qu'à moitié ce que disait la

fillette, elle hochait la tête et souriait sans arrêt. La petite était spontanée et affectueuse, sûrement parce que MacGyver et Addison étaient d'excellents parents. Ils faisaient tout pour que Yana se sente en sécurité, et à cet âge-là, c'était sans doute le plus important. Smiley lui avait raconté comment les trois enfants ukrainiens avaient atterri chez eux, et après ce qu'ils avaient vécu, Bree ne pouvait être qu'impressionnée par leur équilibre.

Elle posa une main sur le bras de Yana.

— Je crois que le dîner est prêt.

Smiley hocha la tête en guise de confirmation.

— Des spaghettis ! s'écria Yana en bondissant, avant de se précipiter vers la porte.

Smiley s'écarta juste à temps pour éviter la collision, et la fillette disparut dans le couloir.

Bree mit plus de temps à se relever. Elle n'était pas vieille du tout, mais elle n'avait pas l'agilité d'une enfant. Quand elle fut enfin debout, Smiley se tenait déjà devant elle.

— Je voulais juste m'assurer que tout va bien.

— Ça va.

Il la dévisagea longuement, puis hocha la tête avant de poser une main dans son dos pour l'inviter à le suivre.

— Je ne sais pas pour toi, mais avec cette odeur, les dix dernières minutes ont été une véritable torture.

Bree esquissa un sourire.

— Pour toi aussi ?

— Oh oui !

Ils traversèrent le salon en direction de la cuisine.

— Tu as besoin d'aide ? demanda Bree à Addison.

— Non, asseyez-vous tous les deux. Les enfants vont mettre la table et apporter les plats.

Bree observa la grande table à côté de la cuisine, et sourit en voyant les marque places confectionnés par les enfants. Elle était assise entre Ellory et Yana, ce qui lui convenait très bien. Smiley, quant à lui, était juste en face. Parfait. Elle pourrait le regarder autant qu'elle le voulait sans que ce soit trop voyant.

Mais au fil du repas, chaque fois qu'elle levait les yeux, Smiley avait déjà le regard posé sur elle. Être au centre de son attention la rendait à la fois nerveuse et étrangement excitée.

À table, la conversation était animée, et une fois qu'ils eurent fini les spaghettis et les boulettes de viandes accompagnés de pain à l'ail et de brocolis gratinés au fromage, non seulement Bree était repue, mais elle avait l'impression de connaître cette famille depuis toujours.

Après le dîner, elle aida Artem et Borysko à laver la vaisselle, puis tout le monde se retrouva au salon pour discuter avant l'heure du coucher des plus jeunes. Bree se retrouva dans la chambre de Yana à lui lire une, puis deux, puis trois histoires. Quand elle retourna dans le salon, Ellory était installée à la table de la cuisine, un casque sur les oreilles, concentrée sur son ordinateur portable, tandis que les adultes discutaient tranquillement sur les divans.

Bree s'assit à côté de Smiley, ravie de sentir leurs cuisses se frôler quand le coussin s'affaissa.

— Bienvenue dans notre joyeux bazar, déclara Addison en riant légèrement.

— Ce n'était pas si terrible, répondit Bree aussitôt.

— Ça ne va pas s'arranger avec celui-là, ajouta Addison en posant une main sur son ventre.

La conversation dévia sur la grossesse d'Addison, puis sur les progrès des enfants en anglais, sur le traitement de la maladie d'Ellory, et enfin, sur les autres femmes du cercle des SEALs. Ellory finit par se lever, embrassa sa mère, serra MacGyver dans ses bras, dit bonne nuit à Smiley et à Bree, puis s'éclipsa dans le couloir. Les adultes continuèrent à parler entre eux.

La discussion ne faiblit jamais. Bree découvrit que MacGyver avait beaucoup d'humour – et qu'il aimait éperdument sa femme et sa famille. Même s'il n'était pas le père biologique des quatre enfants qui vivaient sous son toit, il les aimait comme si c'était le cas.

Bree n'avait pas réalisé l'heure qu'il était jusqu'à ce que Addison évoque l'entraînement du lendemain matin. En regardant sa montre, elle sursauta : il était presque minuit. Smiley et MacGyver devaient se lever dans quatre heures et demie – elle aussi, puisqu'elle suivait Smiley partout.

— Merci d'être venue, dit Addison en la serrant dans ses bras.

Bree se sentit touchée. Cela lui faisait chaud au cœur d'être intégrée de cette manière.

— Merci de m'avoir invitée.

— Même si je te l'ai déjà dit, merci encore, vraiment. Ce que tu as fait... tu n'as pas idée de ce que ça représente pour moi et ma famille. Si tu as besoin de quoi que ce soit, surtout n'hésite pas. Tout ce que tu veux.

Bree lui adressa un léger sourire.

— Vos enfants sont formidables. Vous faites un travail extraordinaire.

— Tout le mérite revient à Addison, répondit MacGyver.

Sa femme leva les yeux au ciel d'un air tellement semblable à celui d'Ellory que Bree éclata de rire.

— Désolée, ma fille déteint sur moi, plaisanta Addison.

— À demain, lança Smiley à MacGyver.

— Je vous raccompagne, répondit-il d'un ton ferme.

L'atmosphère détendue de la soirée se mua soudain en retour brutal à la réalité. La réaction de MacGyver lui rappela qu'elle ne sortait pas d'un dîner avec son petit ami. Smiley n'était pas son petit ami. Qu'était-il, au juste ? Son protecteur ? Son garde du corps ? Pourtant, ses sentiments pour lui étaient plus profonds que pour n'importe quel homme auparavant. C'était déroutant.

Elle sortit entourée des deux hommes. Smiley gardait une main dans son dos, un geste auquel elle s'habituait un peu trop. MacGyver et lui étaient aux aguets, prêts à réagir au moindre danger. Smiley la fit monter dans son pick-up et referma la portière. Il échangea quelques mots avec MacGyver avant de la rejoindre.

— Tout va bien ? lui demanda-t-elle dès qu'il mit le moteur en marche.

— Oui.

— Si ce n'était pas le cas, tu me le dirais ? lança-t-elle, un brin ironique.

Il la regarda, surpris.

Bree laissa échapper un soupir.

— Désolée, c'était déplacé.

— Non. Tu as le droit de ressentir ça.

— C'est juste que... la soirée était tellement bien. Un instant, j'ai oublié qui j'étais.

Smiley fronça les sourcils.

— Comment ça, qui tu es ?

— Oui : une sans-abri qui s'est incrustée dans ta vie et celle de tes amis. Je mets tout le monde en danger. Même Fiona et Julie, que je n'ai jamais rencontrées, pourraient être prises pour cible à cause de moi. Je devrais partir, Smiley, conclut-elle d'une voix tremblante.

Il la dévisagea un long moment... puis sans rien dire, il recula et prit la route de chez lui.

Bree se tourna vers la vitre en se mordillant la lèvre. Il n'avait pas cherché à la contredire – ce qui en disait long. Elle venait peut-être de le ramener à la réalité.

Elle était un fardeau pour tout le monde. Smiley ne voulait pas la lâcher d'une semelle, et cela devait lui peser sur les épaules. Pour la surveiller, il avait même demandé à son supérieur de ne pas partir en mission. À cause d'elle, il ne pouvait même plus faire son travail.

Quand ils arrivèrent enfin chez lui, Bree était au bord des larmes.

Smiley coupa le moteur, sortit, puis lui fit signe de passer de son côté.

Perdue dans ses pensées, elle obéit sans poser de question. Dès qu'elle fut à sa portée, il lui prit la main pour l'aider à descendre. Il l'entraîna rapidement dans le hall d'entrée, ferma la porte derrière eux et appela l'ascenseur, toujours sans dire un mot.

Bree se sentit soudain déprimée. C'était donc ça : il attendait d'être chez lui pour lui annoncer qu'elle avait raison, qu'elle devait partir.

Il ouvrit la porte de son appartement, elle entra... et poussa un petit cri de surprise quand il posa les mains sur ses épaules et la plaqua doucement contre la porte fermée à clé.

— Écoute-moi, Bree. Tu m'écoutes ?

Surprise par son air grave, elle leva les yeux vers lui, puis hocha la tête. Elle ne savait pas quoi faire de ses mains, alors elle les appuya contre la porte derrière elle.

— Tu n'iras nulle part. Tu n'es pas sans abri – tu vis ici. Tu ne t'es pas imposée dans ma vie. Bon sang, je te cherchais depuis des mois, j'avais envie que tu en fasses partie, et tu étais trop maligne pour qu'on puisse te trouver. Si Fiona et Julie sont dans la ligne de mire de ce taré, ce n'est pas ta faute. C'est parce qu'il est cinglé, compris ?

Bree le regarda fixement, sans voix.

Smiley prit une profonde inspiration.

— Je ne veux pas que tu partes. Je viens à peine de te retrouver. Et maintenant que je te connais un peu plus, après t'avoir vue avec mes amis et les enfants, je réalise à quel point j'ai raté quelque chose. Dès que tu entres dans une pièce, tu l'illumines, et tu as le don de te faire aimer de tout le monde. En quelques secondes à peine, Yana voulait déjà te montrer ses trésors : ses poupées.

Il marqua une pause et chercha son regard.

— Tu as besoin de moi, Bree. De mon expérience, de mes amis. Il faut qu'on retrouve ce salaud de Castillo et qu'on le fasse disparaître une bonne fois pour toutes. Mais surtout, j'ai besoin de toi. Je ne me souviens même plus de la dernière fois où j'ai passé une soirée chez un de mes coéquipiers. Ça m'avait manqué, et voir MacGyver et sa famille m'a fait du bien. Ça m'a ouvert les yeux. J'ai besoin que tu me rappelles qu'il y a autre chose que le travail, qu'il existe encore des gens bien et généreux qui ne pensent pas qu'à eux.

Sans s'en rendre compte, Bree avait glissé les mains sur le T-shirt de Smiley, et s'accrochait à sa taille.

— Tu restes avec moi ? Laisse-moi retrouver ce type et lui faire comprendre que tu es intouchable.

Incapable de refuser, Bree hocha la tête.

— Très bien. Et je ne veux plus entendre dire que tu es autre chose qu'une amie incroyable, une femme drôlement courageuse prête à aider des inconnus, qui me fascine totalement, et dont je deviens accro.

— Euh...

— Pas de discussion, j'ai raison. Demande à n'importe lequel de mes amis, j'ai toujours raison.

— Prétentieux, marmonna Bree en esquissant un sourire.

— Je serais prêt à terrasser des dragons et à me ridiculiser pour voir ce sourire sur ton visage, murmura-t-il.

Sans lui laisser le temps de répondre, il recula et la poussa délicatement vers le couloir.

— Allez, va te préparer, il faut que tu dormes. Je dois me lever bien trop tôt... donc toi aussi.

— J'aime bien assister à l'entraînement, admit Bree. Tant que je ne dois pas courir avec vous et que je peux vous suivre en quad, ça me va.

— Parfait, parce que tant qu'on n'aura pas mis la main

sur Castillo, tu auras les fesses posées sur ce quad, à mes côtés. On partira avant l'ouverture de la cafétéria, mais je te préparerai un café à emporter.

Comme elle restait sur place à le fixer du regard, il ajouta :

— Alors, qu'est-ce que tu attends ? Va te changer, ma belle !

Bree se retint encore de sourire et se dirigea vers la chambre, où se trouvaient les quelques affaires qu'elle avait prises avec elle. En voyant ses vêtements lavés, pliés, et soigneusement empilés dans sa valise posée au sol, elle eut un autre pincement au cœur. L'homme avec qui elle vivait n'était pas seulement un redoutable SEAL. Il était attentionné, et faisait tout son possible pour lui simplifier la vie. Elle n'aurait aucun mal à s'habituer à sa présence... mais c'était sûrement temporaire. Une fois ce Mateo hors d'état de nuire, elle devrait sans doute partir.

Il affirmait qu'il voulait aller plus loin, qu'il était *accro*, mais dès que cette affaire serait réglée – bientôt, elle l'espérait – il allait peut-être se lasser d'elle et changer d'avis. Elle n'en avait aucune envie, mais elle préférait éviter de se bercer d'illusions et d'avoir le cœur brisé s'il décidait finalement qu'elle n'était pas faite pour lui.

Cette pensée la fit souffrir, alors elle la chassa. Il valait mieux se concentrer sur le présent. C'était inutile de penser à l'avenir. Elle ignorait totalement de quoi demain serait fait, alors autant vivre l'instant présent, et profiter de la compagnie de Smiley.

5

Les jours suivants passèrent à toute vitesse. Chaque matin, Smiley emmenait Bree avec lui à l'entraînement, puis ils rentraient, prenaient une douche, déjeunaient et retournaient à la base navale.

Il avait beaucoup de réunions, mais Bree semblait se contenter de s'installer dans l'un des bureaux libres à proximité.

Le jour de sa conversation téléphonique avec Tex, comme promis, Smiley avait reçu les traceurs, et il était satisfait de l'assortiment. Bree, quant à elle, avait l'air moins enthousiaste – de son propre aveu, c'était surtout parce qu'elle pensait constamment à la raison pour laquelle elle devait porter ces boucles d'oreilles, ce collier, cette barrette ou cette ceinture qui dissimulaient un traceur. Tex avait glissé un mot dans le colis, lui conseillant d'en changer chaque jour au cas où quelqu'un la surveillerait.

Bree avait l'air paniqué. Elle ne niait pas le danger, elle

avait passé suffisamment de temps à fuir pour savoir qu'on la traquait. Mais la manière directe et brutale dont Tex exprimait les choses lui glaçait le sang, et ces objets qui rendaient la menace beaucoup plus concrète n'arrangeaient rien. Elle l'avait avoué à Smiley, mais heureusement, elle acceptait de les porter sans se plaindre.

Aujourd'hui, Bree avait rendez-vous avec Julie Hurt et Fiona Knox dans la boutique de vêtements d'occasion de Julie, *My Sister's Closet*. Bree rechignait à acheter de nouveaux vêtements sous prétexte qu'elle en avait plein en stock à Las Vegas, et qu'elle ne voulait pas que Smiley dépense plus d'argent pour elle.

Mais il tenait à ce qu'elle étoffe un peu sa garde-robe. Il ne se souciait pas vraiment de ce qu'elle portait, mais ça lui faisait mal au cœur de voir défiler les mêmes tenues – cela lui rappelait constamment que c'était tout ce qu'elle possédait.

Ou plutôt... tout ce à quoi elle avait accès pour l'instant.

Il sortit de la salle de réunion, où il était enfermé depuis des heures avec son équipe, et se dirigea vers le bureau où Bree l'attendait. En ouvrant la porte, il ne la vit pas tout de suite, et fut pris de panique. Mais tous ses muscles se relâchèrent quand il aperçut la jeune femme endormie sur le petit canapé, recroquevillée sur elle-même, les mains en guise d'oreiller.

Ces derniers soirs, ils s'étaient couchés tard. Ils avaient discuté, joué aux cartes, regardé la télévision – comme si chacun avait envie de profiter au maximum de ces moments ensemble. Et bien sûr, ils se levaient tôt pour l'entraînement. Il n'y avait rien d'étonnant à ce que Bree fasse la sieste. Il aurait bien aimé la laisser dormir, mais s'ils voulaient arriver à l'heure à la boutique, ils devaient partir.

À peine avait-il fait un pas vers elle que son téléphone se mit à vibrer. Il s'arrêta pour consulter l'écran, et fronça les sourcils en découvrant un message de Cookie.

Cookie : *Changement de programme. On se retrouve chez Caroline.*

Smiley : *Pourquoi ?*

Cookie : *Mon travail, ce n'est pas de poser des questions, c'est juste d'aller où on me dit d'aller.*

Ce changement ne plaisait pas à Smiley. Sur le terrain, il avait l'habitude d'improviser, mais l'idée de trouver de nouveaux vêtements pour Bree le réjouissait. Il commença à taper une réponse, mais une voix l'interrompit.

— Pourquoi tu fais cette tête ? Il y a un problème ?

Bree avait l'air nerveuse, et il ne voulait surtout pas qu'elle se réveille comme ça.

Aussitôt, il prit un air plus léger et rangea son téléphone. Il devait rassurer Bree avant tout.

— Rien de grave. J'allais justement te réveiller.

— Arrête de mentir, protesta-t-elle en se redressant.

— Je ne te mens pas, promis. Cookie vient juste de m'apprendre qu'on ne se rejoignait pas à la boutique, mais chez Caroline.

— Pourquoi ?

— Je ne sais pas, mais ce n'est pas bien grave. Caroline a sûrement hâte de te rencontrer. Quand elle doit attendre trop longtemps avant de faire la connaissance d'une nouvelle recrue, elle devient grognon.

— Pourtant, tu avais l'air contrarié, insista Bree.

— Parce que je voulais te trouver des vêtements, et demander à Julie de mettre des choses de côté pour les faire livrer à domicile. Je me disais que si on les recevait directement, tu ne pourrais pas refuser.

À sa grande satisfaction, Bree sembla plus détendue.

— Je ne te mentirai pas, Bree. Je ne sais pas combien de fois tu as besoin de l'entendre, mais je n'hésiterai pas à te le rappeler : si j'apprends quoi que ce soit concernant Castillo, je te le dirai. Il faut que tu sois au courant, c'est dans ton intérêt.

— Merci.

— Tu veux faire une sieste ? On pourra voir Julie, Fiona et Caroline une autre fois.

— Tu n'es pas obligé de m'acheter des vêtements, lâcha-t-elle au lieu de répondre à sa question.

Smiley soupira.

— Je sais, mais ça me fait de la peine de te voir avec seulement quatre tenues. Tu devrais avoir un placard rempli de vêtements.

— J'en ai, lui rappela-t-elle. Mais pour l'instant, tout est dans des cartons à Las Vegas. Tu as dit toi-même que ce serait risqué d'envoyer quelqu'un les récupérer, au cas où le garde-meuble serait sous surveillance.

C'était la vérité, et il était rongé par la frustration. Il avait envie de lui offrir le monde sur un plateau. Il voulait voir des vêtements déborder de son placard, lui faire de la place dans ses tiroirs.

Il avait envie qu'elle occupe plus qu'un simple coin de la chambre, où se trouvait encore sa valise.

Bree s'approcha de lui et posa une main sur son bras.

— C'est si important pour toi que j'aie plus de vêtements ?

— Oui, répondit-il simplement.

— D'accord.

— D'accord ?

— Oui. Je vais en parler à Julie. Elle me choisira quelques trucs... mais je ne vais pas exagérer.

Smiley esquissa un sourire en coin.

— Parfait.

— Tu devrais faire ça plus souvent.

— Quoi ?

— Sourire.

— Alors on est quittes, parce que quand je te vois sourire alors que tu n'en as pas souvent eu l'occasion, je me sens comme un géant.

— Tu veux dire que tu ne l'es pas déjà ? plaisanta-t-elle.

Cette femme... Elle le rendait fou.

— Tu n'as pas répondu à ma question, lui rappela-t-il. On va chez Caroline, ou on rentre à l'appartement ?

— Chez Caroline, répondit Bree. J'ai envie de rencontrer Julie et Fiona. D'après ce que j'ai entendu, elles ont l'air formidables. Elles ont survécu à ce que Mateo me réserve. C'est important pour moi qu'elles me racontent leur histoire.

— Il ne t'arrivera pas la même chose, grommela Smiley.

— Je sais. Ce que je veux dire, c'est que... les voir, savoir qu'elles s'en sont sorties, ça me donnera confiance. Si quelque chose devait arriver, je saurai que moi aussi, je peux y survivre.

Smiley aurait voulu protester, lui dire qu'il ne lui arriverait rien, qu'il préférait mourir plutôt que la laisser tomber entre les mains d'un salopard comme Castillo. Mais comme elle, il savait qu'il ne pouvait pas le lui promettre. Il ne voyait pas l'avenir. Tout ce qu'il pouvait faire, c'était la préparer le mieux possible, se servir de son expérience et de ses contacts pour qu'elle n'ait jamais à subir une horreur pareille.

Il la regarda droit dans les yeux.

— Si les choses tournent mal, tu sauras leur botter les fesses, je n'ai aucun doute là-dessus.

Son cœur s'arrêta, et elle leva les yeux vers lui en souriant.

— Merci. Venant de toi, le super SEAL, ça me touche.

Smiley secoua la tête et désigna la porte d'entrée.

— On y va ?

— On y va, répondit-elle d'une voix un peu plus légère qu'à son réveil.

Vingt minutes plus tard, ils s'arrêtèrent devant la maison de Caroline. Enfin, trois maisons plus loin, à cause de toutes les voitures garées dans la rue. Smiley aurait dû se douter que ce changement de programme signifiait que toutes les femmes de l'équipe de Cookie voulait être au rendez-vous.

— Hmm... il y a beaucoup de monde, souligna Bree en descendant du pick-up.

Smiley soupira. Ce genre de réunions sociales n'était pas vraiment son truc. Il s'était habitué à sa vie en solitaire. Mais depuis quelques jours – depuis qu'il avait trouvé Bree, ou plutôt qu'elle l'avait trouvé – il avait passé plus de temps avec ses frères d'armes et leurs familles qu'en plusieurs mois.

— Ce n'était pas mon idée. Je pensais qu'on verrait seulement Fiona, Cookie, Julie, Hurt, Caroline et Wolf. Mais apparemment, la rumeur s'est répandue, et tout le monde veut te rencontrer.

— Tout le monde ?

Smiley fut soulagé de voir qu'elle ne paniquait pas. Elle avait juste l'air intriguée.

— Oui. On dirait que toute l'équipe de Wolf est là. Et qui sait, ils ont peut-être amené leurs enfants... Ça va être la cohue. On peut encore faire demi-tour.

Il retint son souffle, espérant presque qu'elle accepte.

Mais Bree s'approcha, leva les yeux vers lui, et posa une main sur son torse.

— Si *tu* veux partir, on s'en va.

Smiley fronça les sourcils.

— Ce n'est pas à moi de décider.

— Si, un peu. Tu oublies que je t'ai observé. Je sais que les grandes réunions te mettent mal à l'aise. Tu restes à l'écart, tu ne parles pas beaucoup, tu es toujours le premier à partir. Tu es plutôt du genre à regarder sans rien dire. Tes amis auraient dû te prévenir. On peut rentrer, je rencontrerai Julie et Fiona un autre jour.

Smiley ferma les yeux. Il savait que s'il continuait à la regarder, à voir cette tendresse et cette compréhension dans ses yeux, il risquait de la ramener chez lui sans jamais la laisser repartir. Mais il n'était pas égoïste. Du moins, il essayait de ne pas l'être. Bree avait besoin de les voir, de comprendre qu'on pouvait survivre, avancer, se reconstruire.

— Smiley ? fit-elle d'une voix douce et inquiète.

Il rouvrit les yeux, et ne put s'empêcher de plonger une main dans ses cheveux en passant l'autre bras autour de sa taille. Elle se blottit contre lui, les mains sur son torse, en laissant échapper un petit *ouf*. Elle ne le repoussa pas. Elle resta contre lui, le regard plongé dans le sien, rempli de cette douceur et cette empathie qui lui étaient propres. Elle lui donnait l'impression qu'ils étaient seuls au monde.

— Ça m'agace un peu que Cookie ne m'ait pas prévenu que tout le monde serait là. Mais ils ont de bonnes intentions, et ce sont mes amis. J'ai beaucoup de respect pour eux. Dans notre milieu, ce sont des légendes. Ce qu'ils ont vécu et ce que leurs femmes ont enduré suffirait à mettre n'importe qui à genoux. Je peux gérer, je veux juste m'assurer que personne ne te bouscule. Tout ça, c'est nouveau pour toi. Tu vis isolée depuis des mois. Si ça devient trop difficile à supporter, tu n'as qu'à me le dire, et on s'en ira.

— Et inversement ?

— C'est à dire ?

— Si *toi*, tu te sens dépassé, tu me le diras ?

À ce moment précis, Smiley comprit qu'il ferait tout pour que cette femme n'ait jamais envie de le quitter. Jamais.

Il savait déjà qu'il avait envie d'être avec elle, qu'il ne voulait pas qu'elle parte de Riverton, ni maintenant, ni une fois la situation réglée. Mais au fond de lui, il savait que si elle insistait pour partir, il la laisserait faire.

À présent, il était déterminé à se battre pour la garder auprès de lui. Il était prêt à bouleverser tout son univers pour elle : laisser tomber son côté grognon, devenir sociable... S'il le fallait, il changerait tout chez lui, tant que ça pouvait convaincre Bree de rester à ses côtés pour toujours.

Il avait besoin d'elle, c'était aussi simple que ça.

— Smiley ? Je suis sérieuse. J'admets que j'ai envie de

rencontrer tes amis, surtout après tout ce que j'ai entendu sur eux, mais si ça te met mal à l'aise, je ne préfère pas.

— Ça va. Oui, si j'ai envie de partir, je te le dirai.

— Parfait. On devrait se mettre d'accord sur un mot... Oh ! Ou un signe ! Se tirer l'oreille ? Non, trop évident. Peut-être que je pourrais... je ne sais pas, me moucher ?

Smiley éclata de rire.

— Et si on se le disait, tout simplement ?

Bree plissa le nez.

— Ce ne serait pas poli...

— Crois-moi, Bree, les gens que tu vas rencontrer ne trouveront pas ça malpoli. Ils apprécieront ton honnêteté.

Elle avait l'air dubitative, mais elle finit par hocher la tête.

— D'accord. Marché conclu. Dans ce cas, on ferait bien d'y aller avant de passer pour deux cinglés, à rester plantés là.

Sa remarque ramena brutalement Smiley à la réalité. Quel idiot ! Les hommes de Castillo étaient toujours dans la nature, sûrement en train de les surveiller... Peut-être même Castillo en personne. Et lui, il la laissait là, au milieu d'une pelouse, comme s'il n'y avait rien à craindre.

À sa grande surprise, Bree se hissa sur la pointe des pieds et l'embrassa sur la joue.

— Au cas où j'oublie de te le dire plus tard, merci pour tout. Merci de me présenter à Fiona et Julie, de me laisser rencontrer tes amis. Vivre ça de l'intérieur, et non plus dehors à vous observer, c'est un vrai cadeau.

— Je ferai de mon mieux pour te donner tout ce que tu veux, et tout ce dont tu as besoin, promit-il.

Elle lui adressa un sourire avant de se tourner vers la maison.

Il fut obligé de retirer la main de ses cheveux, mais garda le bras autour de sa taille tandis qu'ils se dirigeaient vers l'entrée. La porte s'ouvrit avant même qu'ils n'aient frappé. Caroline apparut, radieuse.

— Il était temps ! lança-t-elle joyeusement. J'ai cru que vous alliez camper sur ma pelouse, ou que vous alliez vous enfuir. Pour info, ce n'est pas moi qui ai eu l'idée. Fiona m'a parlé du rendez-vous, et j'ai suggéré que vous seriez peut-être plus à l'aise ici qu'à la boutique. De fil en aiguille, tout le monde a voulu se joindre à nous... et voilà ! Si tu veux partir, je ne t'en voudrai pas, mais je te promets qu'on est inoffensives. Oh, pardon... Caroline.

Bree serra la main qu'elle lui tendait avec un sourire sincère.

— Ravie de te rencontrer. J'ai beaucoup entendu parler de toi.

— Je m'en doute... et pas qu'en bien, j'imagine, plaisanta Caroline. Entrez, je vous en prie. Il y a plein d'amuse-gueules. Vous voulez quelque chose à boire ?

— Non merci, ça ira, répondit Bree.

Smiley les suivit toutes les deux jusqu'au salon. Dès qu'ils entrèrent dans la pièce bondée, Bree fut encerclée. Ils semblaient tous impatients de rencontrer la femme dont les SEALs parlaient depuis des mois.

Tout en gardant un œil attentif, Smiley recula et laissa Caroline prendre les choses en main. Il savait qu'elle revenait de loin : autrefois timide et réservée, la jeune femme que Wolf avait rencontrée dans un avion des années auparavant, en pleine catastrophe, avait survécu à l'enfer et s'était épanouie depuis. C'était elle la meneuse, celle à qui toutes les autres se référaient.

Cookie s'appuya contre le mur près de Smiley en observant le groupe de femmes accueillir Bree.

— Désolé, s'excusa-t-il.

— Vraiment ?

Cookie sourit.

— Non, pas vraiment. Tu sais bien que tôt ou tard, ça devait arriver. Autant le faire tout de suite. En plus, on sera tous au *Aces* pour les mariages de Kevlar et Blink. C'est mieux que tout le monde fasse connaissance maintenant.

Il n'avait pas tort. Mais Smiley était quand-même contrarié que personne ne l'ait prévenu que tout le monde serait là.

— Allez, détends-toi, reprit Cookie. C'est une bonne chose. Regarde-les : elles s'entendent déjà à merveille.

Il disait vrai. Bree était assise entre Fiona et Jessyka, et les autres avaient rapproché des chaises que Caroline avait disposées un peu partout. Elles riaient et discutaient avec enthousiasme. Smiley n'était pas surpris de voir Bree s'intégrer aussi facilement.

— Salut, lança Wolf en s'approchant avec le reste de l'équipe.

Smiley n'avait pas menti à Bree : ces hommes étaient de vraies légendes, et il les admirait. Tout ce qu'ils avaient affronté et toutes les missions qu'ils avaient accomplies feraient passer les films d'action pour de la gnognote. Pourtant, ils restaient simples et modestes. Désormais, seules leurs familles comptaient. Smiley les enviait un peu.

Et maintenant... il était peut-être sur le point de vivre la même chose.

Avec Bree.

Du moins, il l'espérait.

Beaucoup de gens trouveraient cette idée ridicule : il la connaissait à peine. Comment pouvait-il déjà envisager une relation sérieuse ? Pourtant, il était sûr de lui, il savait que c'était la bonne. Elle était sa seule chance d'accéder au même bonheur que ses amis ; il était terrifié à l'idée de tout gâcher.

— Elle tient le coup ? demanda Benny.

— On a entendu dire que pour l'instant, le type qui la recherche est passé sous les radars de Tex, ajouta Abe.

— Si tu as besoin de quoi que ce soit, on est là, dit Mozart.

Smiley sentit le poids du secret qu'il portait lui écraser la poitrine. Mateo Castillo pouvait très bien être lié à ce que Fiona et Julie avaient vécu des années auparavant. Mais il avait promis à Tex de ne pas leur en parler.

— Merci, répondit-il simplement.

— Pour ce que ça vaut, je pense que c'est une bonne chose, intervint Patrick Hurt.

Il était plus âgé que Wolf – leur ancien commandant – et les autres, mais il faisait plus jeune que son âge, et sa chevelure argentée lui donnait un air distingué.

— Julie avait hâte de parler avec Bree.

Smiley hocha la tête, mais un doute lui traversa l'esprit : et si Fiona et Julie lui disaient quelque chose qui lui ferait peur ?

— Fais-leur confiance, lui dit Cookie comme s'il lisait

dans ses pensées. Elles ne vont pas lui faire peur. Elles suivront son rythme et ne parleront que de sujets qu'elle est prête à aborder.

— Caroline s'est dit qu'on pourrait tous papoter un moment, la laisser s'habituer et rencontrer tout le monde, expliqua Wolf. Ensuite, on sortira pour que Fiona et Julie passent un moment seules avec elle.

— Je suppose que tu as des questions à me poser, ajouta Cookie. J'étais là. J'ai vu dans quel état elles étaient, l'endroit où elles étaient séquestrées, et la manière dont on les traitait. Ça t'aiderait peut-être que je te raconte leur sauvetage dans les détails.

Smiley se tourna vers lui.

— Tu es sûr que tu veux en parler ?

— Franchement ? Non. J'ai horreur de repenser à ce jour-là, à la manière dont j'ai trouvé Fee, à la panique de Julie. Ce ne sont pas de bons souvenirs. Mais si ça peut t'aider, ça en vaut la peine.

Smiley se força à se taire, à ne pas révéler que ces informations pourraient bientôt s'avérer encore plus cruciales qu'il ne le pensait. Si Tex confirmait que l'homme qui avait acheté Bree appartenait à la même organisation, Cookie et Hurt allaient péter un câble.

— Merci, répondit-il simplement.

Caroline appela Wolf, et les autres s'approchèrent à leur tour pour saluer Bree.

Smiley resta attentif, soulagé de la voir aussi à l'aise parmi eux. Elle avait des manières impeccables, elle était drôle, charmante, et tout le monde avait l'air conquis.

Bree semblait s'épanouir sous ses yeux. De toute

évidence, elle avait besoin d'être entourée d'autres personnes. Il réalisa combien sa solitude avait dû lui peser : des mois passés à vivre dans sa voiture, sans personne à qui parler. Sa vie allait changer. Il était content de la voir ainsi, dans son élément. Il ne s'en plaignait pas. Ça lui faisait oublier tout le reste.

Le temps passa à une vitesse folle. Bientôt, la plupart des invités prenaient congé de Bree en lui disant qu'ils se reverraient au *Aces* pour le mariage. Il ne restait plus que Fiona, Julie, leurs mari, Wolf et Caroline, Bree et lui-même.

— Je vous ai servi un verre de vin, dit Caroline. On pourrait aller discuter dehors.

— Merci.

— J'en ai bien besoin, répondit l'une d'entre elles.

Sans rien dire, Bree suivit les autres dans la cuisine pour prendre un verre.

Smiley l'intercepta sur le chemin du jardin.

— Ça va ?

— Oui, et toi ?

— Tant que tu vas bien, moi aussi, répondit-il honnêtement.

Bree leva les yeux au ciel.

— Smiley, si tu t'ennuies, je ne veux pas rester.

— Je ne m'ennuie pas du tout, la rassura-t-il. Ça me fait plaisir de te voir faire connaissance, rire, faire partie de ce groupe si soudé. Ça me rend heureux.

— Moi aussi. J'ai adoré rencontrer tout le monde, mais j'ai hâte d'en apprendre un peu plus sur les femmes de ton équipe. Elles ont à peu près mon âge, et même si Caroline et les autres ont une sacrée expérience de vie, j'aimerais connaître un peu mieux Josie, Remi, Wren et toutes les autres. Ce sont les meilleures amies de tes meilleurs amis... si ça a du sens.

— Ça a du sens, répondit Smiley, le cœur réchauffé par ses paroles.

Cette femme le surprenait sans cesse. Elle avait vécu un enfer, et pourtant, elle restait généreuse et bienveillante. Il la protégerait coûte que coûte.

Elle lui adressa un dernier sourire avant de suivre Fiona et Julie jusqu'à la terrasse derrière la maison. Elles s'installèrent sur les chaises et commencèrent à discuter.

6

— Vu la façon dont ton homme te regarde, je crois qu'on n'aura pas toute la journée pour bavarder, lança Fiona avec un sourire.

Bree tourna la tête vers la porte et aperçut Smiley, qui était resté exactement là où elle l'avait laissé. Il avait les yeux rivés sur elle. Elle lui adressa un léger sourire pour lui faire comprendre que tout allait bien, puis se retourna vers les deux femmes assises à ses côtés.

Julie Hurt était toute menue. Elle faisait à peine plus d'un mètre cinquante, et elle était fine comme une brindille. Fiona Knox, au contraire, était presque aussi grande que Smiley. Elles avaient toutes les deux une peau parfaite, et de petites rides au coin des yeux qui donnaient l'impression qu'elles riaient souvent. Elles avaient l'air épanouies et heureuses, comme si rien ne pouvait les atteindre.

Mais Bree savait que les apparences étaient trompeuses.

Les visages que les gens exposaient au monde pouvaient cacher bien des blessures.

— Je commence, dit Julie. Je ne sais pas si on t'a raconté ce qui nous est arrivé.

Bree secoua la tête.

— Je sais juste que vous avez été kidnappées et emmenées de l'autre côté de la frontière pour être vendues dans le cadre d'un réseau d'esclavage sexuel.

— Dit comme ça, ça paraît tellement clinique, fit remarquer Fiona en buvant une grande gorgée de vin.

— Désolée, je...

— Non, ne t'excuse pas, l'interrompit aussitôt Fiona. C'est la vérité. C'est exactement ce qui s'est passé. Mais ça revient un peu à définir un ouragan comme une petite tempête, ou une tornade comme une rafale de vent.

Elle inspira profondément avant de poursuivre :

— J'étais en vacances en Floride. Je suis sortie danser seule un soir, c'est là qu'ils m'ont enlevée. Ils m'ont enchaînée au sol d'un cabanon pendant ma *période d'entraînement*. Quand j'ai refusé de leur obéir, ils m'ont droguée. Enfin, je suppose qu'ils le faisaient déjà avant, mais ils ont redoublé de violence. Ils me privaient de nourriture, me laissaient dans ma saleté, m'humiliaient... Peu importe le niveau de cruauté, ils y avaient recours. Mais je refusais de céder. Je ne voulais pas leur faciliter la tâche, ni me laisser vendre à un cinglé pour son plaisir. J'avais décidé de me battre jusqu'au bout.

— C'est là que j'entre en scène, enchaîna Julie. Moi aussi, j'ai été violée, mais contrairement à Fiona, j'ai immédiatement obéi à leurs ordres. Ça n'a rien changé. Ils ne m'ont pas mieux traitée. J'y suis restée cinq jours environ, alors que Fiona y a passé des mois. Heureusement, mon père avait des contacts, et il a pu engager une équipe de SEALs pour me retrouver. Ils ont retrouvé Fiona aussi. On a dû traverser la jungle à pied – et franchement, c'était l'enfer – mais on s'en est sorties. À l'époque, j'étais infecte. Avec Fiona, avec Cookie, avec les gars. Heureusement, ils ont fini par me pardonner... et j'ai rencontré Patrick.

Soudain, Bree sentit son ventre se nouer. C'était difficile d'entendre ce que ces deux femmes avaient enduré. Tout lui paraissait tellement irréel, surtout sur la terrasse de cette magnifique maison, un verre de vin à la main, le chant des oiseaux dans les arbres, et le soleil déclinant lentement à l'horizon.

— Déjà, pour bien comprendre, dis-toi qu'on est là, reprit Fiona. On a survécu. On est mariées, on a une vie normale et saine, y compris sur le plan intime.

Elle se pencha légèrement en avant.

— Le retour n'a pas été facile. Je faisais des cauchemars, j'avais des flashs. Un jour, j'étais persuadée que mes ravisseurs étaient ici, à Riverton, prêts à remettre la main sur moi. Tex m'a aidée à surmonter ça, tout comme ma thérapeute. Le plus important, c'est qu'on s'en est sorties, parce qu'on n'a jamais abandonné.

— Moi, un peu, admit Julie avec un léger sourire. J'ai fini par accepter ce que j'avais fait et ce que j'avais dit. Heureusement, Fiona et les autres m'ont pardonnée d'avoir été une vraie peste. Si j'ai un conseil à te donner, c'est de ne jamais baisser les bras, quoi qu'il arrive. Que ce soit pour vivre un rêve, ou affronter une épreuve.

Elle haussa les épaules et poursuivit :

— Après tout, tous les gens que tu as rencontrés aujourd'hui ont vécu l'enfer et s'en sont sortis. C'est pareil pour les inconnus que tu croises dans la rue, tu ne sais jamais ce qu'ils ont traversé : un mariage violent, des fausses couches à répétition, une enfance horrible, un accident dont ils n'auraient jamais dû sortir vivants...

— Être en couple avec un SEAL, ce n'est pas facile, ajouta Fiona d'une voix douce. Chaque mission peut être la dernière. Et je ne dis pas ça pour te faire peur, c'est simplement la vérité. Parfois, quand ils reviennent, ils sont introvertis et sombres à cause de ce qu'ils ont vu ou de ce qu'ils ont fait. Tout ce qu'on peut faire, c'est avancer, un pas après l'autre. Parce que la vie ne sera jamais simple, c'est certain. Elle te met à l'épreuve, et tu le sais déjà.

Elle posa la main sur celle de Bree.

— À Las Vegas, tu n'as pas abandonné. Tu t'es enfuie. Et maintenant, tu es ici, avec Smiley, saine et sauve. Pour ma part, c'est ce que ça m'a appris : continuer à vivre, quoi qu'il arrive.

Bree hocha la tête. L'admiration qu'elle avait déjà pour ces femmes était décuplée.

— Seigneur, on lui a fichu la trouille, marmonna Julie.

— Non... ça va. Je ne vais pas dire que je n'ai pas peur, mais ce n'est pas à cause de ce que vous venez de dire. J'ai peur de l'homme qui me pourchasse, et de ce qu'il veut faire de moi. Ça me terrifie.

— Et tu as raison d'avoir peur, répondit Julie sans détour. Je ne veux pas être désagréable – même si apparemment, c'est ma spécialité – mais ça peut t'aider. Ça doit te pousser à être plus vigilante, à écouter Smiley, même si tu trouves qu'il en fait trop. Et si le pire devait arriver, tu...

— Julie, non, l'interrompit Fiona.

— Il faut qu'elle l'entende.

— Je crois qu'elle a compris, répliqua Fiona en secouant la tête.

— J'ai compris, intervint Bree pour 'qu'elles ne se disputent pas à cause d'elle. Si jamais il me retrouve, je dois rester forte, garder la tête froide, chercher la moindre occasion de m'enfuir... et si ce n'est pas possible, je ne dois pas abandonner.

— Exactement, acquiesça Julie. Parce que si ce salaud te met le grappin dessus, je suis certaine que Smiley te cherchera sans relâche jusqu'à ce qu'il te retrouve.

— Savoir qu'il y a quelqu'un qui est prêt à tout pour te retrouver... ça change tout, ajouta Fiona. Moi, je n'avais pas cette chance, et ça rendait les choses encore plus difficiles.

— Mais tu as tenu bon, dit Julie en posant la main sur la sienne. Tu as été incroyablement forte. Aujourd'hui encore, je suis impressionnée. Tout ce que je veux dire, c'est que si le pire arrive, sache que les renforts finiront par arriver. Et Tex est le meilleur, c'est un ange. Il trouvera où tu es, et Smiley viendra te chercher avec son équipe – et sûrement nos maris.

Bree savait déjà que Smiley ne l'abandonnerait pas, mais entendre Fiona et Julie le confirmer allégea un peu la boule d'angoisse qu'elle portait depuis des mois.

— Merci.

— Bon, maintenant qu'on a évacué le pire... parlons de toi et Smiley, lança Fiona avec un clin d'œil.

— De moi et Smiley ? répéta Bree, interloquée.

— Oui, ma belle. Je trouvais que Dude regardait Cheyenne intensément, mais à côté de Smiley, il fait pâle figure.

Bree voulut protester en disant qu'il n'y avait rien entre eux, que Smiley voulait seulement la protéger, que c'était sa mission. Mais elle n'en était pas si sûre. Smiley était naturellement intense, et pourtant, plus d'une fois, sa manière de la regarder l'avait fait frissonner jusqu'au bout des ongles.

— Je ne sais pas pourquoi, admit-elle. Ni comment maintenir son attention. J'ai peur qu'une fois la menace écartée, il perde tout intérêt pour moi, et qu'on reprenne notre vie chacun de notre côté ; lui ici, moi à Las Vegas.

— Beaucoup de femmes te diraient qu'il suffit de coucher avec lui pour le garder, lança Julie avec son franc-parler habituel. Mais je pense que Smiley n'est pas comme la plupart des hommes. Il apprécierait ce genre de choses, bien sûr, mais tu n'as pas besoin de le faire. Telle que tu es, tu captes déjà toute son attention.

— Mais je n'ai rien fait pour ça, protesta Bree.

— Justement, répondit Fiona. Je suis d'accord avec Julie. Il y a quelque chose chez toi qui attire les gens. J'ai l'impression de te connaître depuis toujours, alors qu'on vient à peine de se rencontrer. Tu dégages une énergie qui donne envie aux autres de te protéger. Et crois-moi, d'habitude, ce n'est pas mon genre. C'est plutôt celui de Caroline. Ou de Jessyka, la patronne du bar. Elle a ça dans le sang.

— Smiley est plutôt réservé, souligna Julie. C'est difficile de savoir ce qu'il pense. Mais là, c'est flagrant. Son attention est braquée sur toi depuis le début. Chaque fois que tu fronçais les sourcils, il avait l'air prêt à accourir pour voir ce qui n'allait pas. Si je n'étais pas déjà mariée, je serais presque jalouse.

Bree rougit, sans savoir si elle devait se sentir gênée et défendre Smiley, ou se réjouir d'une telle attention.

— Ce n'est pas une mauvaise chose, s'empressa d'ajouter Julie. Laisse-toi porter, c'est tout. Cet homme ne te ferait aucun mal. Tu n'as rien à faire de particulier pour le garder, tu l'as déjà. Vraiment, si tu veux bien de lui, il est à toi. Mais fais attention, parce que si tu ne ressens pas la même chose pour lui, tu pourrais lui briser le cœur.

Bree cligna des yeux, surprise. Instinctivement, elle tourna la tête vers l'intérieur de la maison – et croisa le regard de Smiley.

Elle comprit alors que Julie disait vrai. Jusqu'ici, elle avait sans doute refoulé ou mal interprété les signaux... mais maintenant, c'était évident.

Il la désirait.

C'était une sensation grisante.

Elle devait bien admettre que secrètement, elle le désirait aussi. Elle s'était déjà demandé quel genre d'amant il était, et désormais, elle ne pensait plus qu'à ça.

Plus tôt dans la journée, il avait passé la main dans ses cheveux, et elle ne pouvait s'empêcher de l'imaginer faire la même chose en l'embrassant fougueusement. Cette pensée suffit à lui couper le souffle.

— Je crois que le message est bien passé, gloussa Fiona.

Mais Bree l'entendit à peine. Elle n'avait d'yeux que pour Smiley, et réciproquement. Il n'y avait plus aucun doute possible. Elle l'avait observé pendant des mois, et ne l'avait vu avec personne d'autre.

Elle eut l'envie soudaine et vitale de tout savoir de Jude Stark.

Certes, c'était un peu excessif, mais tant pis.

Smiley s'approcha d'elle sans la quitter des yeux, puis ouvrit la baie vitrée.

— Tu es prête, on y va ?

— Oui.

Bree n'eut aucun remords à l'idée de quitter ses nouvelles amies. À vrai dire, elle avait du mal à poursuivre la discussion.

Bientôt, sans vraiment savoir comment, elle se retrouva dans la voiture de Smiley. Elle se souvenait vaguement avoir promis à Julie de passer chez *My Sister's Closet* pour faire quelques essayages, accompagnée de Fiona. Mais toute son attention était portée vers l'homme qui se trouvait à ses côtés.

Smiley avait l'air sous le charme, lui aussi. Il la regardait régulièrement, et il finit par lui prendre la main. Bree sursauta ; elle avait l'impression de revivre.

C'était idiot, et un peu cliché... mais c'était ce qu'elle ressentait.

Malgré tout, Smiley restait vigilant. Il scruta chaque recoin du parking avant d'entrer dans l'immeuble, et ne lui lâcha pas la main avant d'être à l'intérieur, et d'avoir fermé la porte à clé derrière eux.

— Tu veux qu'on parle de ta conversation avec Fiona et Julie ? demanda-t-il.

Bree secoua la tête en se mordillant la lèvre.

— Tu es contrariée ?

— Non.

— Il y a quelque chose qui cloche, et je n'arrive pas à mettre le doigt dessus.

En guise de réponse, Bree inspira profondément et s'avança vers lui. Comme elle l'espérait, il la prit aussitôt par la taille.

— J'ai trente-cinq ans, lui dit-elle. J'ai déjà fréquenté des hommes, mais je n'ai jamais ressenti ça.

À la mention d'autres hommes, les muscles de Smiley se contractèrent.

— Qu'est-ce que tu ressens ?

— Si je ne t'embrasse pas et si tu n'es pas contre moi, je sens que je vais exploser.

Smiley se figea.

— Quoi ?

— J'ai besoin de toi, Jude Stark. Je t'ai dans la peau, et je ne peux plus m'en défaire. J'ai besoin de ton intensité, de ta puissance. J'ai besoin que tu me serres contre toi, de savoir que tu es là... et que tu me retrouveras, quoi qu'il arrive.

Elle marqua une pause, hésitante.

— Si je te mets mal à l'aise, je peux le comprendre. Je partirai, et...

Elle n'eut pas le temps de finir sa phrase. Smiley passa une main dans ses cheveux et l'embrassa.

Ce n'était pas un simple baiser, mais une revendication. Bree s'y abandonna sans la moindre retenue.

Quand il la bascula légèrement en arrière, elle gémit. Son cœur battait la chamade. Elle sentit alors un profond soulagement : elle ne s'était pas fait d'illusions, il la désirait autant qu'elle le désirait.

Elle ne s'était pas sentie aussi libre et confiante depuis

longtemps. Toutes ses craintes s'estompèrent. Il n'y avait plus qu'eux deux.

Sans mettre un terme au baiser, Smiley la souleva. Bree s'agrippa à lui, les bras autour de son cou, les jambes autour de sa taille. Smiley la porta jusqu'à sa chambre.

Il ne s'arrêta que pour la déposer sur le lit et s'allonger sur elle. Leurs regards se croisèrent une dernière fois... puis, d'un même mouvement, ils se débarrassèrent de leurs vêtements, incapables d'attendre davantage.

7

Smiley avait du mal à réfléchir. Il avait du mal à réaliser ce qui se passait. Bree le désirait. *Lui.*

Au début, il croyait être en train de rêver. Comment pouvait-elle lui dire ce qu'il avait tellement envie d'entendre ? Puis ses paroles avaient fait leur chemin, et il n'avait pas pu se retenir.

Quand il la vit allongée sur son lit, un désir brûlant le submergea. Il avait envie d'elle, là, tout de suite.

Heureusement, elle semblait être dans le même état d'esprit : elle se déshabillait avec la même la même fébrilité que lui. L'instant d'après, elle était nue. Des vêtements jonchaient le lit, mais Smiley ne voyait qu'elle : la courbe parfaite de sa poitrine, le dessin délicat de son ventre, la lumière de son désir sur sa peau. Ses jambes, qu'il n'avait jamais imaginées si longues, semblaient maintenant s'étirer à l'infini sur ses draps.

En parcourant son corps du regard, Smiley eut un

moment d'hésitation. Il avait peur de la toucher, de mettre un terme à un aussi beau rêve, aussi beau que ceux qu'ils faisaient depuis qu'elle vivait sous son toit. Mais celui-ci était tellement réaliste : il entendait sa respiration haletante, il voyait sa poitrine se soulever, il sentait la chaleur de son excitation.

— Smiley ? murmura-t-elle d'un air troublé.

Il s'efforça de sourire.

— Tu es si belle… Je ne sais pas par où commencer.

— J'ai le même problème, répondit-elle, les yeux rivés sur son entrejambe.

Le corps de Smiley réagit aussitôt, incontrôlable. Il dut lutter pour garder le contrôle. Il n'était pas du genre à se laisser emporter, ni sur le terrain, ni ailleurs, mais Bree changeait toutes les règles.

Quand elle tendit la main vers lui, il l'arrêta doucement.

Elle le regarda, perplexe.

— Si tu me touches, je ne pourrai pas me contrôler.

— Et alors ? fit-elle avec un sourire malicieux.

— Je veux être en toi, te laisser ma marque, faire partie de toi.

— Oui, murmura-t-elle.

Il ne lui en fallait pas plus pour basculer. Il se pencha au-dessus de son corps. Ses mains glissèrent sur sa peau, de la poitrine à la taille, guidant ses gestes, la rapprochant de lui jusqu'à ce qu'elle s'ouvre totalement.

Leurs lèvres se rejoignirent dans un baiser ardent. Bree ne restait pas immobile pour autant : elle se cambrait, répondait en rythme à chacun de ses gestes.

Il avait envie d'elle, mais il voulait aussi la préserver. Il ne supporterait pas de lui faire mal.

Il glissa les doigts entre ses cuisses pour s'assurer qu'elle était prête. La chaleur moite faillit lui faire perdre le contrôle de plus belle. Elle était plus que prête à l'accueillir.

— J'ai envie de te sentir sans aucune barrière. Je n'ai fréquenté personne depuis longtemps, et j'ai fait des tests récemment. Tu es d'accord ?

— Oui, vas-y, Smiley. Maintenant... Je t'en prie...

Il plongea en elle, et ils gémirent à l'unisson.

Le monde sembla disparaître autour d'eux. Chaque nerf, chaque fibre du corps de Smiley vibrait. Il lui fallut un effort surhumain pour se contenir.

Elle haleta, les yeux écarquillés.

— Mon Dieu... Tu es...

Il ricana.

— Tu flattes mon égo.

— J'aime ton sourire.

— Et moi, le tien.

— Smiley ?

— Oui ?

— Qu'est-ce que tu attends ?

— Si je bouge, je vais craquer. Je veux profiter de toi encore un peu.

— Je croyais que tu voulais jouir en moi, me laisser ta marque...

Ses mots lui firent l'effet d'une détonation. Il se mit en mouvement, d'abord lentement, puis plus intensément.

Chaque coup de rein arrachait un gémissement à Bree, et chacun de ses gémissements le rendait fou. Il savait qu'il allait trop vite, mais elle ne protestait pas ; au contraire, elle suivait son rythme, répondant à ses élans avec la même intensité. Il aurait aimé qu'elle jouisse avant lui, mais c'était au-dessus de ses forces. Il ne pouvait plus s'arrêter.

Quand il perdit le contrôle, ce fut comme une déflagration. Le souffle coupé, la vue brouillée, il s'abandonna complètement en serrant Bree contre lui.

Quand il retrouva ses esprits, haletant, il tenait Bree fermement contre lui, une main agrippée à sa hanche, avec une telle force que cela risquait de laisser des marques.

Il leva les yeux vers elle. Cette femme était maintenant le centre de son univers. Si elle lui demandait de quitter la Navy pour aller vivre dans une ferme isolée et cultiver des tournesols, il accepterait sans réfléchir.

Mais Bree ne ferait jamais ça, il le savait. Elle ne lui imposerait jamais quoi que ce soit.

Elle sourit paisiblement.

— C'était extraordinaire, dit-elle d'une voix douce.

— Tu crois qu'on en a fini ?

— Euh... oui. Tu es allé jusqu'au bout, non ?

— Mais pas toi. Si tu crois que je suis le genre de type qui s'écroule au bout de deux minutes, tu te trompes lourdement.

Elle avait l'air perplexe, ce qui le fit bouillir intérieurement. Elle avait dû fréquenter des connards égoïstes, incapables de penser à autre chose qu'à leur propre plaisir. Elle allait vite découvrir qu'il n'était pas de ceux-là. À partir de maintenant, sa vie intime allait changer.

— Ne bouge pas, lui dit-il.

Il se redressa lentement tout en la maintenant contre lui, et l'attira contre son bassin sans se retirer.

— Smiley...

— Ce n'est pas fini. On n'a même pas commencé. Prépare-toi, ma belle.

Quand il glissa les mains sous ses épaules et se pencha de nouveau sur elle, elle se cambra et inspira brusquement.

* * *

Quand les lèvres de Smiley se refermèrent sur son sein, Bree inspira profondément. Comment faisait-il pour être aussi souple ? Et comment faisait-elle ? Elle le sentait toujours en elle, palpitant, tandis qu'il descendait lentement sur sa poitrine. Puis elle ne pensa plus à rien, submergée par la chaleur de sa bouche sur sa peau hypersensible. Elle avait toujours été réceptive à ce niveau-là, mais jamais aucun homme n'y avait accordé autant d'attention. Les autres allaient droit au but, sans se soucier du reste.

Elle croyait sincèrement que Smiley en aurait fini après avoir atteint l'orgasme – comme elle en avait l'habitude. Mais elle se trompait. Il n'avait pas terminé, loin de là.

Elle se cambra davantage en gémissant quand il lui mordilla délicatement le téton. Des vagues de plaisir jaillirent de sa poitrine pour se répandre à travers tout son corps.

— Bouge pour moi, Bree, murmura-t-il contre sa peau brûlante avant de la mordiller à nouveau.

Elle ne pensait plus à rien. Ce qu'il lui faisait était renversant.

— Smiley…, gémit-elle.

Elle sentit son sourire contre elle, ce qui la fit frissonner de plus belle.

Il la tenait avec un mélange d'assurance et de douceur, et Bree se laissa aller totalement.

— C'est bien…, murmura-t-il en devinant qu'elle venait de lui laisser le contrôle.

À cet instant précis, elle comprit qu'avec les autres, elle avait toujours été dans la retenue. Elle jouait le jeu, et simulait parfois pour flatter leur ego. Cette fois, tout était différent. Smiley était… incomparable. Il lui faisait ressentir des choses qu'elle n'avait jamais connues.

Il releva la tête en la soulevant légèrement. Ses bras puissants se contractaient, et ce léger sourire qu'il affichait la fit frissonner à nouveau.

— Bon sang, c'est… extraordinaire, dit-il en la reposant doucement avant de glisser les mains sur ses cuisses pour les ouvrir davantage. Et je n'ai pas fini.

Bree se sentait exposée, vulnérable – mais aussi en parfaite sécurité. Avec lui, elle ne craignait rien.

— Tu n'imagines pas ce que ça me fait, murmura-t-il d'une voix rauque. De te sentir comme ça, d'être en toi, de te voir m'accueillir si pleinement…

Bree sentit ses joues s'enflammer.

— Smiley, protesta-t-elle à mi-voix. Moins de paroles, plus d'action.

Il rit doucement, un rire grave qu'elle sentit résonner en elle.

—À vos ordres, madame, grogna-t-il.

Mais au lieu de revenir à la charge, il posa une main sur

sa cuisse pour la maintenir ouverte, et de l'autre, il chercha son point le plus sensible.

Quand il le frôla d'un geste assuré, elle fut prise d'un sursaut incontrôlable.

— Oh, oui… Tu es tellement réceptive, murmura-t-il en la regardant intensément.

Réceptive ? C'était un euphémisme.

— Oh ! lâcha-t-elle en un souffle tandis que la vague montait, rapide et inévitable.

Soudain, elle bascula dans l'extase.

Certes, elle avait connu le plaisir, souvent seule. Mais avec Smiley, c'était autre chose – ses mains calleuses, sa présence, son regard à la fois tendre et brûlant. C'était plus fort, plus profond… presque trop.

Elle s'agrippa à ses avant-bras, les ongles plantés dans sa peau, animée par le plaisir qui l'envahissait pleinement. Elle sut alors, sans le moindre doute, qu'elle serait désormais incapable de désirer un autre homme.

— C'est tellement beau, chuchota Smiley avant de se remettre en mouvement.

Ses coups de reins étaient lents, précis, et le son humide de leurs corps mêlés emplit la chambre.

— Regarde-moi, lui demanda-t-il doucement.

Bree ouvrit les yeux et plongea son regard dans celui de Smiley.

— C'est ça. Ne détourne pas le regard. Je veux te voir chavirer encore.

— Je ne crois pas que…

— Si, l'interrompit-il, sûr de lui.

Elle aurait voulu lever les yeux au ciel, se moquer, mais

elle perdit toute notion des choses quand le pouce de Smiley se retrouva sur le point sensible. Elle n'avait même pas réalisé qu'il avait gardé une main à ce niveau tandis qu'il continuait ses mouvements de va-et-vient.

Elle ne put s'empêcher de se cambrer sous ses caresses. Elle était hypersensible, c'en était presque douloureux, mais Smiley ne s'arrêta pas. Il la guida avec la maîtrise d'un virtuose, et la fit vibrer comme un musicien en pleine inspiration. Cette fois, Smiley tenait bien plus longtemps, et les images se bousculaient dans la tête de Bree, jusqu'à ce qu'elle soit incapable de penser à quoi que ce soit.

Son deuxième orgasme ne fut pas aussi intense que le premier, mais sembla s'étirer à l'infini quand Smiley se redressa et se remit en mouvement avec vigueur. Chaque fois qu'il replongeait en elle, la pression sur son clitoris prolongeait la vague de plaisir.

Tout au long de leurs ébats, Bree et Smiley ne se quittèrent pas des yeux. Il y avait dans son expression une telle intensité et une telle profusion d'émotions qu'elle ne parvenait pas à les distinguer. C'était plus intime que tout ce qu'elle avait connu. Ce simple échange de regards les liait d'une autre manière, plus profonde, qu'elle n'avait jamais partagé avec un autre homme.

Même au moment où Smiley atteignit l'extase, il ne détourna pas le regard une seule seconde.

Ils ne rompirent le contact visuel que lorsqu'il sembla s'effondrer, comme vidé de toute énergie. Il retomba sur elle, sans l'écraser pour autant, puis bascula doucement sur le côté en l'entraînant avec lui.

Bree laissa échapper un petit cri de surprise avant de se

blottir contre lui, ravie de se lover contre son torse. Smiley glissa la main jusqu'à sa hanche pour la maintenir contre lui.

Elle se sentait épuisée, et sans savoir pourquoi, un peu gênée. Elle ne s'était jamais montrée aussi désinhibée avec un homme. Maintenant qu'elle s'était abandonnée et offerte à lui à ce point, que pensait-il d'elle ?

— C'était... waouh, lâcha Smiley.

Bree sourit légèrement contre son épaule. Il semblait aussi épuisé qu'elle, ce qui la rassura. Elle leva les yeux vers lui. Il avait les joues rouges, le torse tacheté, les cheveux en bataille, et de la sueur perlait sur son front.

Il était magnifique.

— Ce n'est pas vraiment mon genre, avoua-t-elle sans réfléchir.

Smiley fronça les sourcils.

— Quoi donc... De coucher avec quelqu'un ?

— De coucher avec quelqu'un que je connais à peine, une aventure d'un soir...

Elle sentit tous les muscles de Smiley se contracter d'un coup.

— Déjà, ce n'est pas une aventure d'un soir, répliqua-t-il d'un ton ferme. Ça signifierait que ça va s'arrêter là, et ce n'est pas le cas. Et puis on se connaît. Tu m'as observé pendant un bon moment, et j'en sais largement assez sur toi. Pour finir, je n'ai jamais été du genre à coucher avec quelqu'un pour me détendre. Pour ça, ma main me suffit. Ce qu'on vit, c'est autre chose'.

Il s'interrompit, puis ajouta d'une voix grave :

— C'est spécial. Si tu ne ressens pas la même chose, si tu avais juste besoin d'un exutoire, tu ferais mieux de descendre de là tout de suite, et j'irai dormir sur le canapé, comme avant.

À la fin de son petit discours, Smiley avait l'air sincèrement contrarié. La douceur qui avait suivi leurs ébats s'était évaporée. Mais Bree se sentit étrangement touchée et soulagée par la passion qu'il y avait dans ses paroles.

Elle posa la tête sur son épaule et resserra son étreinte avant de murmurer :

— Non.

— Non ? répéta-t-il.

— Non, je ne bougerai pas. Je suis très bien ici. J'aime te savoir avec moi, où je peux t'avoir à l'œil.

Elle sentit son rire vibrer contre elle.

— D'accord.

— Alors, tout va bien ? s'enquit-elle, incertaine.

— Plus que bien. Et... j'aimerais que tu continues à faire ça.

— Faire quoi ? demanda Bree, à moitié endormie suite à ses deux orgasmes.

— À ne pas me laisser te parler comme ça, aussi sèchement. Je l'admets, j'aurais dû te répondre calmement et discuter au lieu de m'énerver.

Bree éclata de rire.

— Smiley, c'était ta version d'une discussion calme et posée. Tu as dit ce que tu penses, et tu m'as laissé le choix. C'était très bien.

Il la regarda longuement, à tel point qu'elle finit par se sentir légèrement mal à l'aise.

— Quoi ?

Il secoua la tête.

— Rien. C'est juste que... neuf femmes sur dix se seraient vexées si je leur avais parlé comme ça.

— J'aime bien surprendre, répondit-elle avec un sourire.

— Comme en suivant un SEAL et ses amis à la trace ?

— Exactement.

Il esquissa un sourire.

— D'ailleurs... je suis plutôt impressionné. Peu de gens auraient pu faire ce que tu as fait, aussi longtemps, sans qu'on s'en aperçoive. Je n'approuve pas, tu aurais dû venir me demander de l'aide dès ton arrivée, mais... réussir à passer sous les radars, c'est fort.

— Merci.

— Je peux te demander comment tu as appris tout ça ?

Elle sourit, puis reposa la tête contre lui.

— Non.

— D'accord.

Bree n'avait aucune envie de replonger dans sa période d'adolescence. Elle était infernale, toujours en train de tester les limites : les sorties en douce, les bêtises d'ados – fumer, boire faire la fête. Et si ses copines se faisaient coincer, ses parents à elle ne remarquaient rien.

Elle avait appris à se fondre dans le décor, à disparaître. Dans un premier temps pour s'échapper lors des descentes de police, et plus tard pour s'éclipser en voiture.

Elle n'en était pas fière, mais ça lui avait servi. Lorsqu'elle avait dû se cacher pour sa propre sécurité, elle avait simplement retrouvé de vieux réflexes. Et apparemment, elle n'avait pas perdu la main.

— J'aime beaucoup Fiona et Julie. Les autres aussi, ajouta-t-elle au bout d'un moment.

— On n'a pas vraiment eu le temps d'en reparler. Ça s'est bien passé ?

En repensant au regard qu'il lui avait lancé sur la terrasse, Bree sentit le rouge lui monter aux joues.

— Oui. Ce qu'elles ont vécu est horrible, mais je les trouve extraordinaires.

— Elles le sont, approuva Smiley. Elles le seraient même sans avoir vécu tout ça.

Bree hocha la tête, touchée par ces paroles.

— Oui.

Son sexe, qui était resté en elle jusque-là, glissa à l'extérieur.

Ils gémirent tous les deux, puis ils éclatèrent de rire.

— Merde, ça craint, grommela Smiley avant de rouler sur le côté en entraînant Bree avec lui une fois de plus.

— Smiley ! protesta-t-elle, surprise.

— Il faut que j'aille te chercher un gant de toilette, répondit-il en riant.

Il l'embrassa sur le bout du nez, puis se leva.

Bree n'eut même pas le temps de lui dire que ce n'était pas la peine. La vision de son dos nu tandis qu'il se dirigeait vers la salle de bain lui coupa toute envie de parler. Tout s'était passé tellement vite qu'elle n'avait pas vraiment eu le temps de le contempler.

Il avait l'apparence d'un dieu grec, sculpté et puissant. Ses fesses étaient parfaites, et elle pouvait voir ses muscles se contracter à chacun de ses pas.

Elle se glissa sous la couette et entendit l'eau couler dans la salle de bain.

Quand Smiley revint, toujours nu, elle se redressa un

peu, le souffle coupé. Il était tout aussi beau de face : son torse était légèrement poilu, et ses muscles descendaient en forme de V jusqu'à ses hanches.

Il s'arrêta près du lit avec un sourire en coin.

— C'est bon, tu as fini ?

— Pas du tout, murmura-t-elle.

Au lieu de la rejoindre dans le lit, il leva les bras et fit lentement un tour sur lui-même, la laissant profiter du spectacle.

Elle éclata de rire.

— Reviens ici, lui ordonna-t-elle en soulevant la couette.

En guise de réponse, il retira la couette d'un coup sec. Bree poussa un petit cri, mais se figea aussitôt en voyant dans ses yeux la même expression d'émerveillement qu'elle avait eue à son égard.

— Comment j'ai pu avoir autant de chance ? murmura-t-il en remontant sur le matelas.

Il s'allongea près d'elle et passa le gant humide entre ses cuisses.

— Je peux me débrouiller toute seule, lui dit-elle.

— Laisse-moi faire.

Ce geste aurait pu être embarrassant, mais Smiley ne s'attarda pas. Il la nettoya en douceur, puis jeta le gant au sol.

— Tu comptes laisser ça là ? demanda Bree.

— Oui.

— Mais ça va moisir, l'humidité va abîmer la moquette...

Il la fixa du regard un instant, puis se leva sans dire un mot, ramassa le gant, et partit le rincer.

À son retour, il éteignit la lumière et se glissa dans le lit.

— Je n'en reviens pas, dit Bree.

— De quoi ?

— Que tu te sois relevé seulement pour ça.

— Tu avais raison, répondit-il simplement. Et je ne veux pas que tu y penses toute la nuit.

— Je n'y aurais pas pensé toute la nuit, protesta-t-elle.

Quand il haussa un sourire dans l'obscurité, Bree laissa échapper un soupir.

— Bon, d'accord, peut-être un peu. Mais quand-même, je ne m'attendais pas à ce que tu le fasses tout de suite.

— Si tu me demandes quelque chose et que je peux le faire, je le fais, répondit-il calmement.

Bree le regarda, surprise.

— Certaines femmes abuseraient de ce pouvoir.

— Mais pas toi.

Elle sourit, légèrement déstabilisée qu'il la connaisse à ce point.

— Ça peut faire un peu peur, tu en es conscient ?

— Pas pour toi, rétorqua-t-il calmement. Maintenant, arrêtons de parler de ce foutu gant, et dormons un peu. On s'est levé tôt ces derniers jours, et demain ne fera pas exception.

Bree inspira profondément et se détendit contre lui. Elle ne savait pas vraiment comment elle en était arrivée là, mais elle se sentait bien, en sécurité, ce qui n'était pas arrivé depuis longtemps.

— Smiley ?

— Quoi encore, ma belle ?

Elle rit doucement.

— Merci d'être toi. Merci de m'avoir présentée à tes amis,

de m'avoir fait une place dans ton univers. Ça compte plus que tu ne le penses.

— Tu verras, ils sont parfois envahissants. Ils débarquent sans prévenir, ils se mêlent de tout, ils donnent leur avis sans qu'on leur demande.

— Et ils offrent leur soutien, leur amitié, leur loyauté sans conditions, ajouta-t-elle.

— Oui, aussi, admit-il en souriant. Maintenant, dors.

Bree s'endormit le sourire aux lèvres. Sa vie était encore loin d'être simple, la menace de Mateo planait toujours, mais après avoir rencontré Fiona et Julie et constaté qu'elles s'en étaient sorties, tout lui semblait moins effrayant.

Surtout, Smiley était à ses côtés, et tous ses amis veillaient sur elle. Si le pire devait arriver, elle se battrait pour le rejoindre, car c'était la vie qu'elle voulait, à Riverton, avec lui.

8

— Waouh, je n'ai jamais vu ce parking aussi plein ! s'exclama Bree quand Smiley gara son pick-up devant le *Aces Bar & Grill* une semaine et demie plus tard.

À vrai dire, Smiley non plus. Mais ce n'était pas un vendredi soir comme les autres.

Kevlar et Remi, ainsi que Josie et Blink, se mariaient. Au lieu de se contenter d'une réception, ils avaient décidé d'organiser la cérémonie directement dans le bar. En dressant la liste des gens qu'ils voulaient inviter au mariage, ils s'étaient rapidement rendu compte qu'elle était trop longue pour que la célébration ait lieu à la mairie ou dans un jardin.

Kelli et Flash, quant à eux, s'étaient mariés directement à la mairie quelques jours auparavant – sans prévenir personne. Remi et Josie avaient décrété qu'ils fêteraient les trois mariages à la fois.

Manifestement, Bree et Smiley étaient en retard. Cela n'avait rien d'étonnant : en voyant la robe que Julie avait envoyée à Bree, Smiley n'avait pas pu s'empêcher d'avoir les mains baladeuses. Il avait essayé de ne pas la décoiffer, de préserver son maquillage et sa magnifique robe de créateur, mais après leur étreinte sur la table de la cuisine, Bree avait quand même eu besoin de quelques minutes pour *se refaire une beauté*, comme elle disait. Aux yeux de Smiley, elle était parfaite comme ça – même s'il avait fini par se dire que le look *au saut du lit* n'était pas vraiment approprié.

Depuis qu'ils avaient franchi le cap, leur relation n'avait fait que se renforcer. Bree n'avait aucune retenue, et savait très bien exprimer ce qu'elle voulait. L'autre soir, quand elle s'était mise à genoux alors qu'il était encore à table, déclarant qu'elle avait toujours rêvé de faire une fellation à un homme pendant qu'il mangeait... il était loin de protester.

Il n'avait pas prévu de jouir dans sa bouche, mais comme elle refusait d'arrêter et redoublait d'intensité, il n'avait pas pu résister. En retour, il l'avait hissée sur le plan de travail, s'était installé sur un tabouret, et ne l'avait pas laissée redescendre avant qu'elle n'ait eu trois orgasmes ; puis il l'avait prise sauvagement à l'endroit même où ils avaient préparé le repas.

Cependant, ce n'était pas le sexe qui le rendait fou d'elle : c'était sa personnalité. Elle ne se plaignait jamais, et faisait tout ce qu'on lui demandait avec le sourire. Elle ne rechignait pas à l'attendre dans une salle de réunion déserte à la base navale pendant qu'il travaillait. Et ces derniers jours, elle avait aidé Remi et Josie à fabriquer les décorations pour la réception.

Son sourire, si rare auparavant, ne la quittait pratiquement plus. Smiley ne s'en lassait pas.

— J'espère que les décorations rendront bien, s'inquiéta-t-elle en se mordillant la lèvre pendant qu'il se garait.

Il coupa le moteur, se pencha vers elle, et passa une main derrière sa nuque pour l'attirer vers lui. Il l'embrassa délicatement.

— Elles seront parfaites.

— Tu ne les as même pas encore vues, répondit-elle en riant.

— Pas besoin. C'est toi qui les as faites, donc je le sais.

Elle leva les yeux au ciel.

— N'importe quoi.

Il devait être gravement atteint, car même son petit air boudeur l'excitait.

Il n'avait aucune envie de casser l'ambiance, mais il fallait qu'il lui rappelle que même si tout semblait calme, ça pouvait basculer à tout instant. Tex n'avait toujours pas repéré Mateo Castillo – mais il avait confirmé qu'il se trouvait bien à Riverton. Était-ce à cause de Bree, ou pour une autre raison louche ?

Le lendemain, Tex annoncerait aussi à Cookie, Hurt et au reste de l'équipe de Wolf que Castillo était bel et bien lié à l'organisation qui avait enlevé Fiona et Julie. Il attendait seulement la fin des festivités pour le faire.

Smiley savait déjà qu'ils allaient tous s'énerver er demander un briefing complet. La réunion promettait d'être tendue, mais elle était nécessaire.

— Tu sais que le *Aces* est privatisé pour la réception. Seuls les invités seront autorisés à entrer, donc ça devrait bien se passer. Reste quand même sur tes gardes. Il y aura tellement de monde qu'un inconnu pourrait se faufiler à l'intérieur.

Smiley sentit la nuque de Bree se raidir sous sa main, mais elle hocha aussitôt la tête.

— D'accord.

— On sera tous vigilants, et comme tu ne connais pas la plupart des gens, tu ne pourras pas distinguer un éventuel intrus.

Elle acquiesça de nouveau.

Smiley ne supportait pas cette situation. Cette journée devait être une fête célébrant le bonheur de ses amis qui avaient trouvé l'âme sœur, et non une source d'inquiétude. Pourtant, il craignait que quelqu'un s'infiltre dans le bar et enlève Bree sous son nez.

Elle posa une main sur son bras.

— Ça va, Smiley. Je comprends. Crois-moi, je n'ai pas oublié qu'il est toujours là, quelque part, et qu'il attend. Je sens sa présence.

Smiley fronça les sourcils.

— Quoi ? Tu as vu quelque chose ?

— Non, rien de concret. C'est juste un pressentiment, depuis le jour où je me suis enfuie de cette voiture à Las Vegas. J'ai toujours l'impression qu'il rode, là, dans un coin de ma tête.

Smiley n'aimait pas ça du tout.

— Ça ira, reprit Bree. Maintenant que j'ai les traceurs que Tex a envoyés... et que tu es avec moi, j'ai moins peur qu'avant.

Smiley l'attira plus près et appuya son front contre le sien.

— Qu'il aille se faire voir. Il va le payer cher. Il s'en est pris à la mauvaise personne, tu es une vraie battante, Bree.

À sa grande surprise, Bree éclata de rire. Un rire franc et lumineux.

— C'est la chose la plus romantique qu'on m'ait jamais dite. Merci.

Smiley recula, interloqué.

— Je t'assure, insista-t-elle. Savoir que c'est ce que tu penses de moi... que je peux l'affronter, surtout avec ton aide, ça compte énormément pour moi.

C'était bien trop simple de complimenter cette femme, et Smiley se jura de le faire plus souvent.

— Allez, on y va ?

— Oui ! s'exclama Bree.

Ils entrèrent dans le bar et passèrent le contrôle des noms et des pièces d'identité – effectué par l'une des filles de Jessyka, qui prenait son rôle très au sérieux. Benny montait la garde un peu plus loin, prêt à intervenir si quelqu'un faisait des histoires – ce qui n'arriverait pas avec leurs proches. Il était surtout là pour bloquer les intrus éventuels.

À peine entrée, Bree fut entourée de monde. Ils voulaient tous la saluer. Smiley lui laissa de l'espace en fronçant les sourcils. Ça lui faisait plaisir qu'elle s'intègre si bien, mais il était aussi un peu grognon : il voulait avoir toute son attention.

C'était idiot, car il ne l'avait pratiquement pas quittée d'une semelle depuis l'affaire Kelli. Elle était toujours à ses côtés, sauf pendant les réunions.

Comme si elle lisait dans ses pensées, Bree se retourna et lui adressa un sourire. Ce simple geste lui fit un bien fou.

Les parents de Remi étaient là. Contre toute attente, Fernando Stephenson, l'homme à l'origine du succès mondial des préservatifs Crown, semblait parfaitement à l'aise dans ce petit bar de quartier. Il était accompagné de sa femme, Claire Crown-Stephenson, et tous deux affichaient un grand sourire.

Il fit aussi la connaissance de la grand-mère de Remi, qui était exactement à l'image des anecdotes qu'il avait entendues : elle était en train de boire des shooters au bar avec des Night Stalkers invités par Blink et Josie. Ces gars faisaient partie de l'unité du frère de Blink, un pilote d'hélicoptère plutôt légendaire.

Smiley aperçut l'un des deux hommes faire discrètement signe au barman, qui allongea les verres suivants d'un peu d'eau pour éviter que la vieille dame finisse par terre.

Un éclat de rire attira son attention : au fond de la salle, Marley, la meilleure amie de Remi, discutait avec le père de Blink, venu spécialement de Floride. Partout autour de lui, Smiley voyait des gens heureux, ravis d'être réunis pour célébrer leurs proches.

Un sentiment de regret le submergea soudain, à tel point qu'il ferma brièvement les yeux pour garder l'équilibre. Il aurait aimé que sa mère soit encore là, et avoir eu une relation normale avec elle et son père.

— Tout va bien, Smiley ?

Il rouvrit les yeux : Tate *Casper* Davis se tenait près de lui. Pendant une fraction de seconde, il crut que c'était Blink, et il s'apprêtait à lui demander ce qu'il faisait là au lieu de préparer son mariage en coulisses.

Blink et Casper étaient frères jumeaux. L'un avait choisi

la marine, l'autre l'armée. Ils étaient toujours en compétition, mais prêts à tout l'un pour l'autre.

— Oui, répondit finalement Smiley. Content de te voir.

— Moi aussi. Comment va Blink ? Je n'ai pas vraiment eu l'occasion de lui parler depuis ce qui s'est passé avec Josie. Et au téléphone, c'est pas pareil.

— Il va bien, répondit sincèrement Smiley. Très bien même. Josie est son pilier, et même s'il n'est pas du genre bavard, il se rattrape sur le terrain.

Casper hocha la tête.

— C'est tout lui : pas très loquace, mais toujours le premier à défendre ce qui est juste. J'ai rencontré Bree tout à l'heure.

Le changement de sujet était brutal, et Smiley fronça les sourcils.

Casper éclata de rire.

— Fais pas cette tête. Je voulais juste te dire que je l'aime bien. Elle a du caractère, elle est avenante. Tout le contraire de toi. Vous allez bien ensemble.

Smiley faillit se vexer, mais conclut que Casper n'avait pas tort, donc il n'avait aucune raison de s'énerver.

— Ne t'avise pas d'avoir des idées derrière la tête, l'avertit-il.

Casper sourit.

— Jamais. J'ai déjà quelqu'un. Elle est déçue de ne pas avoir pu venir, mais peut-être la prochaine fois.

Smiley ne savait pas que Casper était en couple, mais il était sincèrement content pour lui. C'était une sensation inédite : il n'avait jamais vraiment pensé aux relations des autres. Les gars sortaient avec des filles, rompaient, en trouvaient d'autre... Voilà tout.

Mais après avoir côtoyé des hommes en couple et heureux, il voyait les choses différemment.

— Votre attention, s'il vous plaît ! lança Jessika depuis le bar. On va commencer. Formez une allée de la porte d'entrée jusqu'à l'espace billard.

Smiley chercha Bree du regard. Il fut soulagé de la voir avancer vers lui, un grand sourire aux lèvres.

— À plus tard, lui dit Casper.

Smiley l'entendit à peine. Toute son attention était portée sur Bree.

Elle avait l'air radieuse, un peu éméchée. Ses cheveux châtains aux reflets roux n'étaient plus aussi impeccables qu'à leur arrivée, comme si elle y avait passé la main plusieurs fois. Son sourire était légèrement de travers, et elle plongea ses yeux noisette dans les siens en s'approchant.

— C'est génial, non ? lui dit-elle en se blottissant contre lui dès qu'elle fut assez près.

Elle passa un bras dans son dos et s'abandonna tout entière à lui.

Smiley fut pris d'un sentiment de plénitude. Il la serra contre lui.

— Oui, répondit-il simplement.

La foule se déplaça pour laisser le passage, créant une allée assez large pour deux personnes jusqu'à la zone que Jessyka avait prévue pour la cérémonie – où se trouvait habituellement une table de billard. Une arche en bois ornée de fleurs marquait l'endroit où les couples allaient échanger leurs vœux.

Aucun des deux couples n'avait choisi de demoiselles ou de garçons d'honneur. Ils voulaient faire les choses simplement. Smiley savait aussi qu'ils ne voulaient léser personne – avec tous les amis qu'ils avaient, c'était impossible de choisir.

Lorsque les portes s'ouvrirent, tout le monde se tourna vers l'entrée, et Remi et Kevlar firent leur apparition. Bras dessus bras dessous, ils souriaient tellement que c'en était presque aveuglant. Remi portait une robe crème à manches courtes, et Kevlar son uniforme blanc de cérémonie avec toutes ses médailles. Ils marquèrent une pause, puis la chanson de Queen, *Crazy Little Thing Called Love*, retentit dans les haut-parleurs du bar, et ils s'avancèrent vers l'arche.

Ce choix musical peu traditionnel fut accueilli par des applaudissements et des sifflements enthousiastes. Pour eux, c'était parfait. Le trajet de la porte à l'arche n'était pas long, mais il leur fallut un bon moment pour le parcourir, car Remi s'arrêtait sans cesse pour étreindre ses amis et ses proches alignés de chaque côté.

Quand ils atteignirent enfin la petite estrade, ils se retournèrent vers la porte, qui s'ouvrit de nouveau pour laisser entrer Josie et Blink. À côté de lui, Josie paraissait minuscule, et elle était littéralement rayonnante en levant les yeux vers son futur mari. Blink portait aussi son uniforme blanc, alors que Josie avait choisi une robe rose pâle qui lui arrivait aux chevilles, ce qui donnait l'impression qu'elle flottait au-dessus du sol.

— Je les connais à peine, et pourtant, j'adore ça, murmura Bree.

Ils avaient opté pour le refrain de *Trustfall*, la chanson de

Pink, pour les accompagner le long de l'allée. Smiley devait bien admettre que le choix était également parfait pour eux.

Les deux couples se rejoignirent sous l'arche, et une fois en place, Remi et Josie se prirent la main tandis que leurs futurs maris leur passaient un bras autour de la taille.

Smiley fut surpris de voir Wolf s'avancer devant eux, un dossier ouvert dans les mains, même si cela n'aurait pas dû l'étonner que les couples aient choisi l'un de leurs mentors pour les unir. Wolf ne portait pas son uniforme, mais un costume et une cravate. Il avait l'air distingué et solennel à la fois.

— J'aimerais souhaiter la bienvenue à tous les amis et à la famille de Remi, Kevlar, Josie et Blink. C'est une belle occasion de célébrer l'amour, l'amitié, la force et la résilience. Car sans ces qualités, ces deux couples ne seraient peut-être pas ici aujourd'hui, à unir leurs vies devant nous. On a tendance à voir l'adversité comme quelque chose de négatif, qu'il faut surmonter. Mais je pense que la plupart d'entre nous seront d'accord pour dire que parfois, ces circonstances difficiles révèlent nos plus grandes forces. Les quatre personnes devant moi se sont rencontrées dans les pires conditions. Beaucoup diraient que c'était la pire période de leur vie. Pourtant, ensemble, ils ont tenu bon. Quoi qu'on en dise, la vie est faite de côtes et de vallées, d'épreuves qui peuvent briser quelqu'un s'il n'est pas bien entouré. Mais avec la bonne personne à vos côtés, on peut tout traverser. Remi, Kevlar, Josie et Blink nous l'ont prouvé à tous. Ensemble, ils sont plus forts que séparément. Et c'est bien ce que nous célébrons aujourd'hui : l'union de deux couples faits l'un pour l'autre. Et regardez autour de vous :

les gens présents dans cette salle sont aussi notre force, ceux qui nous relèvent quand on tombe, qui sont là quand on a besoin d'eux. Il n'y a rien de plus précieux qu'un entourage solide. Bon, je pourrais continuer à parler toute la soirée, mais personne n'est ici pour m'écouter blablater.

Des rires retentirent dans la salle.

— Kevlar, c'est à toi, déclara Wolf avec un signe de tête.

Remi lâcha la main de Josie et se tourna vers son futur mari.

— Remi, commença Kevlar. Depuis le jour où je t'ai vue, quelque chose en toi m'a attiré. Ce n'était pas seulement ta manière de faire face à tout ce... enfin, à tout ce qui se passait. Je n'avais jamais ressenti une telle connexion auparavant. Pour être honnête, c'était déstabilisant, mais je ne voulais pas te laisser partir avant d'avoir compris ce qui nous liait. Wolf a dit que c'était peut-être le pire jour de notre vie, mais pour moi, c'était l'un des meilleurs. Qui oublierait le jour où il a rencontré son âme sœur ? La personne qui te donne envie de te lever chaque matin, et qui te rend meilleur en étant simplement à tes côtés ? Je promets de toujours avoir confiance en ton jugement, d'avancer avec toi dans toutes les aventures à venir, de toujours me battre pour nous, parce que je crois que c'est pour ça que je suis né : être à tes côtés. Je te protégerai, je t'honorerai, je rirai avec toi... et parfois de toi, parce qu'il faut l'admettre, tu es hilarante.

Des rires fusèrent dans la salle, et Kevlar adressa un grand sourire à sa fiancée.

— Plus que tout, reprit-il, je promets de t'aimer comme tu le mérites, de me vanter de toi devant des inconnus au supermarché, de te garder dans mon cœur et dans mon esprit, même quand on ne sera pas ensemble. Dans les bons moments comme dans les mauvais, je serai là pour toi, avec toi. Pour toujours.

— Génial, maintenant je dois passer après ça ? grommela Remi en essuyant une larme.

De nouveau, des éclats de rire retentirent dans la salle.

Remi inspira profondément.

— Je peux juste dire *idem* et m'arrêter là ?

— Oui, répondit aussitôt Kevlar.

Mais Remi secoua la tête.

— Non, je ne peux pas. Allez, c'est parti. Vincent, j'ignorais complètement à quel point ma vie allait changer quand je suis partie seule à Hawaï, quand j'ai décidé de sortir de ma zone de confort et de faire cette excursion de plongée. Quand j'ai compris ce qui nous arrivait, j'ai eu peur, mais grâce à toi, j'ai réussi à garder mon calme. C'est ça que tu fais pour moi : tu es mon ancre, tu me donnes l'impression que je peux tout affronter. Mes bandes dessinées de Pecky le Taco Voyageur te font rire, tu me soutiens, et surtout, tu m'aimes pour ce que je suis. Et ça vaut plus que tout au monde. Je t'aime. Je t'aimerai toujours. Je te soutiendrai, je te protègerai s'il le faut. Et... je serai là aussi pour tes amis.

Elle se tourna vers Blink.

— J'ai appris à mes dépens que tous ceux qui prétendent être tes amis ne te veulent pas forcément du bien. Mais les vrais amis, ceux qui iraient jusqu'en enfer pour toi... sont de vrais trésors.

La plupart des femmes pleuraient, et Smiley devait admettre qu'il était lui-même un peu ému. Remi et Blink partageaient un lien particulier depuis le drame.

— Bien, conclut Remi en se tournant vers Kevlar. Vincent, je te choisis pour époux. Aujourd'hui, demain, et pour tous les jours à venir.

Un silence un peu gêné suivit.

— Tu as fini ? demanda Wolf, amusé.

— Ce n'était pas assez ? répliqua Remi.

Des rires éclatèrent à nouveau.

— C'était parfait, répondit Kevlar.

Wolf se tourna alors vers l'autre couple.

— Maintenant, c'est à vous.

— Je t'aime, Nate. Tel que tu es. Tu es mon tout, mon phare dans un monde autrement sombre. Tu as surgi dans ma vie, et tu m'as rendu mon humanité. Tu n'es pas très bavard, mais chaque mot que tu prononces a un sens. Tu me fais rire, et tu m'as appris ce qu'est l'amour. Tu m'as offert un refuge comme je n'en avais jamais eu. Avec toi, je peux être moi-même, et ça vaut plus que tout ce que j'ai jamais connu. J'ai trouvé ma place, mon foyer. On est complémentaires. Je t'aime.

Blink la regarda fixement un instant, comme s'il devait reprendre pied, puis déclara simplement :

— Josie, je t'appartiens. Tu passes avant tout, toujours. Si tu as besoin de moi, je serai là, quoi qu'il en coûte. Je t'aime.

Il fit signe à Wolf d'enchaîner.

— Bref, mais intense, commenta Wolf en souriant. Ce n'est pas surprenant, mais 'ce sont sans doute les vœux les plus sincères qu'il m'ait été donné d'entendre. Mettez-vous face à face, joignez vos mains, et répétez après moi.

Les deux couples s'exécutèrent.

— Remi, Josie, acceptez-vous de prendre Vincent et Nate

comme époux ? Promettez-vous de les aimer, les honorer, les chérir et les protéger, de renoncer à tous les autres et de leur être fidèles pour toujours ?

— Oui, répondirent Remi et Josie à l'unisson.

— Vincent, Nate, acceptez-vous Remi et Josie comme épouses ? Promettez-vous de les aimer, les honorer, les chérir et les protéger, de renoncer à toutes les autres, et de leur être fidèles pour toujours ?

— Carrément.

— Absolument.

Smiley ne fut pas surpris par l'enthousiasme de ses amis. Wolf sourit.

— Les couples vont maintenant échanger les alliances, symboles de l'engagement qu'ils prennent aujourd'hui devant nous. Une alliance n'a ni début, ni fin : c'est la promesse d'un amour et d'un respect éternels. En passant ces anneaux à vos doigts, vous jurez non seulement de vous aimer, mais aussi d'être patients, compatissants, et de vous soutenir mutuellement tout au long de votre vie. Josie, Remi, passez la bague au doigt de votre partenaire et répétez après moi : je te donne cet anneau... symbole de mon amour... avec la promesse de t'aimer et de te soutenir... aujourd'hui, demain, et pour l'éternité.

Wolf se tourna de nouveau vers eux.

— Par les pouvoirs qui me sont conférés par l'État de Californie, c'est un honneur et un plaisir de vous déclarer maris et femmes. Vous pouvez sceller votre union par un baiser.

Avant même qu'il ait fini, Kevlar et Blink avaient déjà fait basculer leurs épouses dans leurs bras, et les embrassaient passionnément. Des sifflements et des acclamations explosèrent dans l'assemblée tandis que les baisers s'éternisaient.

— Ce n'est pas un concours, souligna Wolf d'un ton sec.

Les deux hommes se redressèrent en riant, leurs épouses le rouge aux joues, plus belles que jamais.

— Mesdames et messieurs, j'ai l'immense plaisir de vous présenter Remi Stephenson-Hill et Vincent Hill, ainsi que Josie et Nate Davis.

Un tonnerre d'applaudissements retentit tandis que la foule se pressait pour féliciter les jeunes mariés.

Smiley resta en retrait avec Bree et baissa les yeux vers elle. Elle était rayonnante, comme si c'était elle qui venait de se marier. S'il avait pu capturer cet instant, il l'aurait fait sans hésiter. Il voulait la voir sourire ainsi chaque jour. Après tout ce qu'elle avait vécu, la voir heureuse et détendue était un cadeau que Smiley chérirait à jamais.

— C'était magnifique, dit Bree en levant les yeux vers lui.

— Oui.

C'était une réponse un peu brève, mais Smiley était sans voix. Il ne pensait qu'à une chose : maintenir ce sourire sur son visage.

— La première tournée est pour moi ! lança le père de Remi.

Le reste de la soirée fut un pur concentré de bonheur. Tout le monde était ravi pour les deux couples, et aussi pour Kelli et Flash, qui s'étaient récemment mariés à la mairie en toute discrétion. Jessyka avait préparé des cocktails sans alcool pour les femmes enceintes et les gens qui ne buvaient pas. Quant au champagne et à la bière, ils coulaient à flots pour célébrer les âmes sœurs.

La musique battait son plein, et à la fin de la soirée, Smiley avait les oreilles qui bourdonnaient. Mais il ne pouvait nier qu'il avait passé un moment exceptionnel. La soirée avec les anciens SEALs et leurs compagnes avait été un réel plaisir, tout comme profiter de moments avec ses amis en dehors du service. L'équipe des Night Stalkers mettait une ambiance de folie, et Smiley appréciait qu'ils se soient donné la peine de parler à toutes les femmes, de les inviter à danser, et de se comporter comme s'ils connaissaient tout le monde depuis toujours.

Smiley avait entendu parler des fameuses frasques de la grand-mère de Remi, mais il n'avait jamais vraiment cru à la moitié de ce qu'elle racontait. Toutefois, il devait reconnaître que la vieille dame était un véritable feu d'artifice. Elle disait tout ce qui lui passait par la tête, sans aucun filtre. C'était impossible de ne pas l'apprécier – et maintenant, Smiley voyait d'où Remi tenait son humour.

Il avait mal aux pieds, et même aux joues à force de sourire – une première pour lui. La plupart de ces sourires, il les devait à Bree. Il l'avait observée toute la soirée. Elle était épanouie comme jamais. Sans la menace qui planait au-dessus d'elle, elle s'était transformée. Elle avait dansé, ri, bu, et plaisanté avec tout le monde.

Heureusement, son équipe et lui étaient en congé le lendemain. Ils allaient enfin pouvoir dormir un peu. À deux heures du matin, Smiley raccompagna Bree jusqu'à son pick-up en vérifiant instinctivement les alentours. Il fut satisfait de ne rien remarquer d'anormal. Il n'y avait personne de louche sur le parking, aucune voiture suspecte. Il ne doutait absolument pas que Castillo et ses hommes rôdaient encore dans les parages, mais pour cette nuit au moins, tout semblait calme.

Une fois Bree installée côté passager, il fit le tour du véhicule et prit place derrière le volant.

— Smiley ? fit-elle d'une voix un peu pâteuse.

— Oui ?

— C'était génial. J'adore tes amis. J'adore le *Aces*, Remi et sa grand-mère, Marley, le roi du préservatif, le frère de Blink… Je n'en reviens pas à quel point ils se ressemblent. Et les autres, les Night Walkers.

Smiley ricana.

— Night Stalkers.

Elle fit un geste vague.

— Peu importe. Je n'avais pas dansé comme ça depuis… longtemps. Et j'ai un peu trop bu.

— Je m'en suis aperçu, répondit Smiley. Tu te sens bien ?

— Merveilleusement bien, soupira-t-elle d'un air rêveur.

L'érection qu'il avait essayé de contenir toute la soirée se réveilla brusquement.

— Que se passe-t-il avec les hommes en uniforme ? demanda-t-elle, les yeux rivés sur lui. Comment ça se fait que c'est aussi sexy ?

Smiley, comme ses coéquipiers et les anciens SEALs, ne portaient pas d'uniforme pendant la soirée. Kevlar et Blink avaient insisté pour que tout le monde se mette à l'aise ; alors il n'aimait pas trop l'idée que sa compagne puisse fantasmer sur un autre homme en uniforme.

Il fronça les sourcils.

— Interdiction de bouder ! le réprimanda-t-elle gentiment.

— Je ne suis pas sûr d'apprécier que tu trouves mes amis en uniforme sexy, avoua-t-il.

— Dans ce cas, tu devrais peut-être enfiler le tien quand on sera rentrés pour que je te trouve sexy, répliqua Bree du tac au tac. Je ne veux pas dire que ce n'est pas déjà le cas. Avec ce polo et ce pantalon ? Pfiouuu… Tu peux t'estimer heureux que je ne t'aie pas sauté dessus sur la piste de danse. Mais en uniforme, avec ta casquette et tes médailles ? Là, c'est certain, tu serais un homme comblé.

Elle ricana.

Smiley n'en pouvait plus. Il fallait la ramener chez lui, immédiatement.

— Ah oui ? dit-il finalement, la voix rauque.

— Oh oui, confirma-t-elle avec ce ton langoureux qui n'arrangeait en rien son problème d'érection.

Smiley accéléra légèrement.

Arrivés à bon port, ils montèrent rapidement jusqu'à l'appartement. Une fois la porte fermée à clé, il lui prit la main et l'entraîna vers la chambre. Il posa les mains sur ses épaules.

— Reste ici. Surtout, ne bouge pas d'un centimètre, compris ?

Elle hocha la tête avec vivacité en se mordillant la lèvre, le regard brûlant de désir.

Heureusement, le grand dressing de Smiley lui permit de se changer sans peine. Il retira ses vêtements et enfila son uniforme blanc.

Bree voulait un homme en uniforme ? Elle l'aurait.

Il retourna dans la chambre.

Bree n'avait pas bougé. Quand il sortit du dressing, elle écarquilla les yeux.

— Bon sang, murmura-t-elle.

— Madame, fit Smiley en s'inclinant légèrement.

Il ne savait pas vraiment à quoi s'attendre – mais certainement pas à ce que Bree tombe aussitôt à genoux et tire sur sa ceinture.

Avant qu'il n'ait le temps de reprendre son souffle, elle le prit à pleine bouche.

Smiley avait du mal à se tenir debout. Ses doigts se perdirent dans la chevelure de Bree, défaisant la coiffure qu'elle avait soigneusement arrangée. Il s'agrippa à elle, submergé par une sensation des plus intenses.

Il essaya de la retenir un instant, désireux de se sentir en elle d'une autre manière, mais elle résista. Elle releva juste assez la tête pour croiser son regard, les lèvres toujours serrées autour de son sexe – et Smiley perdit tout contrôle.

— Si tu n'arrêtes pas, je vais jouir dans ta bouche, la prévint-il d'une voix rauque.

En guise de réponse, Bree redoubla d'intensité.

Smiley explosa. Malgré les efforts de Bree, une partie des fluides s'échappa au coin de ses lèvres. C'était l'image la plus érotique qu'il avait jamais vue.

Il la redressa, remonta sa robe jusqu'aux hanches, déchira sa culotte en voulant la retirer, puis la souleva.

Il était déjà en érection à nouveau. Il plongea en elle sans plus attendre.

Ils gémirent à l'unisson. Smiley la plaqua contre le mur et la prit avec vigueur et passion. Les mains de Bree glissèrent dans ses cheveux, envoyant valser sa casquette sans qu'ils y prêtent attention.

Submergé par le plaisir, Smiley n'avait plus la notion du temps quand Bree se mit à trembler, le serrant en elle jusqu'à le rendre fou. Elle laissa échapper un petit cri avant d'atteindre l'orgasme, entraînant aussitôt Smiley avec elle.

Lorsqu'il reprit son souffle, vidé, épuisé, il chancela jusqu'au lit et déposa Bree sur le matelas avant de s'écrouler à côté d'elle.

Elle lui adressa un sourire paresseux, enleva les jambes de sa taille, puis s'étira comme un chat sous un rayon de soleil.

— Oh oui, tu es carrément sexy en uniforme, Jude Stark.

Une vague de frissons parcourut Smiley.

— Ravi de te l'entendre dire, répondit-il avant de commencer à se déshabiller.

— J'ai droit à un strip-tease en prime ? Quelle chance, lança Bree en se redressant avec un sourire provocateur.

Elle n'avait pas pris la peine de redescendre sa jupe, et en se déshabillant à toute vitesse, Smiley aperçut l'éclat de leurs fluides mêlés entre ses cuisses.

— Bordel, grommela-t-il en sentant son sexe s'animer à nouveau.

— Parfait, répliqua-t-elle en s'humectant les lèvres.

— Tu vas finir par me tuer, marmonna-t-il en se penchant sur elle.

— Quelle belle mort, répliqua-t-elle en passant les bras autour de son cou.

Moins d'une minute plus tard, ils étaient tous les deux nus, enlacés dans le lit, prêts pour un autre round.

Bien plus tard, quand ils furent vidés de toute énergie, les draps en bataille, et qu'il se sentit plus vieux de cinquante ans, Smiley resta étendu, un sourire béat sur les lèvres. Ce n'était pas son genre. Il ne passait jamais son temps à regarder fixement le plafond en souriant, sans raison.

Mais avec Bree allongée sur lui, endormie, la tête au creux de son cou, la peau moite, enivré par le parfum de leurs ébats, il ne pouvait rien faire d'autre. Il était heureux. Vraiment heureux.

Il donnerait sa vie pour cette femme, rien que pour revivre ce moment inlassablement. Ce n'était pas forcément qu'une question de sexe – même si c'était extraordinaire. Il aimait juste que Bree soit dans ses bras, détendue, confiante, profondément endormie. Elle lui faisait assez confiance pour s'abandonner totalement.

Il pourrait tuer pour que ça dure éternellement.

La tension qu'elle avait accumulée à force de se sentir traquée s'était enfin dissipée. Ce soir, elle avait baissé la garde. Smiley comprit alors à quel point elle lui avait caché une partie d'elle-même. Il voulait garder cette version de Bree chaque jour, et il allait tout faire pour que cela arrive.

Mateo Castillo fixait d'un regard noir l'immeuble dans lequel sa propriété était entrée. Il était temps que tout cela se termine. Il savait où elle était, et il en avait marre de ce pays. Il fallait qu'il retourne dans ses quartiers sécurisés. Apparemment, tout partait à vau-l'eau en son absence. Quatre jours plus tôt, une des filles s'était échappée. C'était impardonnable. Ceux qui avaient laissé cela se produire allaient mourir pour l'exemple.

Il voulait capturer Bree Haynes en même temps que les deux autres garces qui s'étaient enfuies des années auparavant, mais il n'en avait pas encore eu l'occasion. Il croyait que ce serait pour ce soir. Les trois femmes étaient réunies. Il avait essayé d'entrer dans ce foutu bar et de profiter que tout le monde soit ivre et distrait pour enlever l'une d'entre elles, voire les trois, par la porte de derrière. Mais c'était une soirée privée, et ce connard à la porte ne l'avait pas laissé passer.

Il avait joué le touriste qui cherchait simplement à boire un verre, en vain. Lorsqu'il avait aperçu ses trois cibles en train de danser et de rire un verre à la main, il lui avait fallu toute sa maîtrise pour tourner les talons.

Il était si près du but... et pourtant, il n'avait pas été récompensé.

Bordel...

Il était temps d'agir, et de rentrer en Équateur. Tout était prêt pour le transport. C'était prévu pour trois femmes, mais s'il le fallait, il se contenterait d'une seule ; la plus jeune, celle qu'il avait achetée, et qui lui rapporterait le plus. Ses clients de Russie et de Corée du Nord attendraient le prochain lot.

Mateo mit le contact en jetant un coup d'œil à sa montre – trois heures du matin. Dans une semaine, il serait chez lui, à compter son argent, et à s'assurer qu'aucune autre garce n'envisage de s'enfuir.

Il était leur maître, elles lui obéissaient. Point final.

Bree Haynes allait apprendre à ses dépens que la fuite ne

faisait que retarder l'inévitable. Une fois formée, elle passerait le reste de sa vie enfermée dans la cage qu'il faisait construire spécialement pour elle. Elle n'en sortirait que deux fois par jour : pour aller aux toilettes... ou pour se soumettre à ce qu'on voudrait lui faire.

Mateo esquissa un rictus. Les femmes ne servaient qu'à une chose : écarter les cuisses et se laisser faire. Elle allait apprendre, ou mourir. Il avait payé une somme considérable pour elle, et il comptait bien récupérer son investissement d'une manière ou d'une autre.

C'était ainsi que son business fonctionnait. Le dressage était la partie la plus amusante : les briser, voir la lumière s'éteindre dans leurs yeux quand elles acceptaient leur sort.

Bree Haynes ne ferait pas exception. Elle lui appartenait, et il obtenait toujours ce pour quoi il payait.

9

Bree restait prudente, mais optimiste. La veille, avec l'équipe de Smiley, ils avaient eu une conversation téléphonique avec le mystérieux Tex, qui leur avait confirmé une fois de plus que Mateo Castillo se trouvait bien à Riverton, et qu'ils savaient désormais où il se cachait – ils avaient transmis l'information au FBI, à la police de Riverton, et au shérif du comté.

À présent, l'unité spéciale du FBI chargée de l'arrestation des fugitifs, la *Fugitive Apprehension Tactical Enforcement Unit*, qui dépendait de la section des crimes violents, se préparait à intervenir. Apparemment, Castillo était recherché dans plusieurs pays pour enlèvement et trafic d'êtres humains. Les forces de l'ordre étaient surprise de le savoir sur le sol américain, mais ils ne voulaient pas perdre du temps à chercher le pourquoi du comment.

Avec un peu de chance, d'ici la fin de la journée, le cauchemar de Bree serait terminé, et elle pourrait enfin reprendre le cours de sa vie. Ce qui, paradoxalement, lui faisait un peu peur... car elle s'était habituée à vivre à Riverton avec Smiley. Elle s'était rapprochée de Kelli, Remi et les autres, et honnêtement, elle n'avait pas envie de rentrer à Las Vegas.

Cependant, même si les choses se passaient bien avec Smiley – du moins, elle le pensait – elle n'était pas sûre qu'ils en soient au point d'emménager ensemble pour de bon.

Bree en avait envie, mais elle préférait ne rien présumer concernant Smiley. Il l'avait recueillie par nécessité, et d'après ce qu'elle avait compris, il était obsédé par l'idée de la retrouver depuis cette nuit épouvantable où Preacher, Blink et lui avaient secouru Josie, séquestrée par sa belle-mère et sa belle-sœur.

À vrai dire, Bree était partagée. Elle regrettait un peu sa vie d'avant, prévisible, ennuyeuse... mais sûre. Cependant, elle adorait celle qu'elle vivait à Riverton : passer son temps avec Smiley, jour et nuit, cuisiner avec lui, regarder la télévision, rire, faire l'amour. Ce qu'elle appréciait moins, c'était de ne pas subvenir elle-même à ses besoins, mais elle était confiante : ici, dans le sud de la Californie, elle trouverait facilement du travail.

Elle réprima ces pensées vagabondes en secouant la tête. Tant que sa situation actuelle n'était pas résolue, il ne fallait pas qu'elle planifie sa vie ici, à Riverton. Tex et les forces de l'ordre allaient peut-être les appeler d'ici quelques heures pour leur annoncer que Mateo avait été arrêté, et que la cavale de Bree était enfin de l'histoire ancienne.

— Tu es sûr que ça va ? lança soudain Bree.

Smiley la regarda en fronçant les sourcils.

— Pourquoi ça n'irait pas ?

— Parce qu'on va rejoindre Fiona et Julie chez *My Sister's Closet*, et à force, ça doit être pénible de me trimballer partout. Je doute que ça t'emballe vraiment de traîner dans une boutique de fringues. Après tout, tu es un Navy SEAL, un dur à cuire ; au lieu de jouer les chauffeurs, tu devrais être en train de planifier ta prochaine mission pour sauver le monde.

Smiley se gara sur le bas-côté et coupa le moteur. Il posa la main sur la nuque de Bree.

— Je t'ai prévenue dès le début : je ne veux pas te perdre de vue ; et je le pensais. S'il faut que tu ailles voir Julie et Fiona pour étoffer ta garde-robe, c'est ce qu'on va faire. J'insiste, ton coin du placard est presque vide. Il te faut plus de vêtements. Et pour ce qui est du travail... j'ai tellement de congés à rattraper que ça en devient ridicule. De toute façon, on est juste partis une demi-heure plus tôt. Le commandant et toute l'équipe savent qu'en ce moment, tu es ma priorité.

— Je ne suis pas sûre que m'emmener faire les boutiques soit une priorité, marmonna Bree en baissant les yeux. Maintenant que Mateo va se faire arrêter, je vais pouvoir retourner à Las Vegas et récupérer mes affaires.

— Regarde-moi, lui dit Smiley.

Bree releva les yeux.

— Ce n'est pas une question de vêtements, poursuivit-il d'un ton qui contrastait avec son côté grincheux habituel. C'est une manière de t'occuper en attendant des nouvelles de Tex, et de te retrouver avec deux femmes qui ont vécu la même chose que toi. C'est surtout ma façon de te prouver que tu passes avant tout, et que je te soutiens sans réserve. D'accord ?

Bree sentit son ventre se nouer, et sa respiration s'accélérer. Elle n'avait qu'une envie : se jeter dans ses bras. Grâce à lui, elle se sentait importante, désirée. C'était tellement grisant. Elle mourait d'envie de lui prouver sa reconnaissance.

— Ce soir, ajouta-t-il avec un sourire en coin, comme s'il lisait encore dans ses pensées.

— Merci, Smiley. Sincèrement. Je suis vraiment angoissée à cause de ce Mateo. J'ai hâte d'apprendre qu'on lui a mis la main dessus, mais j'ai peur qu'il arrive quelque chose. Tu crois qu'une fois qu'il sera derrière les barreaux, je serai en sécurité ? Et s'il avait des complices ?

Smiley lui caressa délicatement la joue avant de reprendre la route en s'assurant qu'aucun véhicule n'arrivait derrière eux.

— Tex nous l'a déjà expliqué : il ne croit pas que tu sois encore ciblée. Apparemment, c'est Castillo lui-même qui s'acharne à finaliser la vente que ton enfoiré d'ex avait conclue. À mon avis, le reste de sa bande te voit plutôt comme un risque. Ils peuvent trouver d'autres femmes bien plus facilement.

Bree grimaça. Même si c'était vrai, elle ne supportait pas d'entendre ça.

— Une fois qu'on aura eu des nouvelles de Tex, on pensera à la suite, suggéra Smiley.

— D'accord.

Il se gara sur un parking public à quelques pas de la

boutique de Julie, puis ils se dirigèrent vers *My Sister's Closet*, main dans la main.

— Je ne serai pas longue, lui promit-elle, toujours persuadée qu'il n'avait aucune envie de passer du temps dans un magasin pour femmes.

— Prends ton temps. Julie a toujours du café et des biscuits à proposer. Vous aurez tout le loisir de fouiner et de discuter. Je ne te laisserai pas seule, mais je ferai de mon mieux pour rester discret.

— Ça ne me dérange pas que tu sois là, répondit-elle en souriant. Je n'ai rien à cacher.

— Peut-être, mais vous allez sûrement vouloir parler de trucs de filles.

Bree éclata de rire.

— Des trucs de filles ? Quel genre ?

— Je n'en sais rien... Les règles, les accouchements, les hémorroïdes...

Bree se figea, le regarda un instant, puis éclata de rire. Smiley se contenta de sourire, impassible. Elle comprit qu'il plaisantait, mais c'était plus fort qu'elle. Elle était encore en train de rire quand ils firent tinter le carillon en franchissant la porte du magasin.

Presque aussitôt, Julie et Fiona surgirent de l'arrière-boutique.

— Salut !

— Ça fait tellement plaisir de te revoir !

Elles la prirent toutes les deux dans leurs bras. Bree sentait la présence rassurante de Smiley derrière elle.

— Qu'est-ce qu'il y a de si drôle ? demanda Fiona après les avoir salués.

— L'idée que Smiley se fait des conversations entre filles.

Julie prit Bree par le bras et l'entraîna vers le petit espace détente installé près de la caisse.

— Laisse-moi deviner : les règles, les tampons, et les seins ?

Bree se mit à rire de plus belle.

— C'est à peu près ça.

Smiley, imperturbable, haussa les épaules et s'installa dans l'un des grands fauteuils disposés dans la boutique – sûrement destinés aux hommes cherchant un endroit où s'assoir en attendant.

— Smiley, tu veux un café ? proposa Julie.

— Non merci.

— On a combien de temps devant nous ? demanda Fiona à Bree.

— Autant qu'on veut. Smiley a fini sa journée, on rentre juste après.

— Parfait. J'ai reçu un tas de dons que je n'ai pas encore triés. Tu veux m'aider, ou tu préfères jeter un œil à ce que j'ai mis de côté pour toi ?

— Le choix est difficile... On peut faire les deux ?

— Bien sûr. On va commencer par les nouveaux arrivages.

— Marché conclu.

— Ils sont dans l'arrière-boutique. Je te préviens, tout est un peu froissé. Certains vêtements font peine à voir dans leurs sacs plastiques, mais souvent, une fois lavés et repassés, il y a de vraies pépites.

— J'ai hâte d'y mettre mon nez, répondit Bree en souriant.

— Tu veux venir avec nous ? demanda Julie à Smiley.

— Non, ça ira. Si ça ne te dérange pas, je vais juste déplacer le fauteuil pour garder un œil sur vous.

— Bien sûr.

Spontanément, Bree se dirigea vers lui ; les hommes qu'elle avait fréquentés auparavant n'auraient jamais fait la même chose pour elle : se montrer patient, et veiller sur elle pendant qu'elle faisait des essayages.

Elle s'appuya sur les accoudoirs et se pencha vers lui.

— Merci, murmura-t-elle avant de déposer un baiser sur ses lèvres.

Tandis qu'elle se redressait, il posa une main sur sa nuque.

— Ce n'est pas une corvée, répondit-il fermement. Bree, ça me fait plaisir de te voir heureuse et souriante.

Il était en train de l'achever.

— Ce soir, je te remercierai comme il se doit.

— Ce soir ? Je me disais qu'on pourrait commencer directement en rentrant...

Elle ricana.

— T'es vraiment un mec.

— Oui, un mec qui sait apprécier les bonnes choses quand il en a l'occasion. Au cas où tu en douterais, c'est de *toi* que je parle.

— Tu seras récompensé, murmura-t-elle avant de l'embrasser à nouveau – plus longuement, cette fois.

— Vous pouvez remettre ça à plus tard ? lança Fiona depuis le fond de la boutique. On a des sacs à trier.

Bree se redressa, et Smiley lui effleura la hanche au passage. Elle eut l'impression de rougir, mais pour la première fois depuis longtemps, elle se sentait totalement insouciante.

C'était le premier jour du reste de sa vie, et elle comptait bien en profiter au maximum, se battre pour avoir ce qu'elle voulait ; et ce qu'elle voulait plus que tout, c'était Smiley.

— Allez, file, dit-il en se réinstallant. Si tu as besoin de quoi que ce soit, je suis là.

Le regard de Bree glissa sur au niveau de son entre-jambe : il était en érection. Elle plissa le nez – ça ne devait pas être très confortable. Mais avant qu'elle puisse faire un commentaire, Smiley la fit pivoter et la poussa légèrement vers l'arrière-boutique.

— Vas-y. Fais ce que tu as à faire.

— Oui, chef ! lança-t-elle avec un sourire malicieux.

À peine eut-elle franchi le seuil de l'arrière-boutique que Fiona et Julie éclatèrent de rire.

— Ma belle, c'est chaud entre vous deux ! lança Fiona.

— Chaud-bouillant ! renchérit Julie en s'éventant avec la main.

— N'importe quoi, marmonna Bree en levant les yeux au ciel.

Même si au fond, elles n'avaient pas tort.

— Par quoi on commence ? demanda-t-elle.

— Par les nouveaux arrivages, ils sont là, répondit Julie en désignant quatre grands sacs-poubelle alignés le long du mur.

Il y avait des tas de portants chargés de vêtements, prin-cipalement des robes. Certaines avaient encore l'étiquette du pressing, et d'autres, encore froissées, attendaient leur tour.

Des cartons étaient empilés un peu partout. L'espace était encombré, mais propre et bien organisé. Il y avait une porte qui donnait sans doute sur la ruelle longeant les magasins de Main Street, et Bree aperçut aussi un petit cabinet de toilette.

— Première étape : tout sortir des sacs et suspendre les vêtements, expliqua Julie en s'approchant des sacs. Ensuite, j'examine chaque pièce et je vérifie l'authenticité de la marque, pour savoir si c'est de la contrefaçon. Puis je sépare ce que je mettrai en vente ici de ce que j'enverrai dans une friperie classique.

Bree la suivit, étrangement excitée à l'idée de découvrir tous ces dons de vêtements. Elle avait l'impression que c'était Noël et son anniversaire à la fois.

Elle oublia momentanément la traque de Mateo Castillo et se laissa porter par le bonheur de travailler aux côtés de ses nouvelles amies.

*** * ***

Tandis qu'elles s'affairaient à l'arrière, Smiley les observait avec un léger sourire. Si l'un de ses coéquipiers l'avait vu à cet instant, il l'aurait sans doute cru malade, et lui aurait dit de consulter. Ce n'était pas son genre de rester assis à ne rien faire... et encore moins de regarder une femme faire du shopping.

Mais entendre Bree et ses deux amies glousser, manifester leur joie ou leur surprise en faisant une trouvaille, était une expérience nouvelle – qu'il n'aurait jamais imaginé apprécier.

Bree devait se dire qu'il perdait son temps, mais plus il était en sa compagnie, plus il découvrait les petits plaisirs de la vie.

La sonnerie de son portable le fit sursauter, et il laissa échapper un petit rire. Vraiment, quel dur à cuire... Effrayé par son propre téléphone.

En consultant l'écran, il vit le nom de *Cookie* s'afficher. Il se crispa aussitôt. Ce n'était pas bon signe.

La conversation que Tex devait avoir avec l'équipe de Wolf à propos de Castillo avait été repoussée. Smiley ignorait pourquoi, mais il n'avait pas posé de questions. Elle devait avoir lieu le jour-même, il n'y avait donc qu'une raison pour que Cookie l'appelle maintenant – et ce n'était pas pour prendre de ses nouvelles.

— Smiley, fit-il en décrochant.

— C'est quoi ce bordel ?! lança Cookie d'un ton grave et furieux.

Smiley soupira en fronçant les sourcils. Il n'y avait aucun doute possible : Tex avait parlé à Cookie et aux autres de Mateo Castillo. L'ancien SEAL était furieux – à juste titre – qu'on l'ait tenu à l'écart.

Au fil des jours, Smiley se sentait de plus en plus mal à l'aise d'avoir gardé certaines informations pour lui. Ce n'était pas correct, mais il avait l'impression de ne pas avoir le choix, étant donné tout ce que Tex mettait en œuvre pour protéger Bree.

Il avait fait une erreur en leur cachant des choses, point final.

— J'ai dit à Tex que ce n'était pas une bonne idée, répondit-il.

— Tu m'étonnes ! Je n'arrive pas à croire que vous ayez tous gardé ça pour vous ! Ma femme a vécu un enfer à cause de Castillo ! Peut-être pas lui directement, mais l'organisation pour laquelle il bosse ! Merde, vous trouvez ça malin de ne pas me dire que non seulement il est aux États-Unis, mais en plus, à Riverton ?!

Le ton de Cookie montait à mesure qu'il parlait. Smiley eut peur que les filles l'entendent, même si le haut-parleur n'était pas activé.

— Je vais sortir un moment, les prévint-il.

— D'accord !

— On continue !

— Pas de souci !

Smiley rejoignit rapidement la porte d'entrée et sortit sur le trottoir pour parler plus librement.

— Comme je te le disais, ce n'est pas moi qui ai eu cette idée. J'ai dit à Tex que vous méritiez d'être informés, Hurt et toi.

— Même une fois rentrée, Fiona vivait toujours un enfer. Tex savait à quel point elle allait mal. Quand elle délirait, persuadée que ses ravisseurs allaient revenir la chercher, c'était lui qui l'apaisait. Et maintenant qu'ils pourraient vraiment revenir, il ferme sa gueule ? C'est n'importe quoi !

— Je sais, admit Smiley. Mais rien ne prouve que Castillo sache quoi que ce soit à propos de Fiona ; ou de Julie, d'ailleurs. D'après les informations de Tex, il n'était même pas dans la jungle au moment où vous les avez secourues.

— Je m'en fous, grommela Cookie, toujours aussi furieux. *S'il y a ne serait-ce qu'un pour cent de chance qu'un membre de*

cette foutue organisation connaisse le nom de ma femme, j'aurais dû être prévenu !

— Je suis d"accord avec toi, répondit Smiley. Tex est convaincu que Castillo n'est pas venu pour ta femme, ni pour Julie. C'est Bree qu'il veut. Je lui ai demandé de t'en parler, mais il avait besoin d'un peu de temps pour confirmer que Castillo faisait bien partie de cette organisation. Il ne voulait pas vous alarmer pour rien. Je lui ai accordé ce temps. Ce n'était pas le bon choix, et je suis désolé.

Il entendit Cookie inspirer profondément, et imagina sans mal son ami, agité, se passer une main dans les cheveux.

— *Tout ce qui concerne ma femme et cette période me rend dingue,* admit-il finalement.

— À vrai dire, je pense que ça révèle ce qu'il y a de meilleur en toi, répondit calmement Smiley.

— *Mouais... Dis-moi tout, Smiley. Tex m'a déjà donné les détails sur la potentielle arrestation de Castillo aujourd'hui, mais je veux avoir ton avis. Je veux savoir tout ce que tu sais sur lui, pourquoi il est obsédé par Bree... Tout.*

Smiley n'était pas surpris par sa demande. À sa place, il aurait eu la même réaction.

Dix minutes plus tard, il lui avait tout raconté : ses inquiétudes, ses hypothèses, ce qu'il savait de la situation. À la fin de la conversation, Cookie était nettement plus calme, mais par précaution, il voulait venir chercher Fiona. Il avait aussi promis d'appeler Patrick Hurt, leur ancien commandant, pour lui faire un compte rendu – ce que Smiley appréciait. Il n'avait vraiment pas besoin que Hurt lui passe un savon à son tour.

Il rouvrit la porte de *My Sister's Closet*.

— C'est moi ! lança-t-il en entrant.

Il ne voulait pas qu'elles pensent que c'était un client, et qu'elles interrompent leur activité. À sa grande surprise, il n'entendit aucune réponse, ni aucun bruit.

Un frisson lui parcourut la nuque, et instinctivement, il sortit le couteau KA-BAR qu'il avait toujours sur lui.

D'un pas rapide, il se dirigea vers l'arrière-boutique.

Quand il découvrit qu'il n'y avait plus personne à l'intérieur, et que la porte du fond était grande ouverte, son adrénaline grimpa en flèche.

— Merde, merde, merde ! jura-t-il en sortant son téléphone.

Il rappela Cookie.

En attendant qu'il décroche, Smiley se rendit compte qu'il avait foiré. Il s'était juré que Bree ne quitterait pas son champ de vision tant que Castillo représentait toujours une menace. Pourtant, il était sorti de la boutique de son plein gré, et avait laissé les trois femmes sans surveillance.

La réalité le frappa de plein fouet : Bree avait disparu ; Julie et Fiona aussi. Les trois femmes sur lesquelles Mateo Castillo voulait remettre la main pour récupérer ce qu'il considérait comme sa propriété. Les craintes de Cookie étaient fondées... et Smiley ne se trouvait qu'à quinze mètres d'elles quand c'était arrivé.

Cookie allait exploser, et il avait toutes les raisons de le faire.

À présent, Smiley avait une certitude : Castillo n'était pas sur le point de se faire arrêter par les forces spéciales. Il venait de passer à l'action.

La chasse était ouverte. On ne s'en prenait pas impunément aux Navy SEALs – ni à leurs compagnes.

Mateo Castillo pensait avoir gagné. En réalité, il venait de signer son arrêt de mort.

10

———

— Oooh, regardez-moi ça ! s'exclama Fiona en brandissant une robe pailletée. Selon l'étiquette, c'est du Versace.

Bree n'en revenait pas de s'amuser autant. Chaque sac était un véritable trésor, rempli de dentelle et de satin. Il y avait bien quelques ratés, mais dans l'ensemble, tout était magnifique. Ces dons allaient faire le bonheur de tellement de femmes et de jeunes filles. Elle n'avait encore rien trouvé qui lui convenait – du moins, pour la vie de tous les jours – mais ça n'avait pas d'importance. Elle passait un moment formidable.

À travers la porte de la boutique, Bree aperçut Smiley qui faisait les cent pas dehors, le téléphone collé à l'oreille. Il n'avait pas l'air content. Enfin... encore moins que d'habitude. Elle ignorait qui était à l'autre bout du fil, mais la conversation avait l'air tendue. L'espace d'une seconde, Bree se demanda si ça avait quelque chose à voir avec elle, mais elle chassa aussitôt cette idée. Smiley pouvait très bien avoir un appel important sans que ça la concerne.

De plus, s'il y avait du nouveau au sujet de Mateo, il ne manquerait pas de la mettre au courant. Il savait à quel point les évènements de la journée la rendaient nerveuse.

Elle venait juste de se tourner vers le sac qu'on lui avait attribué quand la porte qui donnait sur la ruelle s'ouvrit brusquement.

Sous le choc, Bree n'eut pas le temps de réagir. Trois hommes se ruèrent à l'intérieur, chacun sur une femme. Le plus grand d'entre eux se jeta droit sur elle. Bree recula, mais trébucha aussitôt sur un sac posé derrière elle.

— Non ! s'écria Julie. Lâchez-moi...

Elle n'eut pas le temps d'en dire davantage : l'homme qui l'avait saisie plaqua une main sur sa bouche.

Fiona, quant à elle, se débattait furieusement, mais son agresseur l'avait déjà soulevée pour l'emmener vers la sortie.

Celui qui s'en prenait à Bree la saisit violemment et la redressa avant de l'étrangler avec son avant-bras.

Bree essaya désespérément de se dégager pour pouvoir respirer, sans succès. L'homme la força à avancer, la poussant à l'extérieur à la suite des deux autres.

L'enlèvement dura trente secondes à peine. À part le fracas de la porte, tout se déroula dans un silence glaçant. Aucun des trois hommes n'avait dit un mot, et elles avaient été trop prises au dépourvu pour essayer d'alerter Smiley.

Les ravisseurs les traînèrent jusqu'à un gros SUV noir et ouvrirent le coffre. La vision de Bree se brouillait : l'homme ne relâchait pas la pression. Quand il retira son bras pour la jeter à l'intérieur, elle respira à pleins poumons.

Ses membres se mêlèrent à ceux de Julie et Fiona, et avant qu'elles n'aient pu se dégager, le hayon se referma sur elles.

— Merde, lâcha Julie en cherchant frénétiquement un loquet ou une poignée.

Bree lança un regard à Fiona, qui était recroquevillée sur elle-même, les yeux dans le vague.

— À l'aide ! hurla Julie alors que le véhicule démarrait.

Bree rampa jusqu'à elle, mais ne trouva aucun mécanisme d'ouverture. Elle se mit sur le dos pour frapper la vitre avec le talon de toutes ses forces. Julie fit de même, mais la vitre ne céda pas.

Soudain, la vision de Bree se troubla à nouveau.

En regardant autour d'elle, elle réalisa qu'une brume épaisse envahissait l'arrière du véhicule. Elle remarqua également qu'une cloison transparente séparait le coffre de l'habitacle.

Deux des ravisseurs les observaient à travers le Plexiglas, un sourire pervers aux lèvres.

Bree se mit à tousser, et tout vacilla autour d'elle.

— Oh merde, murmura Julie en plaquant son T-shirt sur son nez.

Mais c'était inutile. Le gaz emplissait l'espace, et il était de plus en plus difficile de garder l'esprit clair. Ils étaient en train de les droguer.

Bree n'avait aucun doute sur l'identité de l'homme qui avait aménagé un véhicule avec une vitre incassable, une cloison transparente, et un système pour gazer les passagers.

Mateo Castillo.

Il n'était pas sur le point d'être envoyé en prison. Il était là, et il l'avait retrouvée.

Pas seulement elle : Julie et Fiona aussi.

C'était injuste. Elles avaient déjà vécu l'enfer.

Bree rampa jusqu'à Fiona, la prit dans ses bras et la serra aussi fort que possible, même si elle sentait qu'elle perdait connaissance. Ce que Mateo leur réservait n'augurait rien de bon – elle le savait pertinemment. Mais elle se jura de faire de son mieux pour protéger Fiona et Julie. C'était elle que Mateo voulait.

Sa dernière pensée avant de sombrer fut pour Smiley. Il allait être furieux, et rongé par la culpabilité. Il s'était désigné lui-même comme son protecteur, et pourtant, elle venait de se faire kidnapper sous son nez.

Elle ignorait comment Mateo avait su à quel endroit et à quel moment agir, mais ça n'avait plus d'importance. Désormais, une seule chose comptait : tenir jusqu'à ce que Smiley et ses amis les retrouvent.

* * *

Une demi-heure plus tard, la maison de Safe débordait de monde – mais Smiley n'y prêtait aucune attention. Il ne parvenait pas à chasser cette image de l'arrière-boutique déserte. Il n'avait rien entendu, pas un cri. Rien. Castillo avait frappé, et les avait enlevées toutes les trois sans un bruit.

Hurt avait déjà permis à Tex d'accéder aux images des caméras de sécurité de la boutique. Il s'efforçait de suivre la trace de Castillo à travers les vidéos de surveillance des environs. De son côté, Hurt essayait de connecter le système de vidéosurveillance de Julie à la télévision de Safe pour qu'il puissent visionner les enregistrements ensemble.

Même s'il savait que Tex était sur le coup, Smiley était au plus mal. Il ne pouvait s'empêcher de se sentir coupable.

— Qu'est-ce qui a merdé avec le groupe d'intervention ? lâcha Cookie, furieux.

Il ne s'adressait à personne en particulier, mais à tous ceux qui étaient présents.

Les anciens coéquipiers de Cookie étaient là, ainsi que les amis de Smiley. Ils bouillaient tous d'impatience, prêts à agir, mais ils ignoraient la direction à prendre. Il fallait attendre, ce qui d'ordinaire ne posait pas problème – ils avaient l'habitude. Mais cette fois, c'était une affaire personnelle. Il n'y avait pas que la vie de Bree qui était en jeu ; celles de Fiona et de Julie aussi.

Chacun se souvenait de ce qui s'était passé au Mexique des années auparavant, de la manière dont ces femmes avaient été maltraitées, de la drogue qu'on avait administrée à Fiona, de sa rechute une fois rentrée en Californie. Son pire cauchemar recommençait, littéralement.

Julie n'avait pas bien supporté sa captivité non plus, même si elle n'était pas la même femme qu'aujourd'hui.

Quant à Bree... Certes, elle avait déjà été kidnappée à Vegas, mais on l'avait secourue rapidement. Comment tenait-elle le coup, cette fois ?

Smiley n'arrêtait pas de se demander ce qu'il aurait dû faire. Elle aurait dû rester à la base navale, ou chez lui, jusqu'à ce que l'arrestation de Castillo soit confirmée.

Quelques minutes plus tard, Hurt parvint enfin à diffuser

les images de *My Sister's Closet* sur l'écran. Tout le monde se rassembla autour de la télévision.

Kevlar s'approcha de Smiley et passa un bras autour de ses épaules. Smiley en avait bien besoin, et ne chercha pas à le repousser. Il n'était pas sûr de pouvoir supporter les images de l'enlèvement.

Tandis qu'il se penchait légèrement contre Kevlar, Hurt lança la vidéo.

Smiley retint son souffle en regardant les trois femmes rire et discuter. Fiona brandit une robe sortie d'un des sacs de vêtements… puis la porte de derrière s'ouvrit brusquement, et elles se retournèrent alors que trois hommes faisaient irruption dans la pièce.

À sa grande surprise, Castillo lui-même faisait partie du trio. On ne pouvait pas le rater : il était bien plus massif que les deux autres, à la fois grand et corpulent. Il se jeta sur Bree, qui trébucha sur un sac en reculant.

Fiona et Julie se débattaient pendant que Castillo saisissait Bree. Il passa un bras autour de son cou – et Smiley sentit sa propre gorge se serrer en imaginant la panique qu'elle avait dû ressentir.

En un éclair, l'arrière-boutique fut déserte.

L'enlèvement n'avait pas duré plus de trente secondes.

Vingt-quatre secondes, exactement.

L'image bascula sur la caméra extérieure, dans la ruelle. Smiley vit les trois femmes se faire embarquer à l'arrière d'un grand SUV. Julie frappait désespérément la vitre du coffre tandis que le véhicule s'éloignait.

À la consternation générale, la plaque d'immatriculation était totalement masquée. Il n'y avait aucun doute possible :

ils s'arrêteraient quelque part pour retirer la bande adhésive avant d'être repérés par la police.

Smiley ne savait plus quoi dire, ni quoi faire. Son premier réflexe aurait été de bondir dans sa voiture et de partir à la recherche du SUV noir – mais par où commencer ? Riverton n'était pas une grande ville, mais elle était à proximité d'autres zones urbaines du sud de la Californie. Ils pouvaient déjà être n'importe où.

Tex avait prévenu les services frontaliers, qui étaient sur le qui-vive pour repérer le véhicule et ses occupants. Mais Castillo n'était pas bête. Il n'essaierait pas de franchir la frontière avec la même voiture.

Smiley savait aussi pertinemment que Bree ne resterait pas sagement à l'arrière sans crier, si elle avait la moindre chance que quelqu'un l'entende. Fiona et Julie feraient sûrement de même.

Mais Castillo les avait sûrement neutralisées d'une manière ou d'une autre – c'était ça, le plus inquiétant.

— Merde, jura-t-il.

Kevlar resserra brièvement son étreinte, puis se redressa.

— Bon, Tex a confirmé que les traceurs étaient hors service, ce qui veut dire que les ravisseurs ont forcément fait quelque chose dans ce sens, puisqu'elles en portaient au moins un toutes les trois, et qu'il est impossible que plusieurs dispositifs tombent en panne en même temps. On ne peut donc pas retrouver directement leur position. Ça craint, mais on ne va pas rester les bras croisés pour autant. On va se séparer. Une équipe va vérifier les routes qui mènent à la frontière, et l'autre la côte et les chantiers navals.

Il faut aussi fouiller les relais routiers. Castillo veut les faire sortir du pays, on est d'accord ?

Ils hochèrent tous la tête.

— Il pourrait se diriger vers l'est et trouver un point de passage moins surveillé, suggéra Dude.

— Et les aéroports ? lança Preacher. Ce connard a les moyens d'engager un pilote, non ?

Smiley n'y avait même pas pensé. À chaque idée lancée, sa tension montait d'un cran.

— Il faut les retrouver, déclara Cookie, la voix brisée. Fiona ne peut pas revivre ça.

— On va les retrouver, assura Wolf d'un ton ferme en lui posant la main sur l'épaule.

— Tex est en colère, ajouta Benny. Surtout contre lui-même. Il a merdé, et il le sait. Si on avait été au courant plus tôt au sujet de Castillo, on aurait pu mettre les filles à l'abri.

Smiley n'en pouvait plus. Il ne supportait pas de rester là à discuter pendant que Bree et les autres étaient entre les mains de cet enfoiré. Il fallait agir.

Il se dirigea vers la porte.

— Où vas-tu ? lança Mozart.

— Chercher Bree, répondit sèchement Smiley sans ralentir.

Il entendit des pas derrière lui, et s'apprêta à repousser quiconque essaierait de le retenir.

Au lieu de ça, Cookie lança :

— Je viens avec toi.

— C'est moi qui conduis, renchérit Blink.

— Attendez une seconde, intervint Kevlar.

— Non, répondit Smiley.

— Bordel, arrête-toi une seconde ! le réprimanda Kevlar. Il faut qu'on s'organise. Si on part dans tous les sens, on va les rater !

Le ton de Kevlar trahissait sa colère, mais aussi l'ordre implicite. Smiley inspira profondément, puis se tourna vers son ami. Il lui accorderait une minute, pas plus.

Kevlar saisit rapidement un bloc-notes posé sur le plan de travail de Safe.

— Bon. Smiley, Cookie et Blink, vous partez vers l'est. Vérifiez les relais routiers sur la route de l'I-8. Hurt, Wolf et Flash, descendez vers le sud, et vérifiez les stations près de l'I-5, direction Tijuana. Safe, Preacher, Dude et Benny, filez au chantier naval. Essayez de parler à un contremaître et d'accéder aux vidéos de surveillance. Je suis sûr que Tex et son équipe finiront par les obtenir, mais si on peut prendre de l'avance et vérifier si un SUV noir à décharger quelque chose dans un conteneur, ce sera déjà ça. MacGyver, Mozart, Abe et moi, on se charge des aéroports régionaux. Restez concentrés. On est tous en colère, mais ça ne servira à rien de foncer tête baissée. C'est clair ?

— Qu'est-ce qu'on dit aux filles ? demanda Wolf. Caroline me harcèle déjà. Vu la manière dont je suis parti de la maison, elle se doute qu'il se passe quelque chose.

— Dites la vérité, répondit Smiley avant tout le monde. Il faut qu'elles restent sur leurs gardes. Castillo pourrait les surveiller aussi.

— Merde !

— Bordel !

— Bon sang !

Évidemment, aucun d'entre eux n'y avait pensé. Ils

étaient tellement concentrés sur la direction qu'allait prendre Castillo avec Fiona, Julie et Bree qu'ils n'avaient même pas envisagé qu'il puisse s'en prendre aux autres.

À l'unisson, tout le monde – sauf Smiley, Cookie et Hurt – porta son téléphone à l'oreille pour appeler sa femme ou sa compagne.

Cinq minutes plus tard, ils affichaient tous une mine renfrognée. La tension était telle que c'en était presque étouffant.

— Jessyka va prévenir les autres et leur dire de venir chez nous, annonça Benny à ses coéquipiers. La maison est assez grande pour accueillir tout le monde, même les enfants.

— Wren va faire la même chose, ajouta Safe.

— Vous croyez vraiment que c'est une bonne idée de regrouper femmes et enfants au même endroit ? demanda Preacher.

— Oui, répondit Dude sans hésiter. L'union fait la force. Et maintenant qu'elles sont au courant, elles ne se laisseront pas prendre par surprise comme Fiona, Julie et Bree. Cheyenne sera armée. Personne ne s'approchera d'elle, ni des autres.

— Pareil pour Remi, approuva Kevlar. Elle est furieuse. Terrifiée, mais furieuse.

Smiley en avait assez. Il était soulagé que tout le monde soit en sécurité, mais il ne pouvait s'empêcher de penser à Bree, et à la peur qu'elle devait ressentir. Il n'osait même pas imaginer ce qu'elle vivait.

Il se dirigea à nouveau vers la porte, suivi de Cookie et Blink. Ça lui semblait dérisoire de vérifier les relais routiers, mais une heure s'était déjà écoulée depuis l'enlèvement, et il valait mieux agir que rester planté là à attendre des nouvelles de Tex ou de ses collaboratrices. S'ils trouvaient de nouvelles informations, ils les contacteraient et pourraient passer au plan B... ou C, D, F, Q, peu importe.

Une seule chose comptait : retrouver les filles avant que Castillo ne les fasse sortir du pays. Sinon, tout deviendrait beaucoup plus compliqué.

Compliqué, mais pas impossible.

Pour la première fois, Smiley comprit un peu mieux Phantom.

Phantom était un SEAL qui avait fait cavalier seul et quitté le pays pour aller sauver une femme à qui il n'avait jamais parlé, et qu'il n'avait vue qu'une fois – au fond d'un charnier où des rebelles l'avaient jetée en croyant qu'elle était morte. Mais elle était vivante. Après le départ de son équipe du Timor oriental, Phantom était persuadé de l'avoir vue bouger... mais personne ne l'avait cru. Il avait décidé d'aller lui porter secours, avec ou sans l'autorisation de ses supérieurs.

À l'époque, Smiley n'approuvait pas son acte. Il ne comprenait pas qu'on puisse risquer sa carrière, voire la prison, pour sauver une femme sans même la connaître. Même s'il l'avait connue, il ne pouvait pas tout sacrifier sans avoir la certitude qu'elle était encore en vie.

Maintenant, il le comprenait.

Si jamais Bree quittait le territoire américain, rien ne l'arrêterait. Il lui avait promis que s'il arrivait quelque chose, il viendrait à son secours, et il comptait tenir sa parole. Il était hors de question de la trahir. Il savait que Cookie et Hurt seraient à ses côtés. Professionnellement, ils n'avaient peut-être pas autant à perdre que lui, mais ils mettraient quand même leur retraite en jeu.

— Je conduis, annonça Blink tandis qu'ils sortaient de la maison.

Smiley lança ses clés à son ami sans protester. Ça ne le dérangeait pas. Blink n'était pas très loquace, mais derrière un volant, il pouvait se transformer en véritable furie – Smiley en avait fait l'expérience au cours d'une mission.

En montant dans le pick-up, Smiley inspira profondément. Bree allait bien ; il le fallait. Il venait tout juste de la retrouver. Il ne pouvait pas la perdre maintenant.

11

Bree rêvait qu'elle était en retard à l'école, et qu'elle courait à travers une tempête de neige pour y arriver. Elle venait juste d'ouvrir la porte du bâtiment... mais se retrouva dans une sorte de grange. Elle grelottait. En baissant les yeux, elle constata qu'elle n'avait ni chaussures... ni vêtements.

Bon sang, encore un de ces rêves où elle se retrouvait nue. Elle détestait ça.

Elle ouvrit les yeux en frissonnant... et réalisa qu'elle ne rêvait pas complètement. Elle avait vraiment froid. Ses mains étaient gelées, et la surface sur laquelle elle était allongée était dure comme de la pierre.

Désorientée, Bree tourna la tête en se demandant pourquoi Smiley n'était pas à côté d'elle, en train de la serrer contre lui pour la réchauffer.

Mais au lieu de Smiley, elle vit des barreaux.

Des barreaux ?

Elle se redressa un peu trop vite et poussa un cri quand sa tête heurta quelque chose. En se penchant à nouveau, elle essaya de comprendre où elle se trouvait, et ce qui se passait.

Une étrange lumière rouge au-dessus de sa tête lui permettait d'y voir un peu, mais tout semblait déformé. Ses yeux avaient du mal à s'adapter. Confuse, elle laissa échapper un gémissement, tourna la tête... et se figea.

— C'est quoi ce bordel ? murmura-t-elle.

Le simple fait d'entendre sa propre voix avait quelque chose de rassurant.

— Fiona ? appela-t-elle un peu plus fort.

Soudain, tout lui revint. Enfin, pas tout, bien sûr, mais suffisamment pour comprendre ce qui se passait. Quand elle était dans l'arrière-boutique avec Julie et Fiona en train de trier les arrivages de vêtements, trois hommes avaient fait irruption et les avaient emmenées. Ils les avaient embarquées dans le coffre d'un SUV noir, et la vision de Bree s'était brouillée. Elle avait fini par comprendre que c'était à cause d'un gaz sédatif qu'on leur administrait.

— Fiona ! répéta-t-elle encore plus fort en se collant aux barreaux de la cage.

Elle était enfermée dans une sorte de cage de transport pour chiens. Il y avait des barreaux métalliques de chaque côté, et un bac en plastique en-dessous. Bree baissa les yeux, et comprit pourquoi elle avait si froid : elle ne portait qu'un fond de robe. Elle ne savait pas ce que c'était exactement, mais c'était beaucoup trop léger.

Toutefois, ce n'était pas sa tenue qui l'inquiétait pour

l'instant, mais Fiona. Elle gisait dans la cage d'à côté, inerte. Bree essaya de l'atteindre en tendant les bras à travers les barreaux, en vain.

— Fiona ! hurla-t-elle, désespérée.

— Bree ?

Elle leva les yeux et aperçut Julie, enfermée dans une cage elle aussi.

— Julie !

Le soulagement de ne pas être seule dans cet enfer la submergea presque. Julie portait la même tenue ridicule. Étant donné sa petite taille, la combinaison lui arrivait presque aux genoux.

Bree entendit Fiona gémir, et reporta aussitôt son attention sur elle.

— Fiona ! Réveille-toi ! C'est moi, Bree. Julie est là aussi. Allez, s'il te plaît, réveille-toi.

Au bout d'un moment, Fiona finit par reprendre connaissance. Bree ignorait comment elle allait encaisser la situation. Quand on les avait enfermées dans le SUV, elle s'était complètement figée, comme si elle était déconnectée. Bree ne lui en voulait pas – comment aurait-elle pu ? Fiona revivait littéralement son pire cauchemar.

— Où est-ce qu'on est ? articula Fiona d'une voix rauque.

— À première vue, je dirais qu'on est dans un camion, répondit Julie.

— C'est quoi cette odeur ?

Sous le choc, et concentrée sur Fiona, Bree n'avait même pas fait attention à la puanteur qui régnait dans leur prison.

— Regardez autour de vous, répondit Julie. Des poules.

Bree s'exécuta, et constata que Julie disait vrai. Elles étaient entourées de cages pleines de poules. Trop saturé par le reste, son cerveau avait sûrement occulté les caquètements. À présent, la réalité s'imposait : l'odeur d'excréments l'assaillit et lui souleva le cœur.

— Je n'arrive pas à croire que ça recommence ! siffla Fiona entre ses dents.

Surprise par la colère dans sa voix, Bree se tourna vers elle. Fiona était assise en tailleur, la tête baissée faute de pouvoir se tenir droite, et regardait fixement dans le vide d'un air furieux.

— Fiona ? l'interpela Bree, inquiète pour son équilibre mental.

— Quoi ? aboya-t-elle en tournant brusquement la tête. Comme si une fois ne suffisait pas ! Merde !

Soulagée qu'elle ne se mette pas à pleurer ou qu'elle ne sombre pas totalement, Bree ne savait quand même pas comment réagir. Elle la considérait comme une amie, mais pas au point de savoir si cette colère laisserait place à une crise de panique.

— Fiona, tu as encore tes boucles d'oreilles ? demanda Julie.

Fiona porta la main à son oreille.

— Merde... Non, et toi ?

— Non plus. Ils m'ont pris mes barrettes aussi.

— Et toutes nos fringues, ajouta Fiona.

Bree fronça les sourcils. Elles étaient enfermées dans un camion à bestiaux après avoir été droguées et entassées dans des cages... et elle parlait d'accessoires ?

— Et ma bague aussi, lâcha Fiona d'un air triste. Celle que Cookie m'a offerte.

— Pareil pour moi, dit Julie. Bree, tu as encore un des traceurs de Tex sur toi ?

Bree comprit enfin. Elles ne parlaient pas des bijoux.

Elle fit l'inventaire de ce qu'elle portait avant, puis porta une main à son cou pour chercher le collier qu'elle avait choisi ce matin-là... mais il n'y était plus.

— Non, murmura-t-elle.

Sans les traceurs, comment Smiley et les SEALs allait-il la retrouver ? Malgré ses efforts pour garder son calme, une vague de panique la submergea.

— Pas de panique, lui ordonna Fiona comme si elle avait deviné son état. Quelqu'un sait qui sont ces enfoirés ?

Bree aurait aimé qu'elle le sache déjà – elle n'avait pas envie de devoir lui annoncer la vérité elle-même. Mais il était trop tard pour les ménager. Elles étaient déjà dans la merde jusqu'au cou.

— Mateo Castillo, soupira-t-elle. Je suis désolée que vous soyez mêlées à ça. C'est le type à qui mon ex m'a vendue, qui me traque depuis tout ce temps, et que j'essaye de fuir. Il était censé être arrêté aujourd'hui. Tex m'a dit qu'une équipe d'intervention entière allait encercler son hôtel pour l'intercepter.

— Manifestement, ça a foiré, répliqua Julie d'un ton ironique.

Bree n'avait pas le cœur à en rire.

— Il y a autre chose, ajouta-t-elle à contrecœur.

Fiona leva les yeux vers elle.

— Autre chose ?

Bree inspira profondément et la regarda droit dans les yeux.

— Oui. Mateo faisait partie du réseau qui vous a enlevée il y a des années. Ce n'était pas le chef, et il n'était pas là quand vous avez été libérées, mais Tex m'a expliqué qu'à l'époque, c'était un petit maillon de la chaîne. Il a gravi les échelons, puis monté sa propre organisation.

— Tu te fous de nous ? lança Julie.

— Non, répondit Bree sans détourner le regard de Fiona. Tex voulait attendre d'avoir des preuves avant d'en parler à Cookie et à Hurt.

Bree retint son souffle, craignant que Fiona ne craque.

Mais à sa grande surprise, elle se rapprocha du bord de sa cage et agita les doigts entre les barreaux pour attirer son attention.

Sans réfléchir, Bree tendit la main et les serra.

— Cette fois, c'est différent, affirma Fiona avec conviction. Déjà, on n'est pas seules. Et même s'ils nous séparent, on a un atout.

— Lequel ? s'enquit Bree, la gorge serrée rien qu'à l'idée d'être séparée d'elles.

Si elle arrivait encore à tenir, c'était parce qu'elles étaient ensemble.

— Nos hommes, répondit Fiona. Un jour, après ma libération, j'ai fait une crise de panique. Je croyais que mes ravisseurs m'avaient retrouvée. Cookie m'a dit qu'il viendrait toujours me chercher. Je ne l'ai jamais oublié. Il ne renoncera jamais à me retrouver. Jamais.

— Nos SEALs doivent être en train de retourner Riverton de fond en comble, ajouta Julie.

— Je doute qu'on soit encore à Riverton, murmura Bree. On pourrait être n'importe où. Et sans les traceurs de Tex... Comment vont-ils faire pour nous retrouver ?

— Je ne sais pas, mais je suis confiante. Hurt, Tex, Smiley et leur équipe... Ils n'abandonneront pas avant de nous avoir retrouvées, promit Julie.

Fiona serra la main de Bree un peu plus fort.

— Reste positive, Bree. Tu dois garder espoir.

— Je ne sais pas si j'y arriverai, avoua-t-elle, terrorisée par ce qui l'attendait.

Durant toutes ces semaines qu'elle avait passées à se cacher et à dormir dans sa voiture, elle n'avait jamais envisagé ce que ça lui ferait d'être capturée. En théorie, elle savait ce que Fiona, Julie et tant d'autres avaient enduré, mais ce n'était qu'une idée abstraite.

À présent, enfermée dans cette cage, entourée de bêtes, sans savoir où on l'emmenait... La réalité la frappait de plein fouet.

— Tu peux le faire, rétorqua fermement Fiona. Quoi qu'ils nous fassent, nos hommes nous aimeront toujours autant.

Bree se laissa imprégner par ses paroles. Fiona et Julie étaient mariées, et solidement ancrées dans leurs histoires d'amour. Mais Smiley et elle... Qu'étaient-ils, au juste ? Presque des étrangers. Elle ne connaissait même pas sa couleur préférée, ni l'"endroit où il aimait passer ses vacances, ou s'il avait des allergies.

Soudain, le camion fit une embardée, projetant les trois femmes contre les parois de leurs cages, tout comme les volailles autour d'elles. Le vacarme fut assourdissant, à tel point que Bree plaqua ses mains sur ses oreilles.

C'était malin de leur part de les avoir enfermées parmi les animaux : le bruit des poules couvrait leurs cris.

Dans tout ce tumulte, Bree eut une révélation. Elle n'avait pas besoin de connaître ces détails futiles sur Smiley pour savoir qu'elle l'aimait. Si ce n'était pas le cas, elle ne vivrait pas avec lui, et elle ne dormirait pas dans ses bras toutes les nuits.

Elle le connaissait, elle l'aimait, et elle était à peu près certaine qu'un homme comme lui, qui aurait pu séduire n'importe quelle femme, ne l'aurait pas invitée à s'installer chez elle s'il ne partageait pas ses sentiments.

Elles n'étaient pas seules. Non seulement des Navy SEALs étaient prêts à tout pour elles, mais ils avaient aussi des frères d'armes derrière eux. Bree était persuadée que si besoin, tout le réseau des SEALs se mobiliserait. Personne n'abandonnerait les recherches tant qu'elles ne seraient pas rentrées chez elles saines et sauves.

Cette idée lui donna la force de respirer profondément – et elle s'étouffa aussitôt à cause des plumes et de la puanteur.

Quoi qu'il arrive, peu importe ce que Mateo leur réservait, elle ne flancherait pas. Certes, elle n'avait pas encore dit à Smiley qu'elle l'aimait, et lui non plus, mais au fond, elle savait qu'ils étaient faits l'un pour l'autre.

Il était quelque part, terriblement inquiet, et il grognait tout en donnant des ordres, prêt à tout pour la retrouver.

Il fallait juste tenir bon.

— Bree ? Ça va ? demanda Fiona depuis la cage voisine.

— Ça va. Et toi, Julie ?

— Je suis furieuse, mais je tiens le coup.

— Très bien, conclut Fiona. On est toutes en vie. Coincées dans cette merde, étouffée par cette puanteur, gelées dans ces foutues combinaisons ridicules, mais en vie. Maintenant... comment on fait pour se tirer d'ici ?

Bree sentit un sourire se dessiner sur ses lèvres. Après ce que Fiona avait vécu des années auparavant, elle n'aurait jamais pensé que Fiona prendrait les commandes ; pas après l'état dans lequel cela l'avait laissée, ni après l'avoir vue recroquevillée à l'arrière de ce SUV. Mais le temps et le véritable amour pouvaient parfois donner une force insoupçonnée.

Bree espérait seulement que ce serait suffisant, et que Mateo ne déciderait pas tout bonnement de les tuer. Si elles restaient en vie, elles pourraient endurer ce qu'il leur réservait assez longtemps pour que leurs hommes rappliquent et leur savent la mise. Mais mortes...

Elle coupa court à ses pensées.

Mateo n'aurait pas fait tout cela seulement pour les exécuter. Il aurait pu le faire à la boutique, ou pendant qu'elles étaient inconscientes. Il avait un autre plan pour elles.

Mais il ignorait qu'en les kidnappant, il avait signé son propre arrêt de mort.

Smiley ne le laisserait jamais en vie – Bree n'en doutait pas une seconde. Quant à Cookie, Hurt et le reste des SEALs, ils se bousculeraient pour s'assurer que le travail soit bien fait.

Il fallait qu'elles trouvent un moyen de leur faciliter la

tâche. Si elles parvenaient à fausser compagnie à Mateo, ses sbires, et ces foutues volailles, leur mission serait beaucoup plus simple.

Il était temps d'élaborer un plan.

* * *

— Du nouveau ? aboya Cookie dans son téléphone.

Ils 'venaient de s'arrêter au quatrième relais routier à l'est de Riverton, à la recherche de la moindre trace du SUV noir et des filles.

La voix de Wolf résonna dans la cabine du pick-up à travers le haut-parleur.

— *Rien. Et toi ?*

— Non plus. J'ai parlé à Dude et à Mozart, rien non plus de leur côté. Des nouvelles de Tex ?

— *Pas encore*, répondit Wolf.

Smiley serrait les dents pendant que Blink avançait lentement entre les camions garés sur l'aire de repos. La nuit était tombée. Les femmes avaient disparu depuis près de quatre heures. Il était rongé par l'idée de ce qu'elles étaient en train de vivre. Il n'avait jamais ressenti cela. C'était comme si on lui arrachait lentement les tripes.

Il s'inquiétait déjà pour Bree lors de ses voyages à Las Vegas, quand il la cherchait encore. Et c'était avant de vraiment la connaître, de créer un lien physique et émotionnel avec elle.

Ces dernières semaines, il était à ses côtés presque à chaque instant. Son absence le faisait souffrir... physique-

164

ment. Mais derrière cette douleur, une colère sourde bouillonnait, prête à exploser.

Même s'il était SEAL, il ne s'était jamais considéré comme un homme violent. Certes, son métier l'amenait à faire des choses violentes, mais dans la vie quotidienne, il savait garder son calme. Il laissait s'exprimer les connards persuadés que leurs désirs passaient avant tout, ceux qui doublaient dans les files d'attente ou qui lui coupaient la route.

Mais Smiley brûlait d'envie de faire du mal, et pas à n'importe qui : à Mateo Castillo, et à ces enfoirés qui avaient osé s'introduire chez *My Sister's Closet* pour prendre ce qui ne leur appartenaient pas. Non pas que Julie, Fiona et Bree appartenaient à qui que ce soit – sauf à elles-mêmes.

Il aurait dû être inquiet qu'une telle colère gronde en lui. Mais non, il était prêt à les tuer pour s'en être pris à Bree. Il avait vu la vidéo, la panique dans ses yeux quand elle n'arrivait plus à respirer, la manière dont elle avait griffé le bras de Castillo. Cette image tournait en boucle dans sa tête. Il serrait les poings en scrutant les environs à la recherche du moindre signe de leur passage. Elles étaient peut-être encore là.

Il ne savait pas vraiment ce qu'il cherchait. Il y avait cette piste du SUV noir, mais entre-temps, les filles avaient sûrement été transférées dans un autre véhicule : un camion, un train, un bateau... Le pire, c'était qu'ils ne savaient pas du tout comment Castillo comptait les faire sortir du territoire. Mais ils n'avaient aucun doute sur leurs intentions. Son réseau était basé en Équateur – il se rendait forcément là-bas.

— Bordel ! jura Cookie en raccrochant. C'est sans espoir. On devrait aller directement en Équateur et l'attendre chez lui.

— Si on ne trouve aucun indice sur la manière dont il leur fait passer la frontière, c'est ce qu'on fera, répondit calmement Blink. Mais si on peut les intercepter avant, on évitera un traumatisme supplémentaire aux filles.

Il avait raison, mais le simple fait de l'entendre rendait Smiley encore plus malade.

Ils longeaient une rangée de semi-remorques garés côte-à-côte. Il y avait une seule place libre entre deux poids lourds, l'un provenant d'un grand distributeur, l'autre d'une société de logistique.

Si Smiley n'avait pas eu les yeux rivés sur la zone qui se trouvait derrière les camions, il aurait pu ne rien voir. En l'occurrence, il n'était pas vraiment sûr de ce qu'il avait vu.

— Attends ! Stop !

Quand Blink écrasa la pédale de frein, les trois hommes furent projetés en avant.

— Recule ! lança Smiley. J'ai vu quelque chose.

Blink passa la marche arrière et recula jusqu'à la place libre. Smiley plissa les yeux pour essayer de distinguer ce qui gisait dans l'herbe derrière la rangée de camions, puis ouvrit sa portière d'un geste brusque.

Il se précipita vers la lisière des arbres, Blink et Cookie sur ses talons.

Malheureusement – ou heureusement – ils ne trouvèrent qu'un tas de vêtements. N'importe qui d'autre aurait pris cela pour des ordures.

Mais Smiley reconnut aussitôt le chemisier que Bree portait.

Il faisait partie de ces quatre ensembles qu'elle avait ramenés de Las Vegas, et elle lui avait dit que c'était son préféré parce qu'il y avait des tournesols imprimés dessus – ce qui lui donnait le sourire chaque fois qu'elle le portait. Combien de fois déjà avait-il plié ce chemisier après l'avoir lavé ?

Smiley fit brusquement volte-face et parvint à s'éloigner tant bien que mal à s'éloigner du tas de vêtements avant de vomir, plié en deux.

Voir les vêtements de Bree rassemblés ainsi sur le sol, dans la saleté, indiquait clairement que peu importe ce qui lui était arrivé, peu importe ce qui était *en train* de lui arriver, cela ne présageait rien de bon.

— Ça, c'est à Fiona, déclara Cookie en désignant un autre haut.

— Ça va ? demanda Blink à Smiley en lui posant une main dans le dos.

Smiley se redressa et s'essuya la bouche du revers de sa manche.

— Non, répondit-il simplement avant de se pencher à nouveau sur le tas de vêtements.

Il hésita à les toucher, puis se pencha plus près.

— Merde... Cookie, dis-moi que ce ne sont pas les boucles d'oreilles que ta femme portait... Celles qui étaient équipées de traceurs...

— Bordel... Il y a aussi son alliance. Et ça, ce sont les barrettes et les boucles d'oreilles que Julie portait, selon Hurt. Celles que Tex lui avait offert.

Smiley hocha la tête.

— Bree portait ce collier. C'était son préféré, un cadeau de Tex.

Il croisa le regard de Cookie, accroupi de l'autre côté.

— Ils les ont dépouillées, murmura-t-il.

La mâchoire de Cookie se crispa. Il semblait être sur le point d'exploser, tout comme Smiley. Il se redressa et balaya la zone du regard.

— Elles sont passées par là. Il y avait sûrement un camion garé ici. On les a débarrassées de leurs affaires avant de les embarquer. Maintenant, on sait qu'elles sont dans un camion.

— Mais lequel, et dans quelle direction ? s'emporta Smiley en se remettant à faire les cent pas.

Il ne supportait pas de voir les affaires de Bree jetées comme des déchets.

— Blink à l'appareil. Où est Tex ? lança soudain Blink, téléphone à la main.

Smiley redressa la tête. Le haut-parleur était activé, ce qui leur permettait, à Cookie et à lui, d'entendre la conversation – ce qu'il apprécia. Si Blink avait voulu leur cacher la moindre information, même mauvaise, il aurait pété les plombs. Une femme décrocha.

— *Salut, c'est Ryleigh.*

— Où est Tex ? répéta Blink. J'ai composé son numéro.

— *Et c'est moi qui ai répondu. Ce n'est pas compliqué : les appels sont transférés d'un numéro à l'autre.*

— Je me fiche que ce soit la présidente des États-Unis ou la reine d'Angleterre, s'emporta Blink. Je veux lui parler. Tout de suite.

D'ordinaire, Smiley aurait été impressionné. Blink n'était pas du genre à hausser le ton. Il laissait volontiers les autres jouer les durs pendant qu'il assurait les arrières.

— *Il n'est pas disponible. Vous vous rendez compte du temps que ça prend de fouiller les enregistrements CCTV d'une ville de la taille de Riverton ? On n'est pas dans une série télé, où tout se résout en deux minutes.*

— On a retrouvé les traceurs des filles, annonça Blink.

— *Sur l'aire de repos EZ On-and-off, à l'est de Riverton. Je sais.*

— Vous savez ?! rugit Blink. Et vous ne nous avez pas prévenus ?! On perd notre temps à fouiller cette foutue ville en long et en large alors que vous êtes au courant ?

— *Les traceurs ont été désactivés,* expliqua Ryleigh. *Mais l'un d'entre eux – une bague – n'était pas complètement hors service. Il émettait un signal très faible. J'ai mis du temps à le suivre, et quand j'ai enfin pu le localiser, ils étaient déjà partis. J'allais vous appeler, mais vous êtes déjà sur place. Je me suis dit que vous préféreriez savoir où elles sont plutôt qu'où elles étaient. Alors je me suis concentrée sur le camion qui était garé à l'endroit où vous vous tenez tous les trois, en visionnant des heures entières de vidéos de surveillance.*

Smiley regarda autour de lui, mais ne vit aucune caméra. Cependant, si Ryleigh savait 'qu'ils étaient trois, c'était la preuve qu'elle les observait en direct.

— Et ? lâcha Blink.

— *C'est un camion Perry Fried Chicken. Il se dirige vers l'est – dommage, parce qu'une fois sorti de la ville, il est devenu bien plus difficile à suivre. Mais je sais qu'il a emprunté l'I-8, puis la State Route 94 vers le sud, en direction de Tecate.*

— Et maintenant ? On peut l'intercepter avant qu'il passe la frontière mexicaine ?

— *Trop tard. J'ai piraté les caméras du poste de frontière : après une courte attente, il est passé sans problème, il y a plus d'une heure.*

Smiley laissa échapper une série de jurons.

— *Je ne peux pas l'affirmer à cent pour cent, reprit Ryleigh, mais si Castillo se dirige bien vers l'Équateur, il n'empruntera pas la route. Il fera embarquer sa cargaison sur un bateau, sans doute à Ensenada.*

Smiley fulminait toujours. Non seulement il les avait loupées, mais désormais, les filles n'étaient plus sur le territoire. Et il voulait savoir ce que Tex fabriquait. Il avait pété les plombs en apprenant que la mission avait échoué, et que les filles avaient été capturées. Alors pourquoi n'était-il pas devant son ordinateur, à pirater tout ce qu'il pouvait pour les retrouver avant qu'elles franchissent la frontière ? Ou en train de collaborer avec les autorités mexicaines pour intercepter ce foutu camion Perry ?

Il y avait trop de questions en suspens, et aucune réponse.

— *Vu les circonstances, j'ai fait au mieux. J'aurais pu vous prévenir plus tôt à propos des traceurs, mais les filles étaient déjà parties, et j'ai jugé plus utile d'essayer de retrouver le camion. Je vous recontacterai quand j'aurai du nouveau. Je vais essayer de savoir s'il va bien à Ensenada, sur quel navire la cargaison sera chargée, et de trouver des images des filles. En attendant... il va falloir me faire confiance. Je ne laisserai pas ce salaud s'en tirer comme ça.*

La détermination dans sa voix fit un bien fou à Smiley. Il

n'était toujours pas rassuré, loin de là, mais curieusement, cela le soulageait de savoir que cette Ryleigh était furieuse et stressée pour eux.

— *En attendant, retournez à la base navale*, poursuivit-elle. *Votre commandant est déjà en train de demander les autorisations pour envoyer une équipe à Ensenada et intercepter le camion.*

— Quoi ? Pourquoi vous ne pas l'avoir dit avant ? s'exclama Cookie d'un air dégoûté.

— *J'aurais dû*, admit calmement Ryleigh. *Mais vous aviez des questions.*

Blink tendit son téléphone à Cookie et retourna vers le pick-up sans dire un mot. Smiley resta figé sur place. C'était le dernier endroit où Bree se trouvait, et pour une raison qui lui échappait, il ne voulait pas partir. C'était absurde, mais tout en lui hurlait qu'il devait rester au cas où elle reviendrait.

C'était impossible. Elle était déjà au Mexique. Pourtant, il ne pouvait s'empêcher d'espérer l'impossible.

— *Retournez à la base, Smiley*, insista Ryleigh, lui rappelant qu'elle les surveillait encore. *Et Blink, conduisez prudemment. Fiona et Bree auront besoin de vous, ce n'est pas le moment d'avoir un accident.*

— Oui, madame, répondit Blink en s'agenouillant.

Il était revenu avec un sac, l'un de ceux dont Smiley se servait pour faire ses courses. Il commença à ramasser les vêtements et les bijoux des filles.

— *Raccrochez, Cookie*, dit Ryleigh d'une voix plus douce. *Je suis sur le coup. Je vous tiens au courant.*

Il obéit, puis tendit le téléphone à Blink, qui tendit son autre main en retour.

— Tiens.

Cookie récupéra les bijoux de sa femme en fermant les yeux.

— Smiley, fit Blink pour attirer son attention avant de lui tendre le collier que Bree portait.

Pour Smiley, il y avait quelque chose... d'irréversible, qui lui glaça le sang.

La mâchoire crispée, sur le point de craquer, il saisit le collier et le glissa dans sa poche. Il le garderait sur lui jusqu'au moment où il pourrait le remettre personnellement à Bree. Même si le traceur ne fonctionnait plus, elle aimait ce collier. Et quand il la ramènerait chez eux, il le réparerait – ou Tex s'en chargerait.

Smiley était persuadé que Castillo n'allait pas tuer Bree, ni les autres. Il était déjà condamné. Quelle que soit l'issue de toute cette histoire, il n'y avait aucun doute sur un point : la mort de Castillo était garantie.

* * *

Bree avait la nausée à cause de l'odeur de fiente de poulet. L'air qui s'engouffrait à l'arrière du camion soulevait plumes et poussière, et mêlé à cette puanteur, rendait l'atmosphère irrespirable.

La misérable loque qui leur servait de vêtement ne les protégeait en rien du froid. La lumière rouge suspendue au plafond leur permettait d'y voir quelque chose, mais perturbait sa vision. Tout lui semblait déformé. Assise dans un coin de sa cage, la tête contre la paroi la plus proche de

Fiona, Bree avait l'impression de flotter au-dessus de son propre corps.

Fiona et Julie, elles, étaient extraordinaires. Elles avaient toutes les raisons d'être hystériques, de s'effondrer – elles revivaient ce cauchemar une deuxième fois. Comment était-ce possible de se faire kidnapper deux fois dans une vie, par la même organisation, des types déterminés à exploiter les femmes ?

C'était pourtant ce qui arrivait à Fiona et Julie.

Mais elles ne pleuraient pas, elles ne se lamentaient pas sur leur sort. Elles étaient en colère, et essayaient même de tordre les barreaux de leurs cages.

Bree avait faim, et soif. Un peu plus tôt, elle avait été obligée d'uriner dans un coin de sa cage – une humiliation supplémentaire. Pour couronner le tout, à cause des secousses, l'urine avait fini par s'écouler jusqu'à elle. Sa combinaison était trempée. Elle était assise dans sa propre urine.

— Bree ! Dis quelque chose, lui ordonna Fiona, plus autoritaire que d'habitude.

— Que veux-tu que je te dise ? répliqua Brec, légèrement agressive. Tu veux qu'on parle de la météo ?

— Arrête ça, l'avertit Julie.

— Quoi ?

— D'être odieuse. Je t'assure qu'après, ça te rongera. J'en ai fait l'expérience. La première fois, j'étais infecte. Je le regrette encore aujourd'hui.

— On t'a toutes pardonnée, murmura Fiona, plus douce.

— Je sais, et ça compte énormément pour moi. Mais ça ne change rien à ce que j'ai fait. Je n'oublierai jamais à quel point j'ai été horrible. J'ai même supplié Cookie de te laisser dans cette cabane.

Bree la regarda avec stupéfaction.

— Tu as fait ça ?

— Oui, et je n'ai pas arrêté de râler pendant notre fuite. Je critiquais la nourriture que Cookie avait trouvée, je pestais parce que Fiona comptait à l'envers pour tenir le coup, et j'en passe.

Bree avait du mal à imaginer Julie se comporter ainsi.

— J'étais atroce. Alors écoute-moi : avant de parler, respire un bon coup. Ne fais pas comme moi. C'est horrible. J'ai peur, je suis en colère, et je ressens une centaine d'autres émotions. Mais pas question de tomber dans les mêmes travers. Cette fois, c'est différent. Aujourd'hui, je suis plus forte. Et surtout, j'ai un mari qui ne m'abandonnera pas. J'imagine déjà Patrick en train d'essayer de prendre les choses en main, de donner des ordres à tout le monde, même s'il est à la retraite.

— Et Cookie doit grogner en répétant à tout le monde de se bouger les fesses, ajouta Fiona. Cette fois, il ne reviendra pas qu'avec trois barres de céréales. Il va m'apporter de véritables chaussures, et de l'anti-moustique.

— Exactement, approuva Julie.

De toute évidence, les deux femmes avaient tissé des liens. Elles avaient raison. Smiley et Bree n'étaient pas mariés, mais ils étaient ensemble. Il n'allait pas rester les bras croisés et laisser les autres faire le travail. S'il avait tout fait pour la retrouver alors qu'il ne la connaissait même pas, maintenant qu'ils vivaient ensemble et qu'il avait l'air de tenir à elle...

Oui, il irait jusqu'au bout du monde pour la retrouver.

— Smiley a un ours en peluche, déclara Bree. Il dormait avec quand il était enfant. C'est une vieille peluche toute rapiécée : un bras ne tient plus qu'à un fil, le tissu est en lambeaux, du rembourrage sort par une oreille... mais il le garde sur une étagère, dans sa chambre. Quand son père battait sa mère, il plongeait son visage dans la fourrure de l'ours et s'imaginait être très loin.

Fiona et Julie se tournèrent vers elle, interloquées.

— Il culpabilise de n'avoir jamais rien fait pour aider sa mère, poursuivit Bree. Je lui ai dit qu'il n'aurait rien pu faire, qu'il n'était qu'un enfant, mais il n'est pas d'accord. Je veux remettre cet ours en état, faire en sorte qu'il ne symbolise plus sa honte de s'être caché pendant que son père maltraitait sa mère. Peut-être que ça réparera aussi quelque chose en lui. Mais... je ne suis pas sûre que ce soit une bonne idée, j'ai peur qu'il le prenne mal. Cette peluche est tellement importante pour lui.

Fiona se rapprocha des barreaux et lui tendit la main.

— À mon avis, c'est une très bonne idée. Tu devrais peut-être lui en toucher un mot avant, pour être sûre.

— Oui.

— Quand je vois Patrick avec notre fils... c'est magnifique. C'est un ancien Navy SEAL, un dur à cuire, et pourtant, ça ne lui pose aucun problème d'aller voir des comédies musicales avec lui, ou d'avoir des conversations sur la mode. Beaucoup de pères de famille en voudraient à leur fils de ne pas suivre leur exemple, de ne pas aller à la chasse, à la pêche, ce genre d'activités soi-disant viriles. L'autre jour, je les ai surpris en train de parler de relations amoureuses. Patrick lui expliquait que le respect était le facteur le plus important. C'était adorable. Je me suis dit que le jour où je l'avais appelé pour m'excuser auprès de son équipe, il devait être comblé.

— Hunter est mon roc, admit Fiona. Sans lui, à l'heure actuelle, je serais sûrement internée. Il me soutient depuis le premier jour. Parfois, il peut se montrer têtu et agaçant, mais à l'instant où il a refusé de me laisser dans cette cabane, j'ai compris quel genre d'homme il était : féroce, loyal, et tellement adorable que j'ai presque mauvaise conscience pour toutes les femmes qui n'auront jamais cette chance.

Bree hocha la tête, les larmes aux yeux. Elle était terrifiée, mais si Julie et Fiona pouvaient être si fortes... elle le pouvait aussi.

— Ils vont venir, murmura Fiona. Mais ça ne veut pas dire qu'on doit rester là sans rien faire. Il faut nous aider nous-mêmes.

— Je ne suis pas certaine que gaspiller notre énergie à essayer de tordre ces barreaux soit très utile, objecta Bree.

— Ces types n'en sont pas à leur coup d'essai, souligna Julie. Ils ont déjà enfermé d'autres femmes dans des cages, j'en suis sûre. Ils se croient plus malins que nous. Ils pensent que la peur va nous empêcher de riposter. Mais ils ne savent pas à qui ils ont affaire. Patrick m'a appris deux ou trois choses au cours des années qu'on a passées ensemble. Notre meilleur atout, c'est de les prendre par surprise. Même si on ne parvient pas à tordre ces barreaux, il doit y avoir une faille quelque part. Toute cette fiente de poulet a peut-être affaibli le joint. On pourrait essayer de casser un coin du bac en plastique. Il faut faire quelque chose. J'ai appris la leçon, je refuse de me laisser faire. Ils peuvent nous droguer, nous forcer à faire des choses, mais ils ne peuvent pas nous enlever notre volonté, notre force. C'est Fiona qui me l'a appris.

— Je t'aime, Julie, murmura Fiona.

— Moi aussi. Bree, essaie de voir si ta cage a un point faible que nous pouvons exploiter.

Bree avait envie de rester recroquevillée, à s'apitoyer sur son sort. Mais Julie et Fiona avaient raison. Elle ne pouvait pas les laisser tout faire alors qu'elle était la cible principale. Les filles étaient des victimes collatérales.

Enfin, pas des victimes... Des témoins innocents. Alors pourquoi serait-elle une victime ? Elle n'avait rien fait de mal. C'était Carl, son ex petit ami, qui l'avait vendue comme un simple objet.

Elle était Bree Haynes, et elle avait réussi à échapper à Mateo et ses sbires pendant des mois. De plus, Smiley et ses amis étaient là. Elle avait une véritable armée derrière elle, ou plutôt, une flotte de la marine... Ce trait d'humour la fit sourire.

— Bree ? s'inquiéta Julie. Tu n'es pas en train de perdre les pédales, n'est-ce pas ?

Bree se surprit à rire.

— Non, je réfléchissais. Je l'avoue, je suis terrifiée. C'est un cauchemar, et je n'ose même pas imaginer ce qui nous attend. Mateo est originaire de l'Équateur, mais ils ne vont sûrement pas nous emmener jusque-là. Ils ne peuvent pas non plus nous laisser dans ces cages. Ils vont être obligés de nous donner de quoi manger, ou à boire, au minimum. Ce sera le moment de saisir notre chance, et de les prendre par surprise, comme tu l'as dit, Julie.

— Je suis d'accord, approuva Fiona avec assurance.

— Moi aussi, renchérit Julie. Il nous faut une arme, quelque chose dont on pourra se servir quand ils nous laisseront sortir de ces cages.

Bree inspira profondément – et le regretta aussitôt, tant l'odeur nauséabonde lui brûla la gorge. Elle toussa, puis hocha la tête avant de se redresser sur ses genoux. Sa tête effleurait le haut de la cage. Elle se traîna jusqu'à l'autre extrémité du bac en plastique à la recherche d'une faille, de tout ce qu'elle pourrait exploiter pour les aider à s'échapper.

12

Smiley s'adossa au mur de la salle de conférence de la base navale. Il était presque une heure du matin – et ils n'étaient pas plus avancés qu'en début de soirée. Personne n'avait dormi, et tout le monde était à cran. Les esprits s'échauffaient rapidement.

Ce n'était pas une bonne idée de mettre une douzaine de SEALs surexcités et stressés dans une même pièce, sans objectif précis ni plan de bataille. Pourtant, personne ne voulait partir sans avoir obtenu des informations sur l'endroit où se trouvaient trois des leurs.

Quelqu'un avait commandé des plats à emporter, mais pratiquement personne n'y avait touché. Rien que l'odeur lui soulevait le cœur. De toute façon, Smiley ne pensait qu'à une chose : Bree avait-elle de quoi manger ou non, comme il le craignait ? Comment pourrait-il avaler quoi que ce soit alors qu'il savait qu'elle souffrait, et qu'elle avait faim ?

Ils avaient eu Ryleigh plusieurs fois au téléphone, mais

elle n'avait toujours rien de nouveau. Une certaine Beth essayait de retrouver la trace de Castillo en se penchant sur ses contacts aux chantiers navals d'Ensenada. Avant d'envoyer une équipe au Mexique, il fallait à tout prix découvrir la destination de ce foutu camion.

Le commandant passait des appels pour obtenir l'autorisation exceptionnelle d'envoyer Smiley et son équipe sur place, mais il y avait une montagne de paperasse à régler, du côté américain comme mexicain. De toute évidence, au sud de la frontière, les autorités ne voyaient pas d'un très bon œil qu'un groupe de SEALs armés jusqu'aux dents débarque sur leur territoire. Mais grâce aux antécédents de Fiona et Julie au Mexique, le commandant commençait doucement à faire bouger les choses.

Beaucoup trop lentement au goût de Smiley, Cookie et Hurt.

Les vétérans semblaient avoir vieilli de dix ans dans la nuit. Smiley avait sans doute la même mine. Même s'il n'était pas marié avec Bree, il se sentait tout aussi concerné.

Il l'aimait.

Il n'en doutait pas une seconde : Il voulait passer le reste de sa vie avec Bree Haynes. C'était son âme sœur. Il avait l'impression de le savoir depuis leur première rencontre à Las Vegas. Quelque chose chez elle l'avait touché au plus profond de lui-même. C'était impossible à décrire. Beaucoup de gens trouvaient cette idée d'âmes sœurs ridicule, mais Smiley savait que sans Bree, il redeviendrait ce connard grincheux que tout le monde pensait qu'il était avant de la rencontrer.

Il ne voulait plus être cet homme-là. Bree le faisait rire, et il tolérait mieux les âneries de ses collègues en sa compagnie. Elle lui donnait envie d'être le genre d'homme sur qui elle pouvait compter, celui qui saurait la faire sourire chaque jour.

Sans elle, son avenir n'était qu'un gouffre sans fond. Il en était convaincu. S'il la perdait…

Non. Il ne voulait pas y penser. Il devait rester concentré.

Surpris par le claquement de la porte contre le mur, Smiley se retourna brusquement pour voir qui était entré. Toutes les conversations s'interrompirent. Le silence fut si total qu'on entendait distinctement la trotteuse de l'horloge murale.

— Alors ? lança une voix grave avec un léger accent du sud. Que s'est-il passé pendant que j'étais coincé dans cet avion de merde ? Avant de partir, je passais les vidéos au peigne fin avec Ryleigh mais le Wi-Fi ne fonctionnait pas, donc impossible de joindre qui que ce soit. Et bien sûr, on a eu trois foutus retards successifs. Je suis à bout de nerfs, et j'ai l'impression d'avoir des jours de retard. Que quelqu'un me fasse un résumé, tout de suite…

Tex.

Smiley n'en revenait pas. Tex Keegan, en personne.

Dans ses souvenirs, cet homme ne s'était jamais déplacé personnellement pour une affaire pareille. D'habitude, il restait derrière ses écrans et coordonnait tout à distance. Sa présence ici en disait long sur la gravité de la situation. Smiley ne savait pas s'il devait être impressionné ou terrifié.

— Alors ? insista Tex.

Wolf réagit le premier. Il traversa la salle et serra Tex dans ses bras.

Le reste de son équipe suivit aussitôt. En quelques secondes, Tex fut entouré de ses plus vieux amis. Ils avaient vécu beaucoup de choses ensemble, et ce n'était pas surprenant que les SEALs soient heureux de le revoir.

Kevlar, Safe, Blink, Preacher, MacGyver et Flash le rejoignirent à leur tour. Smiley était honoré de rencontrer cette légende en chair et en os, même s'il aurait préféré que ce soit dans d'autres circonstances.

Smiley n'avait pas bougé. Tex finit par se diriger vers lui.

— Smiley, fit-il simplement en hochant la tête.

— Tex.

— Ces enfoirés ont désactivé les traceurs.

— Je sais.

— Je partage l'avis de Ryleigh : le camion se dirige vers la côte, sans doute pour rejoindre Ensenada. On décolle dans deux heures. Tu seras prêt ?

Smiley cligna des yeux, pris de court.

— Le commandant est en train de négocier les autorisations.

— Il peut continuer s'il veut, répondit Tex sans sourciller. Je les ai déjà. Mais il n'y a de la place que pour quatre personnes.

Son sang ne fit qu'un tour. Cela n'aurait pas dû le surprendre de la part de Tex, mais tout de même...

— Alors... qui est de la partie ? demanda Tex.

— Quoi ?

— Qui veut venir ? répéta Tex.

Smiley regarda successivement Tex et les visages tendus de ses camarades. C'était à lui de choisir qui partirait au Mexique pour sauver les filles ? Il ne voulait laisser personne sur le carreau. Chaque membre de l'équipe avait ses propres compétences, toutes indispensables.

Il y avait aussi l'équipe de Wolf – qui n'était plus en service, mais tout aussi redoutable.

Il inspira profondément et suivit son instinct.

— Cookie, Kevlar, moi-même et… toi, Tex.

— Moi ? Foutaises. Je suis le moins qualifié de cette pièce.

— N'importe quoi, répliqua aussitôt Smiley tandis que d'autres protestations fusaient à travers la salle. Tu as plus de capacités avec ton foutu téléphone que la plupart des gens avec une batterie de serveurs à leur disposition. Ryleigh est douée, c'est vrai, mais pas autant que toi. Tu as l'expérience du terrain, et elle n'était même pas encore née que tu te mettais déjà dans la tête d'ordures comme Castillo.

Smiley se tourna vers Hurt.

— Désolé, commandant, mais…

— Non, tu as raison, l'interrompit-il. C'est difficile de l'admettre, mais je ne suis pas le plus qualifié pour ce genre d'opération. Je suis resté trop longtemps à l'écart. Je vous fais confiance pour prendre soin de ma femme et la ramener à la maison.

Smiley hocha la tête avec le plus grand respect.

— Je vais appeler Tate, annonça Blink. J'aurais déjà dû le faire hier soir. Je sais que ce n'est pas une mission officielle, et que son équipe de Night Stalkers est sur la côte Est, mais ils ont des contacts. Certains anciens pilotes se sont installés au Mexique. Si besoin, ça pourrait nous être utile.

Smiley fut submergé par la gratitude. Il avait passé des années à tenir les autres à distance pour se protéger, sans même se rendre compte que c'était peine perdue. Ces hommes faisaient déjà partie de sa vie. Il les portait dans son cœur. C'était sa famille. Quand il souffrait, eux aussi. Si la femme qu'il aimait était en danger, ils le prenaient personnellement, tout comme il le faisait pour eux.

Ils formaient une équipe, et se serraient les coudes. Si cela impliquait de rester sur place et garder le fort en son absence, ils étaient prêts à le faire.

Soulagé que personne ne conteste ses choix, Smiley se tourna vers Cookie, qui n'avait pas encore dit un mot.

— Cookie ?

Il ne savait pas exactement ce qu'il attendait de sa part – sûrement une confirmation, un signe qu'il avait fait le bon choix, et qu'il pouvait compter sur lui.

Les émotions de Smiley étaient en ébullition, mais il les canalisait vers un seul objectif : retrouver Bree et les autres, quitte à abattre quiconque se mettrait sur leur chemin. Il avait choisi Tex pour ses compétences technologiques, mais il savait aussi qu'en cas d'effusion de sang, cet homme serait un atout de poids. Smiley n'avait pas l'intention de finir ses jours dans une prison mexicaine, et quoi qu'il arrive, Tex était capable de retourner la situation à leur avantage.

Cookie s'approcha de Smiley et posa une main sur son épaule. La détermination qu'il pouvait lire sur son visage reflétait exactement celle que Smiley sentait brûler en lui.

— Allons-y. Allons récupérer nos femmes.

— Deux heures, lâcha Tex d'un ton ferme.

— Une, répliqua Smiley.

— Une heure, confirma Cookie.

— Ça te va, Kevlar ? demanda Tex. Tu veux passer voir Remi avant le départ ?

— Une heure, c'est largement suffisant, répondit Kevlar.

Les quatre hommes en partance pour Ensenada sortirent de la salle. Les autres restèrent sur place. De toute évidence, personne ne bougerait avant que les filles soient localisées, et en sécurité. Certains prévenaient déjà leurs épouses, portable à l'oreille. Smiley, quant à lui, était déterminé.

— Smiley ? l'interpela Kevlar une fois dans le couloir. Tu as une minute ?

— On se retrouve à l'aérodrome de la base, lança Tex en s'éloignant, Cookie sur les talons.

— Si tu veux voir Remi avant notre départ, tu ferais mieux de te dépêcher, l'avertit Smiley.

— Je lui ai déjà envoyé un message. Elle arrive. Je serai à l'heure pour le décollage. Je voulais juste te dire que... je ne te décevrai pas.

— Je sais.

— Je suis sérieux. Tu aurais pu choisir n'importe qui, et je suis honoré que ce soit moi.

— Kevlar, tu es mon chef d'équipe. Tu m'as prouvé plus d'une fois que tu n'avais pas peur de te salir les mains. Tu ne reculeras pas devant une fusillade. Quand il s'agit de sauver un innocent, tu te fiches de la morale. Mais ce n'est pas la seule raison pour laquelle je t'ai choisi. J'ai besoin de toi pour m'empêcher de perdre les pédales. Si jamais...

Il marqua une pause et déglutit péniblement pour trouver le courage de poursuivre.

— Si Bree a déjà été déplacée, tuée, ou si elle est traumatisée au point de ne plus me reconnaître, je veux que tu me retiennes. Si je la perds, je ne sais pas comment je réagirai, mais ce ne sera pas beau à voir.

Kevlar lui pressa l'épaule.

— Tu n'as pas besoin de ça pour moi, Smiley. Tu as toujours été notre pilier. Tu as nos intérêts à cœur, et tu fais ce qu'il faut pour les préserver. Certains te prennent peut-être pour une machine sans émotion, mais je sais que c'est faux. Bree a contribué à le prouver. Tu es notre plus grand protecteur, Smiley. À cause de ton passé, de ta mère. Tu cherches à te racheter, mais tu n'as pas à le faire. Si elle était encore là, elle te dirait la même chose. Tu crois qu'elle ne te protégerait pas ? Je serais prêt à parier tout ce que j'ai qu'elle était rongée par la culpabilité, bien plus que toi. On va retrouver les filles, j'en suis persuadé. Que ce soit à Ensenada, ou ailleurs. On n'abandonnera pas tant qu'elles ne seront pas en sécurité. Si tu as besoin de quoi que ce soit, tu peux compter sur nous.

Les paroles de Kevlar le touchèrent en plein cœur. Il hocha la tête.

Sa mère culpabilisait sûrement, elle aussi, de ne pas avoir trouvé une issue à son mariage, et d'avoir entraîné son fils dans cette vie.

Trop enseveli sous sa propre culpabilité, il n'avait jamais vu les choses sous cet angle. Il était temps de laisser cela derrière lui. Kevlar avait raison, et Bree aussi. À l'époque, ce n'était qu'un gamin. Il ne pouvait rien y faire.

C'était à sa mère de quitter son père, et soit elle n'en a pas eu le courage, soit c'était tout bonnement impossible.

— Merci, murmura-t-il.

— De rien. Allons chercher ta compagne. Remi et les autres ne seront pas sereines tant qu'elle ne sera pas rentrée au bercail. Je vais la voir, et je te rejoins au hangar.

Smiley hocha la tête et suivit Kevlar jusqu'à la sortie. Une fois à l'extérieur, il leva les yeux vers le ciel dégagé, constellé d'étoiles.

Il pensa à Bree, et se demanda si elle pouvait les voir aussi.

Au cours de ses missions, il avait appris que le monde était plus petit qu'on le croyait. Ce qui se passait dans un coin du globe finissait toujours par avoir des répercussions à des milliers de kilomètres.

— J'arrive, Bree. Tiens bon, tu peux le faire.

Rien que de le dire à voix haute lui fit du bien. Il ignorait comment tout cela finirait, mais une chose était sûre : personne ne pourrait jamais dire qu'il n'avait pas fait tout son possible pour la sauver.

* * *

Tiens bon, tu peux le faire.

Bree cessa de tirer sur le morceau de plastique et inclina la tête. Elle avait entendu ces mots comme si on les lui avait soufflés à l'oreille. C'était bizarre d'entendre la voix de Smiley tout en sachant pertinemment qu'il n'était pas là.

Même si c'était une hallucination, cela lui fit du bien. C'était exactement ce qu'il lui aurait dit s'il avait pu. Il avait toujours cru en elle, il était convaincu qu'elle était plus forte qu'elle ne le pensait.

— Tu t'en sors ? demanda Julie.

— Presque, répondit Bree en tirant sur le morceau de plastique de toutes ses forces.

Il céda si brusquement qu'elle bascula en arrière et retomba sur les fesses en se cognant la tête contre le haut de la cage.

Bree regarda fixement le gros morceau de plastique qu'elle tenait dans la main. Elle avait réussi !

— Wouhouuu ! s'écria Fiona.

— Bravo ! renchérit Julie.

En brandissant le morceau aux bords irréguliers, Bree constata avec stupéfaction qu'il avait la taille parfaite pour en faire une arme potentielle. Il y avait une extrémité tranchante, à peu près de la longueur d'un couteau de cuisine. Il ne manquait qu'un manche pour éviter de se blesser.

— Fais voir, dit Julie en tendant la main.

Sans hésiter, Bree donna le morceau de plastique à Fiona, qui le passa à Julie à travers les barreaux.

Bree plissa les yeux pour la distinguer dans la pénombre rougeâtre et l'atmosphère brumeuse, et la vit se servir du tranchant du plastique pour découper une bande à la base de son fond de robe.

— Comme je suis plus petite que vous deux, je peux sacrifier plus de tissu, expliqua-t-elle calmement.

Quand elle eut terminé, elle tendit le couteau de fortune et le morceau d'étoffe à Fiona, qui les rendit à Bree.

Bree sentit les larmes lui monter aux yeux. Une arme était un avantage considérable, et pourtant, aucune d'elles n'avait hésité à la lui rendre. Julie avait même déchiré une partie de sa combinaison – déjà bien étriquée – pour lui venir en aide.

En tâtonnant, Bree essaya de trouver une manière de faire tenir le tissu autour du plastique. Frustrée de ne pas y parvenir, elle laissa échapper un soupir.

— Je peux en découper un peu plus, proposa Julie d'une voix douce. Ça pourrait servir.

Bree redressa les épaules et hocha la tête. Oui, il lui fallait de quoi fixer le tout.

Sans réfléchir davantage, elle porta le morceau de plastique à sa tête, et avant que ses amies aient le temps de réagir, elle se coupa une mèche de cheveux.

— De toute façon, j'ai bien besoin d'une coupe de cheveux, dit-elle en levant les yeux vers Fiona.

Un silence plana, puis Fiona et Julie éclatèrent de rire.

Bree se pencha sur les mèches qu'elle venait de couper et se mit à les séparer soigneusement en trois sections. Si elle y avait réfléchi avant, elle les aurait tressées avant... mais c'était trop tard.

Une fois l'opération terminée, elle avait mal au dos à force de rester dans cette position, aux yeux à force de les plisser sous cette lumière rougeâtre, et aux doigts à force de batailler pour former une tresse ; mais elle avait réussi. Elle avait tressé les cheveux avant de les enrouler autour du tissu, et de faire un nœud assez solide pour créer un manche rudimentaire.

Ce n'était pas l'arme la plus solide qui soit, mais c'était mieux que rien, et suffisant pour lui offrir un semblant de défense.

— Maintenant, il faut que l'une d'entre nous réussisse à sortir de sa foutue cage, grommela Fiona, appuyée sur ses mains, en donnant des coups de pieds dans les barreaux.

Elle avait beau frapper de toutes ses forces et tenter de les écarter avec les mains, il n'y avait rien à faire. Ils ne bougeaient pas d'un millimètre. Bree se demandait de quoi ils étaient faits... Du titane, peut-être ? C'était désespérant. Si elles restaient là-dedans, elles n'avaient aucune chance d'échapper à leurs ravisseurs.

Pendant que Fiona et Julie essayaient de forcer leurs cages, Bree s'appliqua à affiner le tranchant de son couteau de fortune. Tôt ou tard, elle aurait sans doute une occasion de s'en servir, et il allait falloir en tirer le meilleur parti.

— À votre avis, qu'est-ce qu'ils font, les gars ? demanda Julie en s'adossant avec un soupir, résignée.

— Ils stressent, ils établissent un plan, et ils s'arment, répondit Fiona sans hésiter.

Bree esquissa un léger sourire. Elle imaginait très bien Smiley et son équipe penchés au-dessus d'une table à la base navale, en train d'étudier des cartes en jurant de se venger de Mateo et de tous ceux qui avaient participé à leur enlèvement.

Mais son sourire s'estompa rapidement. Elle n'aimait pas l'idée que Smiley et ses amis se fassent un sang d'encre à cause d'elle. Sans parler de Remi, Caroline et les autres... Maggie et Addison devaient être terriblement inquiètes, et ce n'était pas bon pour les bébés qu'elles portaient.

Elle avait du mal à supporter d'être à l'origine de leur inquiétude et de leurs nuits blanches.

Et par-dessus tout, elle avait peur, car elle savait très bien ce que Mateo leur réservait.

Rien qu'en y pensant, elle avait envie de se planter le couteau improvisé dans le cœur. Elle préférait mourir plutôt qu'être réduite à un simple objet sexuel.

Cette pensée lui avait à peine traversé l'esprit qu'elle en eut honte. Elle avait envie de vivre, de revoir Smiley, et de reconstruire sa vie avec lui. Quant à Fiona et Julie... Elles étaient la preuve vivante qu'on pouvait survivre à ce que beaucoup de gens considèreraient comme le pire sort possible.

Bree se promit de tout faire pour s'en sortir ; et si le pire arrivait, elle tiendrait le coup. Smiley et les autres étaient en train de tout mettre en œuvre pour les retrouver. Il fallait y croire.

— Vous ne remarquez rien ? lança Fiona d'une voix plus tendue.

Bree se redressa et tourna la tête vers elle.

— Si, répondit Julie. On ralentit !

Le camion avait déjà ralenti plusieurs fois sans que rien ne se passe. À un moment, il avait même roulé au pas pendant un bon bout de temps avant de s'arrêter brièvement.

Les trois femmes croyaient être arrivées à un poste de frontière, et elles avaient crié de toutes leurs forces en priant pour qu'on les entende. Mais entre le vacarme des klaxons et les piaillements affolés des poulets, c'était sans espoir.

Personne n'avait vérifié la cargaison non plus, et le camion avait repris de la vitesse. L'épisode n'avait duré qu'une vingtaine de minutes, mais pour elle, c'était une éternité.

Pourtant, cette fois, Bree sentit son cœur s'emballer. Elle était submergée par l'adrénaline. Elle serra l'arme de fortune au creux de sa main. Elles devaient se tenir prêtes.

— Écoutez, intervint Fiona. Tant qu'on est enfermées dans ces cages, on ne peut rien faire. Il faut qu'on sorte, d'une manière ou d'une autre. Si quelqu'un arrive, il faut qu'on le persuade de nous ouvrir.

Bree hocha la tête.

— On pourrait faire semblant d'être malade…, suggéra Julie.

— Tu crois qu'ils en auront quelque chose à faire ? répliqua Fiona.

— Peut-être, répondit Julie d'une voix hésitante. J'imagine qu'ils veulent qu'on soit en état de… tu vois…

Bree préférait ne pas y penser, mais c'était impossible ; et elle voyait mal leurs geôliers ouvrir les trois cages en même temps.

— Il suffirait qu'une seule d'entre nous arrive à sortir pour libérer les deux autres.

— Je ne sais pas, répliqua Julie, pessimiste. Les cadenas sont solides, et s'il y en a plusieurs, il faudra trouver les clés correspondantes, et les ouvrir un par un… Ce n'est pas gagné.

— Je vais le faire, déclara Bree.

— Faire quoi ? s'enquit Fiona.

— Les obliger à ouvrir ma cage.

— Comment ? demanda Julie.

Bree n'en avait pas la moindre idée, mais elle savait que c'était à elle de le faire. Elle se sentait responsable. Si elle était restée loin de Riverton et de Smiley, Julie et Fiona ne seraient pas enfermées dans ces cages, à l'intérieur de ce foutu camion.

Quand le véhicule ralentit de plus belle, les trois femmes retinrent leur souffle. Le plancher se mit à vibrer, et Bree pria pour que cette fois soit la bonne. Elle avait perdu la notion du temps. Elle avait l'impression d'être enfermée depuis des jours, mais elles n'auraient pas pu tenir aussi longtemps sans boire, ça ne faisait donc sûrement que quelques heures.

Pourtant, elles commençaient à sentir les effets du manque de nourriture. Bree avait surmonté l'humiliation de sentir l'urine et de baigner dans ses propres déjections. Elle empestait, c'était certain, mais avec cette odeur de fiente de poulet, elle ne le remarquait pas vraiment. Sinon, elle serait sans doute horrifiée. Mais c'était peut-être un avantage : avec un peu de chance, grâce à cela, leurs ravisseurs garderaient leurs distances.

Le camion s'arrêta brusquement, projetant Bree contre les barreaux de la cage.

— Aïe ! pesta Fiona. Ce connard devrait apprendre à conduire.

Les poulets semblaient partager son avis, ils se mirent tous à caqueter avec agitation.

Quelques minutes s'écoulèrent. Bree retenait son souffle. Elle n'avait toujours pas de plan. Si quelqu'un venait les chercher, elle allait devoir improviser.

Un bruit métallique retentit à l'arrière, suivi d'un déchaînement de battements d'ailes et d'une cacophonie épouvantable s'élevant des cages surpeuplées de poulets.

La lumière qui inonda soudain la remorque lui fit mal aux yeux. C'était un halo blafard dans la nuit, qui provenait d'une sorte de lampadaire. Heureusement, car après tout ce temps passé dans l'obscurité rougeâtre, la lumière du jour les aurait aveuglées.

Après avoir cligné plusieurs fois des yeux, Bree vit une silhouette se hisser dans la remorque et avancer entre les cages empilées. L'homme portait un masque respiratoire. Quel connard. Bien sûr qu'il en avait un ; et il se fichait pas mal qu'elles soient en train de suffoquer dans cette puanteur.

— C'est l'heure, annonça-t-il, la voix étouffée derrière le masque.

Bree l'observa attentivement. Il n'était pas très grand – à peu près la taille de Fiona – et plutôt mince. De toute évidence, il ne considérait aucune d'entre elles comme une menace potentielle. Avec un peu de chance, cela causerait sa perte.

Elle fixa du regard le trousseau de clés qu'il avait dans la main. Elle devait le récupérer d'une manière ou d'une autre, et le transmettre à Fiona et Julie. Mais comment ?

Elle s'apprêtait à simuler des douleurs, des crampes, quelque chose en rapport avec l'anatomie féminine – un sujet qui mettait toujours les hommes mal à l'aise – quand l'individu se pencha vers sa cage et saisit le cadenas.

Il... ouvrait ? Juste comme ça ? Sans qu'elle soit obligée de faire une scène ?

Bree échangea un regard avec Julie et Fiona. Leurs yeux

écarquillés trahissaient le même mélange d'espoir et d'incrédulité.

Le moment était venu. C'était leur chance, peut-être la seule qu'elles auraient.

— Toi d'abord, lança l'homme. Le patron a des projets spéciaux pour toi. Les autres vont être envoyées en Russie et en Corée du Nord. Les acheteurs ont déjà prévu le transport. Mais en ce qui te concerne, direction son complexe en Équateur. Il t'a désignée comme esclave personnelle pour ses employés, qu'ils pourront utiliser comme ils veulent, quand ils veulent. Gratuitement. C'est une petite prime pour récompenser leur dur labeur.

Il ricana.

— Ils vont se régaler, poursuivit-il. Toi, un peu moins, j'imagine. Mais ça n'a pas d'importance, hein ? Tu appartiens au patron. Plus vite tu l'accepteras, mieux ce sera. Tu veux de quoi manger ? De l'eau ? Un endroit pour pisser et chier ailleurs que dans ton lit ? Alors tu n'as qu'à obéir. Plus tu feras ce qu'il veut, meilleure sera ta vie.

— Je ferai tout ce que vous voulez ! gémit Bree en cherchant à paraître docile et soumise. J'ai tellement soif ! Vous avez de l'eau ?

— Qu'est-ce que tu me donnes en échange ? demanda l'homme en se redressant avant de porter la main à son entrejambe d'un geste obscène. Tu devrais peut-être me sucer avant que je t'emmène voir le patron...

Bree avait envie de vomir, mais elle s'efforça de garder une posture de soumission, la tête basse et les épaules rentrées. Elle serra le couteau de plus belle au creux de sa main en attendant qu'il ouvre la cage. Ses battements de cœur frénétiques lui rappelaient qu'elle était en vie, et que c'était à elle d'aider Fiona et Julie.

— Tu n'as rien à dire ? Même pas un *oui monsieur* ? Ou un *s'il vous plaît, monsieur* ? Dans ce cas, tu n'auras pas ton eau. Tu finiras par apprendre. Le patron aime bien qu'on le respecte. Tant que tu feras ce qu'il dit, tu resteras en vie. Sinon...

Il haussa les épaules, puis tourna la clé dans la serrure. Malgré le caquètement des poules, Bree entendit le déclic. Elle s'humecta les lèvres et attendit.

L'homme ouvrit la porte d'un coup sec et tendit la main vers elle. Bree s'efforça de relâcher ses muscles tandis qu'il la prenait par le bras et la tirait hors de la cage. Elle se redressa douloureusement, et pendant un instant, elle eut peur de flancher. Elle n'eut même pas à faire semblant de vaciller avant de parvenir à bloquer les genoux pour tenir debout.

L'homme la regarda lentement de la tête aux pieds, et Bree redoubla d'efforts pour ne pas se protéger de ce regard lubrique. La nuisette pastel qu'elle portait laissait tout transparaître. Le tissu était si fin qu'elle sentait ses tétons durcir sous l'effet de l'air froid derrière lui.

Sans un mot, il leva sa main libre, la plaqua sur l'un de ses seins, puis se mit à le caresser comme s'il en avait parfaitement le droit.

Qu'il aille se faire foutre.

Qu'ils aillent tous se faire foutre.

Bree agit sans réfléchir. Elle brandit le couteau en plastique et le poignarda dans le cou de toutes ses forces.

Les yeux de l'homme s'écarquillèrent de façon presque

comique, et il lui lâcha instantanément le bras pour porter les mains à sa gorge.

Bree lui asséna un coup de genou dans l'entrejambe. Comme tout homme l'aurait fait, il tomba à genoux en laissant échapper un grognement.

Les clés tombèrent au sol. Bree s'en empara, puis dans le même mouvement, elle les lança vers la cage de Fiona.

Ensuite, sans hésiter, elle planta la lame une seconde fois dans le cou de l'homme.

C'était la partie de son corps la plus vulnérable, elle en était certaine : son arme n'aurait pas pu traverser ses vêtements et atteindre son cœur. Faute de le tuer, il fallait au moins le neutraliser, le frapper à la gorge pour qu'il ne puisse pas appeler à l'aide.

Elle ne compta même pas les coups de couteaux. Elle sentit le sang sur ses doigts, sur son visage. Poignarder quelqu'un, c'était sale, brutal. Elle était presque en transe, et déversait toute sa frustration, sa peur et sa colère sur ce connard qui les avait narguées en leur racontant ce qui les attendait. Tant qu'elle pouvait l'empêcher, il était hors de question que Julie et Fiona finissent en Corée du Nord ou en Russie.

— Hé, tu goûtes la marchandise ou quoi ? s'écria quelqu'un à l'extérieur du camion, sortant Bree de sa torpeur.

Elle avait du mal à respirer, comme si elle venait de courir plusieurs kilomètres. Elle avait les jambes en coton.

Elle sentit une main sur son bras, et se retourna brusquement en brandissant le couteau en plastique.

— C'est moi ! lança Fiona en reculant aussitôt, les mains levées.

— Merde, désolée, souffla Bree en abaissant son arme.

Elle réalisa alors que Fiona et Julie étaient sorties de leurs cages. Dépenaillées, épuisées... mais libres.

Enfin, presque.

— Carlos ?

Merde. Il y en avait encore d'autres à l'extérieur.

— Je vais les distraire, murmura Bree. Pendant ce temps, filez toutes les deux.

— Non, protesta Fiona en secouant la tête. On reste ensemble.

— Ça ne marchera pas. D'une seconde à l'autre, l'homme qui l'appelle va venir voir ce qui se passe. Sans moi, vous ne seriez même pas là, donc je m'en charge. Courez, fuyez, et trouvez un moyen de prévenir les gars. Dites à Smiley... Dites-lui que je l'aime, conclut-elle, la voix brisée.

Elle serra le couteau de plus belle et se dirigea vers l'extrémité de la remorque. Chaque fois qu'elle passait devant une cage de poulets, elle la secouait légèrement pour agiter les volatiles. Elle avait mal au cœur pour ces pauvres bêtes, et ne mangerait certainement plus de poulet de sa vie. Mais pour le moment, elle avait besoin du vacarme qu'ils produisaient.

Elle inspira profondément, prit son élan... et courut droit vers la sortie.

Au même moment, un homme apparut devant la porte. Le timing n'était pas idéal... ou peut-être parfait. Elle lui sauta dessus, et ils tombèrent ensemble, l'homme amortissant sa chute.

Bree se releva aussitôt et pesta intérieurement d'avoir

lâché son arme. Elle n'avait pas le temps de la chercher : deux autres hommes la regardaient fixement, stupéfaits.

Elle poussa un cri sauvage, puis s'enfuit en courant.

— Attrapez-la !

En se retournant, Bree vit les trois hommes lui courir après. Elle était à la fois terrifiée et soulagée : au moins, ils ne poursuivaient pas les filles.

Elle devait les éloigner le plus possible du camion pour laisser le temps à Julie et Fiona d'aller se cacher.

Son cœur battait à tout rompre, ses jambes étaient faibles et tremblaient, mais elle refusa d'abandonner.

Elle pensait à Fiona, à sa force, à son courage. Des années auparavant, quand elle était en captivité, elle n'avait jamais cédé. Elle avait traversé la jungle en tongs, et sauvé Cookie quand il se faisait tirer dessus par des trafiquants de drogue. Si Fiona avait survécu à tout cela, Bree pouvait bien semer trois types le temps qu'elle s'échappe avec Julie.

Elle aurait aimé qu'il y ait une jungle dans laquelle se réfugier, ou une grande ville pour disparaître dans les ruelles. Mais il n'y avait qu'un grillage de plusieurs mètres, et la faible lumière derrière elle.

Son souffle s'accéléra. Elle ignorait complètement où elle se trouvait – sans doute près d'une sorte d'entrepôt portuaire, ce qui était ironique. Pour la deuxième fois en quelques mois, elle fuyait quelqu'un dans un chantier naval. Elle sentait l'odeur de la mer, mais ne distinguait pas grand-chose d'autre que ce qu'elle avait devant elle.

— John, à droite ! hurla quelqu'un.

Merde. Ils allaient la coincer. Bree essaya d'accélérer, en

vain. Elle était à bout de force. Ses muscles tremblaient, et l'adrénaline s'épuisait.

Quand l'un des hommes s'approcha suffisamment près, elle poussa un petit cri. Elle refusait de se mettre à pleurer. Sa main effleura son bras, mais elle parvint à se dégager et à continuer sa course... pour finalement s'écraser contre le grillage au bout du terrain.

Elle s'y agrippa et se mit à l'escalader.

Deux hommes la saisirent par les jambes. Elle leur donna des coups de pieds, en vain. Elle s'accrocha à la clôture autant qu'elle le pouvait, mais l'un d'entre eux la frappa au poignet, et elle hurla de douleur. Elle tomba lourdement dans la poussière, clouée au sol. Les trois hommes la maîtrisèrent.

— Bordel... c'est du sang ? s'enquit l'un d'eux.

Bree poussa un grognement en montrant les dents.

— Merde, c'est une sauvage ! lança un autre.

— Ce sera encore plus amusant de la dresser, ricana le troisième. Tenez-la bien. Il est temps que cette garce apprenne à rester à sa place. Je commence, et je vous la laisse.

Il se mit à défaire sa ceinture.

Non, pas ça. Elle savait qu'elle finirait par se faire violer, mais le moment n'était pas encore venu. Elle pouvait l'éviter.

Bree se débattit comme elle pouvait, remua dans tous les sens, donna des coups de pieds, le mordit ; elle ne pouvait pas rester sans rien faire.

Animée par l'énergie du désespoir, elle ne leur facilita pas la tâche. Les trois hommes avaient beaucoup de mal à la maîtriser. Elle hurla de plus belle, prête à tout pour empêcher ces salauds de la violer.

— Merde, on n'a pas le temps pour ça ! aboya l'un des hommes au bout de quelques minutes de lutte.

— Le patron exige qu'elle soit sur le quai en Équateur à l'heure prévue, rappela un autre.

L'homme qui avait pris les devants jura, se redressa, puis lui asséna un coup de pied.

Bree essaya de se recroqueviller, mais les deux autres la tenaient trop fermement. Ils se joignirent rapidement à lui pour la rouer de coups. La douleur était explosive, mais presque logique et familière. Bree avait déjà connu cela quand elle avait aidé Ellory et Yana sur l'autre chantier naval.

Elle préférait largement les coups au viol.

Tant qu'ils la frappaient, ils n'avaient pas le temps de faire autre chose. Si sa souffrance pouvait permettre à Julie et Fiona de prendre la fuite, cela en valait la peine.

Elle était forte. Elle pouvait encaisser.

Tu peux le faire. Tiens bon.

Elle répéta en boucle les mots de Smiley dans sa tête, à tel point qu'elle ne réalisa même pas quand les coups cessèrent et qu'on la souleva.

Elle pendait mollement sur l'épaule de l'un d'entre eux, hébétée, vidée de toute énergie. Si ces types décidaient de la violer maintenant, elle n'était plus en mesure de se défendre. Mais manifestement, ils avaient trop peur de leur chef – sûrement Mateo – pour penser à autre chose.

Du sang coulait le long de sa tempe tandis qu'ils la ramenaient au camion de poulets.

À mesure qu'ils se rapprochaient, elle les entendait crier.

— Carlos, arrête de déconner, bordel. Bouge-toi les fesses !

Mais bien sûr, Carlos ne répondit pas.

— Merde, va le chercher ! ordonna l'homme qui la portait.

Les deux autres grimpèrent dans le camion, déclenchant une cacophonie de piaillements. Bree esquissa un faible sourire. Ils allaient être surpris.

— Il est mort ! s'écria l'un d'eux en réapparaissant à la porte.

— Quoi ? Comment ça ?

— Je ne sais pas, il est couvert de sang, et il porte toujours son masque.

— Et les autres filles ont disparu, ajouta le second d'un air sinistre.

L'homme qui portait Bree jura longuement et violemment. Elle sourit de plus belle.

Qu'ils aillent se faire foutre.

— Comment cette garce a pu le tuer ? s'étrangla l'un des hommes en sautant du camion.

— J'en sais rien, mais le patron va péter un câble. Il va falloir trouver une explication, sinon, on est morts.

Bree n'éprouvait pas la moindre pitié pour eux.

— Passe-la moi, ordonna l'un des deux autres d'une voix glaciale.

— Non, John. Je sais que tu es furax, mais si on la bute, le patron va nous descendre. Tu sais combien de fric il a dépensé pour elle, et il a déjà payé le transport jusqu'à l'Équateur.

John saisit les cheveux de Bree et lui redressa la tête.

— Salope... Où sont les autres ?

— Elles sont parties, lâcha Bree d'une voix rauque. Et leurs maris Navy SEALs sont déjà en route pour venir vous buter.

— Mais oui, bien sûr.

Malgré l'aplomb avec lequel il avait répondu, Bree perçut une certaine inquiétude dans sa voix.

Elle eut à peine le temps de s'en réjouir avant qu'il l'assomme d'un coup de poing.

Ce fut la dernière chose dont elle eut conscience avant de sombrer, et de ne plus ressentir aucune douleur.

13

Il était presque quatre heures du matin. Kevlar fonçait vers le chantier naval que Tex lui avait indiqué à Ensenada, celui que Castillo avait sûrement choisi, selon Tex. Smiley ignorait totalement comment il en était arrivé à cette conclusion. Mais si Tex affirmait que c'était là que se trouvaient les filles, il ne voulait pas le remettre en question. Smiley supposait que Ryleigh ou Beth avaient trouvé la trace de paiements effectués par Castillo – ou de pots-de-vin versés dans la région.

— La grille est fermée, lança Cookie.

Kevlar conduisait la Jeep qu'ils avaient récupérée grâce à un contact de Tex en arrivant à l'aéroport vingt minutes auparavant.

En choisissant Tex pour les accompagner, Smiley avait pris l'une des meilleures décisions de sa vie. Même s'il n'était pas le plus efficace en cas de poursuite ou de mission en pleine jungle, les informations qu'il pouvait obtenir et les nombreux contacts qu'il possédait valaient mieux que n'importe quel autre atout dont ils disposaient.

— Kevlar ! insista Cookie. La grille !

— J'ai vu, répondit Kevlar sans le moindre signe d'inquiétude.

Il fonça tout droit, sans ralentir. Quand il défonça la grille et s'engouffra dans la zone, les quatre hommes furent projetés vers l'avant, mais aucun d'eux ne broncha. Il n'y avait pas de gigantesques cargos comme à Riverton, lorsqu'ils étaient à la recherche d'Ellory et de Yana. C'était un chantier naval privé, utilisé par des gens qui voulaient échapper aux règles gouvernementales en matière de transport maritime.

Toutefois, le gouvernement devait forcément être au courant de ce qui se déroulait ici. De toute évidence, les marchandises qui transitaient par cet endroit n'avaient rien de légales. Les autorités fermaient sans doute les yeux grâce à des pots-de-vin, ce qui écœurait Smiley, mais c'était un fait : il avait déjà vu cela ailleurs à maintes reprises.

Des semi-remorques étaient garés le long d'un immense parking en terre battue. Il y avait aussi des pick-up, et au moins une centaine de voitures. Smiley ne savait pas par où commencer les recherches.

C'était justement pour cela qu'il avait choisi Tex.

— Là, à droite, Kevlar. Il y a trois camions au bout, avec le logo *Perry Fried Chicken*.

Quand Kevlar braqua brusquement dans la direction indiquée, la jeep bascula presque sur deux roues.

Étrangement, le chantier semblait désert. Personne ne rappliqua pour vérifier ce qui avait provoqué ce vacarme à l'entrée. À cette heure tardive, il n'y avait plus aucun ouvrier. Ce silence fit frissonner Smiley.

Kevlar s'arrêta net, soulevant un nuage de poussière, puis les quatre hommes sautèrent du véhicule.

— Tex, occupe-toi de celui-ci avec Cookie, ordonna Kevlar en désignant l'un des deux camions les plus proches au bout de la rangée. Smiley et moi, on se charge de l'autre.

Les remorques des camions n'étaient pas fermées à clé, ce qui fit retomber l'espoir de Smiley. Si les filles étaient enfermées là-dedans, les portes seraient forcément verrouillées.

Smiley dégaina l'une des armes de poing que Tex avait fait livrer à leur arrivée au Mexique, et se tint prêt à tirer tandis que Kevlar saisissait la poignée en hochant la tête.

À la seconde où Smiley hocha la tête en retour, Kevlar ouvrit la porte d'un coup sec.

L'odeur nauséabonde qui s'échappa de la remorque faillit les faire tomber à genoux. Le camion était rempli de cages, du sol au plafond. Certaines étaient vides, mais beaucoup contenaient des carcasses de poulets morts. Tout était couvert de déjections : les cages, le sol, et même les parois.

Si *Perry Fried Chicken* transportait vraiment ses volailles dans de telles conditions, Smiley ne mangerait plus jamais de poulet.

Sans hésiter, malgré les larmes qui lui montaient aux yeux et le manque d'air frais, il bondit à l'arrière du camion et se fraya un chemin entre les cages, une lampe torche dans une main, son arme dans l'autre.

— RAS ! lança-t-il à Kevlar avant de rebrousser chemin.

Il n'osait même pas imaginer Bree enfermée là-dedans.

Au moment où il sauta à terre, Cookie sortait de l'autre camion, visiblement sans plus de succès. Les quatre hommes se dirigèrent vers le troisième camion, le dernier qui portait le logo *Perry Fried Chicken*.

Bree devait être à l'intérieur. Il le fallait. Tex ne pouvait pas s'être trompé – il y avait trop de vies en jeu.

Tex et Kevlar ouvrirent les portes, et Cookie et Smiley montèrent ensemble. L'odeur, encore plus atroce, les prit à la gorge. Le spectacle, tout aussi écœurant, rendait Smiley malade : des rangées de cages, dans une saleté inhumaine. Comment pouvait-on transporter des poulets dans de telles conditions ?

Pourtant, ce qui les attendait tout au fond était bien pire.

— Bordel...

— Merde !

Il y avait d'autres cages, mais pas destinées aux volailles. Celles-ci étaient plus grandes, à taille humaine. Elles étaient alignées côte à côte, tout au fond, à l'abri du regard de quiconque inspecterait de façon sommaire le chargement du camion.

— Elles étaient là, dit Cookie, la voix pleine de rage.

Smiley acquiesça – mais une grande tâche sombre devant l'une des cages attira son attention. Il pointa sa lampe torche sur le sol, et son cœur s'arrêta de battre. Il savait reconnaître du sang lorsqu'il en voyait.

Cookie s'accroupit près de la flaque.

Les femmes étaient là... mais qui avait été blessé ? Julie ? Fiona ? Bree ? Pour Smiley, aucune hypothèse n'était supportable.

Pris d'un besoin irrépressible de sortir du camion, il fit

volte-face, bondit à l'extérieur, puis se pencha, les mains sur les genoux, essayant de reprendre le contrôle de ses émotions.

Cookie le rejoignit.

Il pointa un objet au sol avec le faisceau de sa lampe.

— Smiley, regarde.

Smiley se pencha et ramassa un morceau de plastique grossier recouvert de tissu... et de cheveux.

Une décharge d'adrénaline le traversa si violemment qu'il en eut le vertige.

— Ce n'est pas leur sang ! lança-t-il avec une conviction absolue. Dans le camion. Ce n'est pas leur sang.

— On n'en sait rien, rétorqua Cookie.

— Regarde, ce sont les cheveux de Bree. J'en mettrais ma main à couper. Elle s'en est servie pour attacher le tissu au morceau de plastique en guise de manche.

En se tournant à nouveau vers le camion, un détail lui revint à l'esprit.

— Le plastique provient d'une cage. Il manquait un morceau à l'arrière de l'un des plateaux.

Il savait que le fragment de plastique correspondrait parfaitement.

— Ce n'est pas leur sang, répéta-t-il. Elles ont fabriqué une arme, et elles s'en sont servi contre l'un de leurs ravisseurs, au moins. Elles ont sûrement attendu qu'il ouvre l'une des cages avant de l'attaquer. Le type n'a rien vu venir. Il les croyait faibles et terrifiées. Il les a sous-estimées.

— D'accord, mais où sont-elles maintenant ?

— Je ne sais pas.

Malgré tout, Smiley ne put s'empêcher de ressentir une

immense fierté. Elles dêvaient être mortes de peur, et pourtant, elles ne s'étaient pas laissées faire. D'après tout ce qu'il savait de Fiona grâce à Cookie, il n'était pas surpris. Il avait également remarqué à quel point Bree pouvait être obstinée quand il s'agissait de rester dans l'ombre et de se protéger. Quant à Julie... elle n'était plus la même femme que celle qu'il avait connue dans la jungle au Mexique.

Il mit dans sa poche l'arme de fortune que les filles avaient confectionnée – et utilisée, à en croire le sang sur le plastique et sur le sol. C'était une preuve tangible que celle qu'il aimait était forte.

Il ne perdrait pas Bree. Il pouvait empêcher cela. Il la suivrait jusqu'au bout du monde, et s'il le fallait, il affronterait le diable en personne pour la ramener. Ensemble, ils surmonteraient tout qu'elle endurait pendant sa captivité.

Il ne se faisait aucune illusion : à ce stade, elle avait sans doute subi les pires choses qu'un homme puisse infliger à une femme. Mais il lui apporterait toute l'aide nécessaire, et lui prouverait qu'il l'aimait, quoi qu'on l'ait obligée à faire. Bree Haynes était son âme sœur, et il était prêt à tout pour la garder.

— Vous avez trouvé du sang dans le camion ? demanda Kevlar d'un air inquiet.

Smiley avait complètement oublié que Kevlar et Tex étaient à côté. Ils n'avaient pas vu les cages, ni le sang.

— Oui, répondit Cookie d'un air grave. Les filles étaient là. Il y a trois cages assez grandes pour elles, et du sang sur le sol. Smiley ne pense pas que ce soit le leur, mais on ne peut pas en être tout à fait sûrs.

— Si Smiley affirme que ce n'est pas le leur, alors ce n'est pas le leur, trancha Kevlar. Et maintenant ? Tex, qu'en penses-tu ?

Tex fronça les sourcils, et Smiley sentit son ventre se nouer. C'était mauvais signe.

— Je suis pratiquement sûr que Castillo les a amenées ici pour les expédier. Son complexe est en Équateur, donc il a certainement voulu les transférer là-bas. Mais impossible de savoir à qui il les a vendues. Il a peut-être prévu d'en envoyer une, deux, voire les trois vers des destinations différentes. Ryleigh essaie de suivre la trace des transactions, mais il y en a tellement... avec la Russie, l'Inde, la Chine... et même la Corée du Nord.

— Qu'est-ce que tu veux dire par-là ? demanda Cookie d'une voix glaciale. Qu'elles sont parties, et qu'on ne les retrouvera jamais ?

— Non, je dis juste que les recherches viennent de prendre une autre dimension. On peut commencer par le complexe de Castillo en Équateur, mais il faut aussi se regrouper, demander du renfort. On ne peut pas fouiller chaque bateau, on a besoin de l'aide des garde-côtes et des autorités locales. Il faut lancer une alerte, et solliciter tous les pays où Ryleigh a trouvé la trace de l'argent de Castillo.

Smiley eut l'impression qu'un poids de deux cents kilos s'abattait sur sa poitrine. Toutes les promesses qu'il avait faites de retrouver Bree quoi qu'il arrive semblaient partir en fumée. Comment la retrouver si les filles avaient déjà été envoyées à l'autre bout du monde ? Ils étaient si près du but... mais il était déjà trop tard.

Le poids de l'échec et de la culpabilité était pire que toutes les fois où il avait vu sa mère se faire battre. Il n'avait pas l'excuse de *n'être qu'un enfant*. C'était un homme, un Navy SEAL. Pourtant, on lui avait enlevé la femme qu'il aimait sous son nez, sans laisser la moindre trace.

Ils entendirent un bruit à proximité, et pivotèrent tous d'un même mouvement, armes aux poings. D'où venait ce bruit ? De l'une des centaines de voitures garées en vrac autour des camions ?

Cookie fut le premier à réagir. Il rengaina son arme et se précipita vers une petite voiture familiale marron garée au milieu d'une rangée.

Smiley lui emboîta aussitôt le pas, arme à la main, prêt à tirer si nécessaire. Il ignorait ce que Cookie avait vu, mais il ne voulait prendre aucun risque. Il ne supporterait pas que l'un des leurs soit blessé.

Sous ses yeux, la tête d'une femme émergea de sous la voiture.

C'était Fiona.

Cookie tomba à genoux, la sortant délicatement avant de la prendre dans ses bras et de la serrer contre lui.

Une deuxième tête apparut : Julie.

Tex s'agenouilla lui aussi, et serra Julie dans ses bras dès qu'elle fut libérée.

Le cœur battant à tout rompre, Smiley attendit que Bree sorte à son tour de sous la voiture... ou d'une autre à proximité. Mais au bout de plusieurs secondes interminables, sa poitrine se contracta, et sa gorge se noua sous le poids de l'émotion.

Blottie contre Cookie, Fiona leva les yeux vers lui.

— Elle n'est pas là, murmura-t-elle comme si elle lisait dans ses pensées.

Smiley avait envie de lui demander où elle était, et ce qui s'était passé, mais aucun mot ne franchit la boule qu'il avait dans la gorge. Il était écrasé par la peur et la déception.

Sans lâcher Fiona, Cookie s'écarta juste assez pour retirer son T-shirt, avant de l'enfiler délicatement sur la tête de sa femme. Les nuisettes que Fiona et Julie portaient étaient tellement transparentes qu'elles ne laissaient aucune place à l'imagination. C'était presque insupportable de constater ce qu'on les avait obligées à mettre. Cela ne faisait que confirmer à quel point elles étaient en danger.

Smiley trépignait d'impatience... mais ne put se résoudre à interrompre les retrouvailles de Cookie et sa femme. Si Bree avait été là aussi, et s'il avait pu la serrer contre lui, il aurait explosé de colère à la moindre intrusion.

Sans lâcher Julie, Tex sortit son téléphone, tapota l'écran, puis le lui tendit.

— Patrick ? fit-elle d'une voix tremblante.

Smiley détourna le regard. L'émotion des retrouvailles était trop forte. Bien sûr, il était heureux pour ses amis, mais...

Kevlar posa une main sur son épaule, sans rien dire. Il n'y avait pas besoin de parler, la peur et la déception flottait dans l'air, presque palpables. Où était Bree ? Pourquoi n'était-elle pas avec Julie et Fiona ? Comment avaient-elles réussi à s'échapper ? Depuis combien de temps se cachaient-elles ? Smiley avait des tonnes de questions, mais il devait attendre les réponses.

Il balaya des yeux le chantier naval en priant pour apercevoir Bree au loin. Elle avait peut-être réussi à s'enfuir, elle aussi. Elle s'était peut-être tout simplement perdue, terrorisée à l'idée de sortir de sa cachette.

— Range ton arme, lui dit doucement Kevlar.

Smiley baissa les yeux, et réalisa qu'il la tenait toujours dans sa main droite. Pour les SEALs, l'un des pires manquements était de perdre conscience de son arme. Même s'il n'avait pas le doigt sur la détente, il l'avait oubliée depuis plusieurs minutes.

Lentement, comme enlisé dans des sables mouvants, Smiley remit le pistolet dans son étui, au creux de ses reins. Il inspira profondément à plusieurs reprises, puis se tourna vers les autres. Bree n'était pas dans les environs, il le savait pertinemment. Il se sentait vide, désincarné.

Il avait l'impression d'observer la scène à travers un voile, ou d'assister à une pièce de théâtre. Il avait froid, il était engourdi.

Il s'approcha de Tex et Julie – qui séchait ses larmes suite à son appel avec Patrick – et retira son T-shirt. Il le tendit à la jeune femme, qui le saisit avec un sourire reconnaissant.

Sans lâcher Fiona, Cookie se redressa.

— Vous êtes sûres que Bree n'est pas là ? demanda Kevlar d'une voix douce.

En attendant la réponse, Smiley retint son souffle. Il savait déjà la vérité, mais il pria pour un miracle.

— Il faut qu'on sache ce qui s'est passé, et qu'on vous mette à l'abri, déclara Kevlar. Mais s'il y a ne serait-ce qu'une chance que Bree soit cachée ici, on doit le savoir.

Fiona secoua la tête.

— On les a vus l'emmener de ce côté, répondit-elle en désignant un grand quai.

Le quai en question était désert. Il n'y avait plus aucun bateau, ni aucune voiture en attente.

— Ils sont montés à bord, puis ils sont partis. Depuis, on est restées cachées, pour s'assurer que ces types n'appellent pas du renfort pour nous retrouver.

— Ça fait combien de temps ? demanda Tex.

Smiley bénissait ses amis d'avoir pris le relais. Il était incapable de dire quoi que ce soit. S'il ouvrait la bouche, il ne pourrait que hurler, gémir ou jurer. Peut-être même tout cela à la fois.

— Je ne sais pas, répondit Julie. J'ai l'impression que ça fait une éternité. Je dirais... au moins quatre ou cinq heures.

— Merde, jura Tex. Bon, pendant qu'on se tire d'ici, essayez de vous rappeler des moindres détails : le bateau, les hommes, tout ce qui pourrait nous aider à la retrouver.

Cookie prit Fiona dans ses bras et la porta jusqu'à la Jeep.

Kevlar proposa à Julie de la porter aussi, ce qu'elle accepta timidement, car elle n'avait pas de chaussures.

En voyant ses pieds nus dans la terre, Smiley eut un pincement au cœur. Bree n'avait sûrement pas de chaussures non plus. Il était dévoré par le besoin de comprendre ce qui s'était passé, comment elle s'était retrouvée séparée des deux autres. Mais il ne voulait surtout pas priver Fiona et Julie du temps qu'il leur fallait pour reprendre leurs esprits.

Tex et Cookie montèrent à l'arrière de la Jeep avec les deux filles. Fiona prit place sur les genoux de son mari, et Julie au milieu, entre Tex et eux.

— Je savais que tu viendrais, murmura Fiona une fois installée.

Tout chez Smiley le suppliait de rester sur place, exactement comme quand il avait découvert les vêtements de Bree sur l'aire de repos. C'était sur ce chantier naval qu'elle avait été vue pour la dernière fois. Ça lui déchirait le cœur de quitter cet endroit. Il regarda fixement droit devant lui en portant une main à sa poitrine.

— Je t'avais promis que je viendrais toujours te chercher, quoi qu'il arrive, et je le pensais, répondit Cookie.

— Hurt voulait venir, mais...

— Mais ça faisait trop longtemps qu'il n'avait pas été sur le terrain, l'interrompit Julie avant que Tex finisse sa phrase. Ce n'est pas grave, je suis déjà contente d'avoir pu lui parler et le rassurer. C'est déjà beaucoup.

— Bordel..., jura Smiley entre ses dents.

Il sentit le regard que Kevlar lui lança depuis le siège conducteur, mais ne détourna pas les yeux de la route. Il était à deux doigts de perdre son sang-froid.

— Bree..., murmura Fiona.

— On ne la laissera pas tomber, assura Tex d'une voix grave et chargée d'émotion.

— C'est... c'est grâce à elle qu'on a pu s'échapper.

— Garde ça pour tout à l'heure, intervint Cookie. On va à l'hôtel. Vous pourrez prendre une douche, manger quelque chose, et enfiler des vêtements propres. Ensuite, on s'assiéra ensemble et vous nous raconterez tout. À moins que vous ayez déjà des informations cruciales pour qu'on parte à sa recherche.

Smiley se retourna, et vit Fiona et Julie secouer tristement la tête. Julie prit la main de Fiona, et le regard qu'elles échangèrent lui glaça le sang.

Il serra les dents tellement fort que c'en était presque douloureux. Il avait envie de protester, de hurler à Kevlar de s'arrêter pour qu'elles parlent immédiatement, mais Cookie avait raison. Il fallait d'abord les mettre à l'abri.

Son sentiment d'impuissance était plus douloureux que n'importe quelle blessure qu'il avait subie en mission. Il aurait préféré se prendre une balle plutôt que de ressentir cela.

— Smiley, ça va ? lui demanda Fiona.

Son premier réflexe aurait été de crier que ça n'allait pas, que Bree était entre les mains d'un foutu cinglé qui ne voulait qu'une chose : la briser, corps et âme.

Mais il se contenta de secouer la tête, les yeux rivés sur le pare-brise.

Il entendit Cookie murmurer à sa femme de ne pas insister, et de lui laisser du temps. Mais le temps ne changerait rien. C'était ce qui l'éloignerait encore davantage de Bree, et donnerait davantage d'occasions à Castillo de lui faire du mal.

Smiley ferma les yeux et pria pour avoir la patience d'attendre, et pour que Bree soit assez forte pour survivre à tout ce que ces salauds lui réservaient.

14

Bree était allongée sur le sol, dans une énième foutue cage, et faisait son possible pour ne pas bouger d'un millimètre. Recroquevillée sur elle-même, elle luttait contre la nausée et son envie de gémir à chaque secousse du bateau. Il filait à toute allure, et chaque fois qu'il retombait lourdement sur l'eau après avoir franchi une vague, son corps entier se tordait de douleur.

Elle était pratiquement certaine d'avoir une côte fêlée, voire cassée, suite à son passage à tabac. Elle avait un œil tellement gonflé qu'elle ne pouvait pas l'ouvrir. Elle devait avoir des ecchymoses partout. Chaque parcelle de son corps la faisait souffrir.

Mais elle était en vie.

De plus, Fiona et Julie avaient réussi à s'échapper. Elle avait surpris les hommes en train d'en parler à bord. Ils s'inquiétaient de la réaction du *patron* lorsqu'il apprendrait la nouvelle. Ils avaient prévu de ratisser le port au lever du jour, et Bree espérait vraiment que ses amies auraient le temps de s'enfuir et de franchir la clôture avant.

Même si elle brûlait d'envie de hurler de colère et d'insulter les types qui étaient avec elles sur le bateau, elle savait d'instinct que sa meilleure chance de survie était de faire semblant d'être inconsciente. Jusqu'ici, ça avait marché : les hommes la laissaient tranquille. Elle voulait à tout prix éviter d'attirer leur attention.

Elle ignorait s'ils étaient du genre à violer une femme évanouie, mais puisqu'ils ne l'avaient pas encore fait, elle pouvait espérer que non.

Elle restait donc immobile, étendue sur la base métallique de la cage, en essayant de se remémorer les bribes d'espagnol qu'elle avait apprises à l'université pour capter la moindre information utile.

Honnêtement, même après le passage à tabac dont elle venait d'être victime, Bree ne regrettait en rien ce qu'elle avait fait. Elle ne s'en voulait pas d'avoir tué ce type dans le camion, et ne perdrait pas une seule seconde à penser à lui. Il avait choisi sa voie – enlever des femmes innocentes pour les vendre – et sa mort n'était que la conséquence logique de ses choix.

Surtout, grâce à elle, Fiona et Julie avaient réussi à s'échapper. Tout ce qui pouvait lui arriver maintenant en valait la peine.

Toutefois, elle s'inquiétait un peu pour elles, d'autant qu'elles n'avaient pas de vêtements adaptés. Est-ce qu'une âme charitable accepterait de les aider en leur donnant de quoi manger, de quoi boire, et des habits ? Tomberaient-elles sur un homme à la solde de Mateo ou d'un autre, payé pour fermer les yeux sur les trafics qui avaient lieu sur le chantier naval ?

Elle chassa cette pensée de son esprit. Il était hors de question de céder au pessimisme. Julie et Fiona étaient malignes. Elles feraient tout ce qu'il fallait pour permettre aux garçons de la retrouver : trouver un téléphone, contacter leurs maris et tout leur raconter…

Il fallait seulement tenir jusque-là. Chaque respiration était douloureuse et lui rappelait que survivre était plus facile à dire qu'à faire, mais elle était déterminée à rester en vie assez longtemps pour dire à Smiley combien il comptait pour elle. Dès leur première rencontre, elle était intriguée par cet homme. Et quelque chose s'était éveillé en elle quand elle avait entendu son nom – Jude Stark.

Elle comptait faire campagne pour qu'Addison ou Maggie appellent leur enfant Jude, si c'était un garçon. C'était un super prénom, et avec ce sentiment de sécurité qu'il inspirait, Smiley en était l'incarnation parfaite.

En pensant à lui, elle eut envie de pleurer. Elle aurait tellement aimé être dans son appartement, blottie contre lui, en train de parler de leurs projets pour la journée. Il devait être fou d'inquiétude.

Ou plutôt, il devait être en train de faire les cent pas en fronçant les sourcils avec ce sillon caractéristique, et d'aboyer sur tout le monde pour qu'on réponde à ses questions. Elle n'en doutait pas une seconde.

Avant qu'elle fasse semblant de s'évanouir à cause de la douleur, ses ravisseurs lui avaient donné un peu d'eau et un morceau de pain sec. Elle leur avait réclamé à manger et à boire en feignant une crise de délire. Mais elle n'avait rien eu d'autre. La nuisette qu'on lui avait mise aux États-Unis, qu'elle portait encore, était dans un état lamentable. Une des bretelles avait cédé au cours de sa lutte désespérée. Elle se considérait presque chanceuse de ne pas être entièrement nue.

Ses cheveux étaient gras, et sa coupe inégale depuis qu'elle s'était coupé des mèches pour confectionner son couteau. Ce morceau de plastique lui avait permis de venir à bout de ce connard qui la pelotait. Elle était fière de cette arme. Même MacGyver l'aurait sans doute félicitée. Et maintenant, elle ne l'avait plus. Elle n'aurait pas l'occasion d'en fabriquer une autre, car la cage dans laquelle elle se trouvait à présent était équipée d'un plateau en métal.

Désormais, ses meilleurs atouts pour se défendre étaient le temps, et le silence. Elle devait récupérer, laisser son corps se reposer pour affronter ce qui suivrait. Elle avait entendu l'homme dans le camion : ils l'emmenaient en Équateur, dans la propriété privée de Mateo. Rien de bon ne l'attendait là-bas, mais avec le temps, la vigilance de ses geôliers finirait peut-être par s'émousser, ce qui lui donnerait une occasion de s'enfuir. Elle n'avait pas l'intention d'obéir, mais à long terme, faire semblant de céder était potentiellement sa seule chance de s'en sortir.

Cette simple idée lui soulevait le cœur, mais elle n'abandonnerait jamais. Son unique objectif était de survivre pour pouvoir s'échapper. S'il fallait parcourir des centaines de kilomètres dans la jungle, elle le ferait. Fiona et Julie avaient tenu bon, donc elle en était capable également.

* * *

Smiley ne tenait pas en place. L'adrénaline coulait encore dans ses veines. Il devait agir au lieu de rester les bras croisés dans cette chambre d'hôtel. Bree avait besoin de lui, et il se sentait impuissant.

Mais il était conscient qu'il lui fallait des informations. Il ne pouvait pas foncer tête baissée. Il avait besoin d'un plan, et pour en établir un, il devait d'abord écouter le récit complet de Julie et Fiona.

Le soleil se levait à peine. Elles avaient pris une douche, mangé un morceau, et enfilé les vêtements propres qu'on leur avait apportés. Smiley évita de penser aux affaires de Bree qu'il avait dans son sac – un pantalon, un T-shirt, des sous-vêtements, un nécessaire de toilette. Il ne supportait pas l'idée qu'elle ne puisse pas en profiter.

— Commencez par le début, dit doucement Kevlar.

Julie était dans un fauteuil, une couverture sur les épaules, les genoux repliés dans une position presque défensive. Elle affirmait comprendre l'absence de son mari, mais Smiley se sentait quand même coupable de ne pas avoir choisi Patrick Hurt pour les accompagner.

Cookie était adossé à la tête de lit avec Fiona, blottie contre lui sous une couverture. Il ne l'avait pas lâchée depuis qu'elle était sortie de sous la voiture.

Tex était assis sur une chaise près d'une petite table ronde, son ordinateur portable devant lui. Depuis leur retour à l'hôtel, il tapait sans relâche. Smiley espérait qu'il recevait des informations sur Bree à travers son réseau de contacts.

Adossé contre le mur, Kevlar avait l'air détendu, mais sa

mâchoire crispée trahissait son impatience. Comme tout le monde, il avait hâte d'entendre toute l'histoire.

— On était dans l'arrière-boutique, en train de trier les vêtements, quand la porte s'est ouverte brusquement, et trois hommes sont entrés, commença Julie.

— Oui, acquiesça Tex. On a vu la vidéo de surveillance, Que s'est-il passé dans le SUV ?

Smiley appréciait que Tex aille droit au but. Certes, tout raconter en détail pouvait avoir une valeur thérapeutique pour Julie et Fiona, mais il avait besoin de *nouvelles* informations.

— Ils ont utilisé une sorte de gaz, expliqua Fiona. L'arrière du SUV était séparé de l'habitacle par une vitre en Plexiglas. On a vu de la fumée... et ensuite, je ne me souviens de rien, même pas d'avoir quitté Riverton.

— On s'est réveillées dans le camion à poulets, poursuivit Julie. On était dans des cages alignées tout au fond. L'odeur était atroce, et on avait juste ces espèces de nuisettes. Nos vêtements et nos traceurs avaient disparu.

— Les cris des poulets étaient assourdissants, et je crois que l'odeur servait à masquer la nôtre, ajouta Fiona. On savait juste qu'on était dans un camion, c'est tout.

— Et Bree, comment allait-elle ? s'enquit Smiley, incapable de se retenir.

— Elle était terrifiée, répondit Julie. On l'était toutes les trois. J'ai suggéré d'essayer de casser le fond en plastique de nos cages. Bree est la seule à avoir réussi. J'imagine qu'il y avait déjà une fissure dans le sien, et que ça l'a aidée.

Smiley caressa la lame improvisée dans sa poche. Il était

fier de Bree, même s'il ne supportait pas qu'elle soit dans cette situation.

— Je suis désolé, lâcha-t-il soudain.

Ils se tournèrent tous vers lui, interloqués.

— Pourquoi ? demanda Fiona.

— J'étais censé veiller sur vous, et je suis sorti de la boutique. Vous étiez seules, c'était l'occasion idéale pour eux.

— Smiley, tu ne pouvais pas savoir. C'est le hasard. Si tu étais resté à l'intérieur, tu aurais pu te faire tirer dessus.

Smiley ricana. Elle était bien indulgente. Ces hommes avaient agi à ce moment précis uniquement parce qu'il était distrait. Il n'avait aucun doute là-dessus.

— Il était au téléphone avec moi, avoua Cookie à sa femme. J'étais furieux parce qu'on n'avait pas été informés que l'homme qui poursuivait Bree était lié à ton enlèvement. Je lui ai passé un savon.

Fiona se redressa pour regarder son mari.

— Bree nous en a parlé. Elle nous a dit que l'homme qui la poursuivait travaillait pour la même organisation.

— Alors ?

— Alors quoi ? demanda Fiona.

— Tu as eu des flashbacks ? Des crises de panique ?

— Non, répondit Fiona. J'étais sous le choc, mais plus en colère qu'autre chose. C'est Bree qui a souffert le plus.

En entendant cela, Smiley avait le cœur serré.

— Et ensuite, que s'est-il passé ? demanda Kevlar. Bree a fabriqué le couteau ?

— J'ai découpé un bout de ma nuisette. Je suis la plus petite, donc c'était moins gênant pour moi. Bree s'est servie du morceau de plastique pour se couper des mèches de cheveux et fixer le tissu. Ensuite, on a attendu.

Ça nous a semblé durer une éternité, poursuivit Fiona. Le camion s'est arrêté, et cette fois, c'était différent, comme si on était arrivées à destination. »

— Il y avait cette lumière rouge à l'intérieur du camion, et quand la porte s'est enfin ouverte, il faisait nuit dehors. La lumière des lampadaires nous faisait mal aux yeux. Un homme est monté dans le camion et a dépassé les cages de poulets qui s'agitaient, affolés. Ou peut-être qu'ils sentaient le mal avancer près d'eux, allez savoir.

— Le plan, c'était de faire en sorte que quelqu'un ouvre nos cages pour qu'on puisse tenter de s'enfuir. Ce n'était pas très élaboré, mais Bree a proposé de faire semblant d'être malade, ou quelque chose comme ça. Je n'étais pas certaine que ça marche. Jusque-là, personne ne s'était soucié de notre bien-être.

Tandis qu'elles racontaient leur calvaire, le regard de Smiley oscillait entre Fiona et Julie. Une haine viscérale le prenait aux tripes, et il lui fallut toute sa maîtrise pour la refouler. Il ne pouvait pas se permettre de laisser ses émotions prendre le dessus. Pas maintenant. Il devait garder son sang-froid, s'imprégner de chaque détail, chaque information.

— L'homme a annoncé à Bree que Fiona et moi avions été vendues en Russie et en Corée du Nord, mais que pour sa part, ils allaient l'emmener dans le complexe privé de leur patron, en Équateur, reprit Julie en frissonnant. C'était un cadeau pour les employés, qui pourraient faire d'elle ce qu'ils voulaient.

— Elle l'a supplié de lui donner de l'eau. Elle faisait semblant d'être terrifiée. En y repensant, elle ne faisait sûrement pas totalement semblant, mais elle s'est montrée soumise, comme si elle était déjà anéantie. Je pense que grâce à ça, le type a baissé la garde. Il a ouvert sa cage et l'a tirée à l'extérieur. Il s'est mis à la toucher, lui peloter la poitrine. C'est là qu'elle a attaqué.

La fierté et l'admiration dans la voix de Fiona n'atténuaient en rien la colère qui submergeait Smiley. Quelqu'un avait osé poser la main sur Bree sans son consentement.

— Elle l'a poignardé, lâcha Julie, les yeux brillants, sans paraître traumatisée par ce qui s'était passé sous ses yeux. En pleine gorge.

— Ensuite, elle lui a donné un coup de genou dans les couilles, ajouta Fiona.

— Il a laissé tomber les clés, et Bree les a lancées à Fiona avant de le poignarder à nouveau dans le cou. Il y avait du sang partout, mais elle ne s'est pas arrêtée. Elle voulait s'assurer qu'il ne se relèverait pas pour appeler de l'aide.

— J'ai ouvert ma cage, je suis sortie à quatre pattes, et j'ai libéré Julie.

— On a entendu un autre gars appeler celui qui gisait à nos pieds, couvert de sang, raconta Julie d'une voix tremblante. Bree nous a dit qu'elle allait le distraire pendant qu'on prenait la fuite.

— On a refusé, mais elle a insisté, enchaîna Fiona.

— Elle nous a demandé de te dire que..., commença Julie, incapable de finir sa phrase.

— Qu'elle t'aime, et que tu es la plus belle chose qui lui soit arrivée, murmura Fiona.

En premier lieu, Smiley ressentit un immense bonheur qui le frappa de plein fouet. Mais rapidement, une vague de terreur le submergea. Il imaginait Bree brandir son couteau de fortune en nuisette, éclaboussée de sang, droite et farouche comme une Valkyrie, prête à se sacrifier pour permettre à ses nouvelles amies de fuir.

Son sacrifice lui était insupportable… mais il n'avait jamais été aussi fier de quelqu'un.

— Elle a sauté sur l'un des hommes à l'arrière du camion en hurlant, comme si elle était possédée, avant de s'enfuir à toute vitesse.

— Tout le monde s'est mis à la poursuivre, conclut tristement Fiona avec un hochement de tête. C'était ce qu'elle voulait. Grâce à elle, on a pu sortir du camion et se cacher.

— Ils vous ont cherchées ? demanda doucement Cookie.

— Oui, répondit Julie. Mais on a rampé d'une voiture à l'autre sans nous arrêter. Elles étaient tellement proches qu'on a réussi à leur échapper. Comme il faisait nuit, ça nous a aidées. Ils se sont vite impatientés. Ils semblaient avoir peur que quelque chose se passe mal, que Bree leur file entre les doigts, même si elle était inconsciente sur l'épaule de l'un d'entre eux. Au bout d'un moment, ils ont abandonné et sont partis vers le quai. Je dirais qu'ils nous ont cherchées pendant une demi-heure, pas plus. Ensuite, ils sont montés sur le bateau, et on ne les a plus revus.

— Quel genre de bateau ? intervint Tex. À quoi il ressemblait ? Il avait un nom ?

— Euh… il n'était pas très grand, répondit Fiona, hésitante.

— Mais pas si petit non plus, ajouta Julie.

— Effectivement. La proue était pointue.

— Il était bleu marine, ou noir...

— Pour moi, il était vert, rectifia Fiona en secouant la tête.

— Et je n'ai vu aucun nom, ajouta Julie.

Les espoirs de Smiley s'amenuisèrent. Comment localiser un bateau dont ils ne savaient rien ?

— Ce n'est pas grave, dit Tex, qui tapait sur son clavier depuis le début du récit.

— Pas grave ? explosa Smiley. On ne sait pas où elle est, ni quel bateau suivre. Comment veux-tu qu'on la retrouve ?

— On sait où elle va, répondit calmement Tex en levant les yeux vers lui. Je sais que tu veux foncer tête baissée et la sauver au plus vite, tant qu'elle est encore sur ce bateau, mais tu as raison. On ignore quel bateau suivre. Par contre, on sait où Castillo l'emmène. On peut aller là-bas et les intercepter.

Smiley aurait dû y penser. Seulement, cette mission était trop personnelle. Il n'arrivait pas à raisonner correctement. Il n'arrivait pas à se débarrasser de l'image de Bree inconsciente sur l'épaule de l'un de ces enfoirés.

Il se tourna vers Cookie.

— Il faut ramener Fiona et Julie.

Cookie hésita, visiblement partagé.

— Appelle ton équipe. Fais-les venir. Le bateau mettra un moment à atteindre l'Équateur, même si c'est un hors-bord – et à en croire ce qu'elles décrivent, c'est le cas. Il leur faudra au minimum trois jours.

Il n'avait pas tort.

— C'est déjà en cours, répondit Tex. Je suis en contact

avec votre commandant. Ton équipe peut décoller à quatorze heures. Ils te rejoindront là-bas.

— On a besoin de toi aussi, Tex, dit Smiley.

Tex secoua la tête.

— Je suis trop vieux pour ce genre de conneries. Je rentre avec Cookie, Fiona et Julie. J'irai au QG et je bosserai avec le commandant, Ryleigh et Beth. Ton équipe sera sur le terrain, et moi, je surveillerai Castillo depuis les airs, et sur le plan numérique. On va la récupérer, et démanteler cette foutue organisation. J'ai aussi pris contact avec quelqu'un que tu auras sûrement envie d'entendre.

— Qui ? demanda Kevlar.

— Il s'appelle Rex. Il fait partie des *Mountain Mercenaries*.

— Le type dont la femme a été enlevée par del Rio ? demanda Cookie.

— Lui-même. Il n'est pas ravi d'apprendre que Castillo reprend le flambeau de son ennemi juré. Il croyait cette organisation morte et enterrée. Mais quand il a appris que Castillo l'avait relancée en Équateur, ça l'a mis dans une colère noire. Il t'appellera quand tu seras sur place pour te donner toutes les infos, et t'aider à monter ton QG.

Smiley serait content de pouvoir lui parler. C'était incroyable que Rex ait retrouvé sa femme vivante au bout de dix ans, et cela lui redonnait espoir. Bree était forte, bien plus qu'elle ne le pensait. Si quelqu'un pouvait survivre à une telle épreuve, c'était bien elle.

— J'ai des billets pour vous deux, annonça Tex. Départ à dix-neuf heures. Ça vous laissera le temps d'élaborer un plan, et de souffler un peu. Notre vol pour la Californie du Sud décolle à peu près à la même heure.

— Et ça ne pose pas problème qu'on n'ait pas nos passeports ? demanda Fiona en esquissant un léger sourire.

— Bien sûr que non, répondit calmement Tex.

— Je me souviens avoir déjà entendu ça, murmura Fiona.

— Ça ne posait pas problème à l'époque, et aujourd'hui non plus. D'ailleurs, le passeport de Bree t'attendra à l'aéroport, précisa Tex à Smiley. J'ai un contact sur place. Il récupérera la Jeep et les armes, et vous fournira les papiers d'identité. En Équateur, un autre contact vous attendra à la sortie de la douane, avec un panneau *M. Hill*. Il vous accompagnera, et vous fournira tout le nécessaire une fois sur place.

Tex était un peu intimidant, mais Smiley n'avait jamais été aussi heureux d'avoir un homme tel que lui à ses côtés.

— Des traceurs ? demanda Kevlar.

Tex soupira en fronçant les sourcils.

— Je n'en ai pas sur moi. Comme vous vous en doutez, je suis parti précipitamment. Tout s'est enchaîné très vite avec Ensenada, et même si Wolf doit en avoir des dizaines chez lui, je n'ai pas pu en récupérer.

— J'ai les miens, dit Smiley.

— Tu as retrouvé nos traceurs ? demanda Fiona. Quand on s'est réveillées, tous nos bijoux avaient disparu.

Cookie hocha la tête.

— La plupart ont été désactivés, mais j'ai récupéré vos bagues. Le signal est faible, mais toujours présent. C'est ce que Ryleigh m'a dit.

Il sortit les alliances de sa poche.

— Donne-moi ta main.

Fiona obéit, et Cookie lui remit son anneau avant de porter sa main à ses lèvres pour l'embrasser.

Julie récupéra ses boucles d'oreilles auprès de Kevlar, et les regarda avec une légère tristesse : elles étaient tordues, abîmées.

— Je m'arrangerai pour que ton équipe ait ses traceurs avant de partir pour l'Amérique du Sud, dit Tex, les yeux rivés sur son écran. Castillo est foutu. Il s'en est pris aux mauvaises personnes. Il aurait dû comprendre que s'il ne s'en était pas tiré comme ça la première fois, et il n'y a aucune chance qu'il s'en tire cette fois-ci non plus. On ne déconne pas avec les Navy SEALs. Point barre.

— *Hoo-ah*, soufflèrent Cookie et Kevlar.

Mais Smiley était trop concentré sur la suite pour répéter le cri caractéristique de la Navy. C'était déjà une avancée d'élaborer un plan, mais il ne supportait pas de devoir attendre l'après-midi pour quitter le Mexique. Il savait bien que le bateau de Bree ne pouvait pas voler jusqu'en Équateur, ça ne l'apaisait pas.

Ils devaient déterminer où il accosterait. L'Équateur était vaste, et connaître l'emplacement du complexe de Castillo ne garantissait pas de retrouver la trace du bateau. Tex était doué, mais pas devin.

Ou peut-être que la chance serait enfin de leur côté, qu'ils parviendraient à intercepter le bateau dès son arrivée au port, et à mettre un terme à tout ça sans avoir à s'engouffrer dans cette foutue jungle.

Smiley n'oserait jamais l'avouer, mais il détestait la jungle. Il était dégoûté par les insectes. Quant aux serpents il ne voulait pas en entendre parler. Mais s'il fallait en affronter mille pour ramener Bree saine et sauve, il le ferait sans hésiter.

Après avoir serré Fiona et Julie dans ses bras en leur disant combien il était soulagé qu'elles s'en soient sorties, Smiley regagna sa chambre. Il avait besoin d'être seul pour se vider la tête, réfléchir à un plan, et évacuer le stress.

Une fois cette phase terminée, il serait prêt à s'envoler pour l'Équateur et à redevenir le Navy SEAL qu'il avait toujours été. Car cette mission... était la plus importante de sa vie. Et il n'avait pas la moindre intention d'échouer.

15

C'était officiel : Bree avait le mal de mer. Elle se sentait au plus mal. S'échapper était la dernière chose à laquelle elle pensait. Elle n'avait plus rien dans le ventre, mais elle était prise de haut-le-coeur... ce qui, en un sens, était une forme de bénédiction, car ses ravisseurs ne voulaient pas l'approcher. Elle les dégoûtait.

La plupart du temps, ils la laissaient tranquille. Ils préféraient rester à l'écart de la petite cabine où se trouvait sa cage, qui sentait désormais le vomi et la sueur. À sa grande surprise, ils lui avaient également laissé de l'eau. Ils n'en avaient pas fait autant lorsqu'elles étaient dans ce foutu camion rempli de poulets.

Mais elle n'était plus en état d'apprécier le geste. Elle essayait de s'hydrater, mais généralement, elle vomissait aussitôt. Bree était faible, désorientée, et tellement lasse d'être à bord de ce bateau qu'elle avait presque hâte d'arriver en Équateur. C'était pathétique, car cela marquerait aussi le début de son *véritable* calvaire. Mateo l'attendait sûrement là-bas, et se ficherait pas mal de son état.

La seule chose qui l'empêchait de sombrer complètement, c'était de penser à Smiley et aux filles. Elle n'avait aucun moyen de savoir si elles s'en étaient sorties, mais d'après le comportement des hommes qui l'avaient passée à tabac et les bribes de conversation qu'elle avait réussi à comprendre, ils étaient terrifiés à l'idée de revoir Mateo. Elle espérait que c'était parce qu'ils ne les avaient pas retrouvées.

Les Navy SEALs les avaient sûrement localisées entre temps. Julie et Fiona avaient peut-être trouvé un téléphone pour appeler Wolf, Tex, ou quelqu'un d'autre. Cette idée fit naître un sourire sur ses lèvres, malgré la douleur que lui valait ce simple mouvement.

Son visage était un vrai champ de bataille. Il était couvert de bleus et d'enflures. Est-ce que son apparence rebutait les sbires de Mateo ? Elle laissa échapper un soupir. Bien sûr que non. Des types capables de violer des femmes séquestrées se fichaient pas mal que leur victime soit couverte d'ecchymoses, ou qu'elle les supplie d'arrêter. Ils feraient ce qu'ils voulaient sans se soucier des conséquences.

Bree chassa ces pensées de son esprit, et sentit son ventre se révulser à nouveau quand le bateau retomba lourdement au creux d'une vague. Elle fut prise d'une nouvelle série de haut-le-coeur. Elle était dans un état pitoyable. Des larmes s'échappaient de son œil encore valide et glissaient sur sa joue. À ce stade, elle était prête à tout pour une brosse à dents, et pour que le bateau arrête de tanguer.

Elle avait perdu toute notion du temps. Elle ne pouvait que fermer les yeux et prier pour que ce supplice prenne fin au plus vite. Cependant, elle devait rester prudente quant à ses souhaits... Ce qui l'attendait sur la terre ferme serait sans doute cent fois pire que ce qu'elle endurait sur le bateau.

Incapable d'imaginer que son état pouvait s'empirer, Bree fit la seule chose qui était encore en son pouvoir ; elle ferma son œil valide, se recroquevilla, et pria pour s'endormir, pour échapper à cet enfer ne serait-ce qu'un instant.

* * *

Smiley était nerveux ; ou plutôt, en pleine panique. Il se trouvait en Équateur avec Kevlar, dans la ville de Guayaquil, où selon Tex, Castillo attendrait Bree. Mais s'il se trompait...

Smiley préférait ne pas envisager cette possibilité. Guayaquil, avec ses 2,2 millions d'habitants, était la plus grande ville du pays. C'était aussi le principal carrefour d'import-export. La ville abritait le port principal du pays, où la majorité des bateaux transitaient. Pour un type comme Castillo, c'était l'endroit rêvé. Elle abritait le principal port du pays, où la majorité des navires entraient et sortaient. Ce qui en faisait l'endroit idéal pour Castillo. Il y avait fort à parier qu'un bon nombre de dockers avaient reçu des pots-de-vin pour fermer les yeux sur ce qu'ils voyaient ou entendaient.

Le port de Guayaquil représentait à lui seul 90 % du flux commercial du pays, même s'il existait d'autres petits ports et marinas. Smiley ignorait totalement où le bateau allait accoster.

À leur arrivée, il était presque trois heures du matin. Ils avaient rencontré le contact local de Tex, qui les attendait de l'autre côté du poste de douane, comme prévu. Il n'était pas très bavard, et se contenta de leur adresser un signe de tête avant de les accompagner jusqu'à son pick-up.

Leur guide se gara dans le parking souterrain d'un grand immeuble À l'entrée, un type avait surgi de nulle part pour lui ouvrir la lourde grille métallique. Smiley se disait qu'ils pourraient disparaître à leur tour, victimes de la guerre des gangs qui secouait le pays. Mais il était prêt à prendre n'importe quel risque pour avoir une chance de retrouver Bree.

Le guide sortit du véhicule et leur fit signe de le suivre. Dans le couloir sombre qu'ils empruntèrent, Smiley se sentit mal à l'aise. Mais il ne se passa rien. L'homme ouvrit simplement une autre porte et les invita à entrer.

À l'intérieur, il y avait des armes partout. C'était une véritable caverne d'Ali Baba pour mercenaires.

— Choisissez ce qui vous convient, leur dit l'homme.

Kevlar et Smiley ne se firent pas prier. Ils attachèrent immédiatement des couteaux dentelés à leurs cuisses grâce aux étuis prévus à cet effet, et des armes de poing vinrent garnir chaque poche disponible. Ils s'équipèrent également d'autant de fusils possible en bandoulière. Il leur fallait des armes en quantité suffisante pour eux et le reste de l'équipe. S'ils se fiaient à l'état du pays, ils allaient avoir besoin de tout un arsenal.

Leur guide approuva d'un signe de tête avant de saisir une caisse que Smiley avait déjà remarquée. Elle débordait de munitions. S'il leur fallait attaquer le repaire de Castillo, c'était essentiel.

D'après les informations de Tex, Castillo avait établi son quartier général dans la jungle amazonienne. La ville la plus proche était Coca, qui disposait d'un petit aéroport. S'ils ne retrouvaient pas Bree à Guayaquil, Tex avait déjà prévu un vol vers l'aéroport *Francisco de Orellana*. Ensuite, ils marcheraient jusqu'au repaire de Castillo. Smiley n'avait pas vraiment hâte de se retrouver dans la jungle, mais il était prêt à aller jusqu'en enfer pour retrouver Bree.

Une fois armés jusqu'aux dents, l'homme les raccompagna jusqu'au parking, où un véhicule monstrueux les attendait. Il avait d'énormes pneus, et des plaques d'acier soudées à la carrosserie. C'était un SUV surpuissant, comparable à un char d'assaut.

Smiley était impressionné.

Ils chargèrent rapidement les armes, leurs sacs, les munitions, et une grande caisse de vivres. Leur contact avait l'air de les préparer pour une longue expédition – Smiley n'allait pas s'en plaindre. Ils n'avaient rien mangé depuis leur arrivée à Ensenada ; ils étaient trop concentrés sur la recherche du bateau et la planification de la mission.

Castillo aurait pu choisir un port plus discret comme celui de Manta, puis remonter vers Quito avant de gagner Coca. Mais Guayaquil avait l'avantage d'être une ville en proie au chaos. C'était un climat parfait pour s'adonner au trafic d'êtres humains sans attirer l'attention, et Castillo avait sûrement des contacts sur place prêts à fermer les yeux. Sans compter que d'après leurs informations, Bree n'était peut-être pas la seule victime à bord.

Tandis qu'ils terminaient le chargement, le bruit de la grille métallique les fit sursauter. Ils se retournèrent aussitôt, la main sur leur arme. Un van entra dans le parking, mais leur guide n'avait pas l'air inquiet. Smiley fit de son mieux pour ne pas tirer de conclusions hâtives.

Quand les portières s'ouvrirent et que le reste de l'équipe sortit, il ressentit un immense soulagement.

Blink se précipita vers lui, le serra fermement dans ses bras, puis posa les mains sur ses épaules et le regarda droit dans les yeux.

— On va la sortir de là. Bree est l'une des nôtres, et on ne va pas laisser un salaud nous prendre ce qui nous appartient.

Certains auraient tiqué sur le choix des mots, mais Smiley avait du mal à contrôler ses émotions. Il avait ressenti la même chose quand Josie avait disparu, comme pour toutes les compagnes de ses frères d'armes. Elles faisaient partie de la famille.

— Merci, murmura-t-il, la gorge nouée.

Les autres s'approchèrent et formèrent un cercle. Sans dire un mot, chacun posa une main sur son épaule, sur son bras, dans son dos. Leur soutien était exactement ce dont Smiley avait besoin. Ensemble, ils étaient invincibles. Ils avaient vécu l'enfer, et s'en étaient sortis vivants. Ils allaient retrouver Bree, et tuer ce connard de Castillo pour qu'il ne puisse plus jamais faire de mal à une femme.

— Les armes sont dans le SUV, annonça Kevlar au bout d'un moment.

Safe, MacGyver et Flash hochèrent la tête avant de se diriger vers le véhicule. Une fois tout le monde équipé, ils montèrent à bord.

— Par où on commence ? demanda Safe.

— Le motel. On dépose le matos, et je vous fais un briefing. Ensuite, au lever du soleil, on ira sur le port, deux par deux, pour repérer les lieux. Tex a envoyé la liste de tous les hors-bords qui se dirigent vers Guayaquil. On ignore lequel est le bon, mais ça nous aidera de savoir à quel endroit ils vont accoster. D'après ses calculs, ils devraient arriver demain ou après-demain. S'ils font des escales, ça pourrait prendre jusqu'à trois ou quatre jours. Et si on ne retrouve pas Bree d'ici là, on file directement au complexe de Castillo en Amazonie.

Smiley n'osait pas penser à l'état dans lequel serait Bree d'ici quatre jours... ni à ce que Castillo pourrait lui faire s'il l'emmenait dans son repaire. Il chassa ses images de son esprit. Elles risquaient de le paralyser. Bree était forte, mais même la plus forte des femmes pouvait craquer.

Kevlar s'installa au volant du SUV, puis jeta un regard par-dessus son épaule.

— Flash, fais en sorte que Smiley mange quelque chose, tu veux bien ?

Agacé, Smiley lança un regard noir à son chef d'équipe. Il n'avait aucune envie d'avaler quoi que ce soit. À vrai dire, l'idée même le dégoûtait. Mais Flash ne lui laissa pas le choix. Il sortit une boisson protéinée de la caisse et la lui tendit.

Smiley songea à refuser, mais il savait que ses coéquipiers étaient aussi têtus que lui. Ils ne le lâcheraient pas tant qu'il n'aurait pas bu cette foutue boisson. Il arracha la bouteille des mains de Flash et la but d'une traite.

C'était infect, mais il ne pouvait nier qu'avec quelque chose dans le ventre, les nausées commencèrent à s'atténuer.

MacGyver donna une barre de céréales à Kevlar tandis que le SUV sortait du bâtiment et que la grille se refermait derrière eux. Les yeux rivés sur le pare-brise, Smiley inspira profondément et pria pour qu'ils ne rencontrent aucun obstacle sur le chemin du motel. Il espérait que la chance serait de leur côté, qu'ils trouveraient un indice leur indiquant sur quel bateau se trouvait Bree, et à quel moment il accosterait.

* * *

Deux jours plus tard, les prières de Smiley n'avaient pas encore été exaucées. Les sept hommes avaient écumé le port à la recherche du moindre signe de Bree sur l'un des hors-bords qui avaient accosté, ou du moindre mouvement suspect. Leur tâche était d'autant plus compliquée qu'ils ne savaient pas exactement ce qu'ils cherchaient. Jusqu'à présent, ils n'avaient pas la moindre piste.

Trois d'entre eux s'étaient retranchés dans un motel qui, aux États-Unis, aurait à peine mérité une étoile. Les quatre autres étaient restés en planque sur le port.

Kevlar, Smiley et Blink étaient censés dormir un peu avant de prendre la relève, mais aucun d'entre eux n'arrivait à fermer l'œil. Le quartier où se trouvait le port faisait partie des zones fortement déconseillées par le Département d'État – et par toute personne dotée d'un minimum de bon sens.

C'était un quartier pauvre, gangréné par la violence. Toutes les vingt minutes, des coups de feu retentissaient à travers les murs de leur chambre, à quelques pâtés de maisons seulement de l'entrée du port. De temps en temps, ils entendaient aussi des cris, et même parfois des explosions. Smiley avait aperçu des enfants dans les ruelles. Ils allaient et venaient à proximité du bâtiment délabré, et leur condition lui brisait le cœur. Ils n'avaient connu que la misère. La vie était tellement injuste.

La sonnerie du téléphone de Kevlar rompit le silence. Les trois hommes, perdus dans leurs pensées, dressèrent aussitôt la tête.

— Kevlar à l'appareil. Ok, j'active le haut-parleur. Tu peux y aller.

— Je m'appelle Rex. Je suis à la tête des *Mountain Mercenaries*, dans le Colorado. Tex m'a dit que vous étiez en Équateur, à la recherche d'un certain Mateo Castillo ?

— Exact. Il a enlevé la compagne de Smiley. Il l'a achetée à son ex petit ami à Las Vegas, et il la traquait depuis un moment.

— Vegas... Ça ne m'étonne pas, c'était le terrain de chasse préféré de del Rio. Tex m'a dit que Castillo avait repris ses activités et les avaient transférées en Équateur, c'est bien ça ?

— De ce qu'on en sait, oui, confirma Kevlar.

— Quel enfoiré... Bon, je vais vous dire tout ce que je sais sur del Rio : comment il gérait son trafic, la rotation des gardes, les endroits où les femmes étaient enfermées, leurs conditions de détention. Tout. Avec un peu de chance, ça vous servira, et vous ferez tomber ce connard de Castillo une bonne fois pour toutes. Il faut envoyer un message clair : une fois qu'on lui aura arraché les couilles et qu'on les lui aura fait bouffer, quiconque essaiera de reprendre le flambeau subira le même sort, peu importe où il se planque.

Smiley approuvait la colère à peine contenue de Rex. Sa haine envers tous ceux qui participaient de près ou de loin au trafic sexuel était presque palpable. Comment aurait-il pu en être autrement ? Sa femme avait été séquestrée et torturée pendant des années.

Une heure plus tard, Smiley avait le ventre révulsé, et son envie de mettre la main sur Castillo était plus forte que jamais.

Mais désormais, il comprenait mieux les rouages financiers du trafic sexuel : la manière dont les clients étaient contactés et dont l'argent transitait. À l'heure actuelle, Tex et ses collègues suivaient sûrement les transactions à la trace. Leurs objectifs étaient clairs : coincer le plus d'individus possible, et retrouver Bree.

Mais Smiley n'avait qu'une priorité : sa compagne. Évidemment, il se souciait des autres victimes de Castillo, mais il était prêt à tout pour que Bree ne passe pas une seconde de plus entre les mains de ces salauds.

Rex avait proposé les services de ses mercenaires, mais Kevlar avait décliné. Leur présence attirait déjà suffisamment l'attention. Avec six hommes supplémentaires, les autorités locales les remarqueraient forcément.

Quand Kevlar raccrocha, Smiley bouillait d'impatience. Il voulait retourner au port sur-le-champ. Il avait envie d'agir. Il ne supportait plus d'attendre en s'imaginant des scénarios cauchemardesques à propos de la femme qu'il aimait.

Kevlar pianota sur l'écran de son téléphone sans dire un mot avant de lever les yeux.

— À nous de jouer.

Enfin.

Smiley se leva d'un bond, reconnaissant que leur chef partage sa fébrilité. Après s'être assuré que son équipement était toujours bien en place, il se dirigea vers la porte, plus déterminé que jamais à trouver le bateau et à libérer Bree de ces hommes assez dégénérés pour gagner leur vie en kidnappant des innocentes.

S'ils touchaient un seul de ses cheveux... que Dieu leur vienne en aide. Leur mort serait lente et douloureuse. Il voulait qu'ils souffrent autant que lui à cet instant, et autant que Bree.

* * *

Bree se demandait si elle allait retrouver un semblant de normalité un jour. Elle était malade depuis si longtemps qu'elle y voyait à peine – ou peut-être était-ce à cause de sa blessure à l'œil. Elle avait aussi terriblement mal aux côtes. Les haut-le-coeur à répétition n'avaient pas épargné sa côte fêlée.

Heureusement, elle n'avait pas vomi depuis un jour au moins. Elle avait réussi à garder l'eau et les biscuits qu'on lui avait donnés. Elle avait encore faim, mais elle sentait littéralement chaque cellule de son corps s'imprégner de l'eau qu'elle buvait à petites gorgées.

Elle se sentait encore un peu vaseuse, et ses douleurs restaient vives, mais au moment où le bateau se mit à ralentir, elle aperçut des lumières à travers le petit hublot, et son cœur s'emballa.

Ils étaient arrivés.

Où exactement, elle n'en avait aucune idée. Elle suppo-sait que c'était la côte équatorienne, mais elle n'avait aucune indication précise. Quoi qu'il en soit, sa seule chance d'échapper à l'enfer que Castillo lui réservait était de s'en-fuir avant d'arriver dans son fameux *complexe*.

D'après ce qu'elle avait compris, il se trouvait dans la jungle amazonienne, loin de toute civilisation. Les clients arrivaient dans la ville la plus proche, prétextant des vacances ou une autre excuse bidon. Ensuite, on les escortait jusqu'au complexe, où ils pouvaient s'adonner à n'importe quelle pratique sexuelle, moyennant finance. Plus ils payaient, plus ils étaient libres de faire des femmes ce qu'ils voulaient.

C'était à la fois répugnant... et terrifiant. Même si, d'après l'homme qu'elle avait tué, elle n'était pas destinée aux clients mais aux employés, elle n'était pas rassurée le moins du monde. À vrai dire, cela lui semblait presque pire.

Bon sang, elle divaguait complètement. La situation était tout bonnement monstrueuse.

Elle devait absolument s'enfuir avant d'arriver dans la jungle. Elle n'était clairement pas faite pour ce genre d'en-droit. Elle avait une peur bleue des insectes. Quant aux serpents... elle n'osait même pas y penser.

Sur le pont, les hommes s'affairaient pour préparer le bateau à accoster. Bree chercha frénétiquement le moindre objet qui pourrait lui être utile. Manifestement, sa cage était fixée au sol de manière permanente, maintenue par des boulons pour éviter qu'elle glisse à cause de la houle.

Cela jouait en sa faveur. À un moment ou à un autre, ils allaient forcément devoir la sortir de là.

Ils la croyaient totalement affaiblie et terrifiée, surtout après l'avoir vue malade durant tout le voyage. Elle n'était pas en grande forme, certes, mais cela ne l'empêcherait pas de tout faire pour échapper à ces salauds. Elle était prête à nager jusqu'aux États-Unis, s'il le fallait.

D'accord, peut-être pas. Elle n'était pas une excellente nageuse.

Des voix à l'extérieur la firent sursauter. Le moment était venu. Ils étaient en train d'accoster. Pendant un instant, elle fut prise de panique. Pour qui se prenait-elle ? Elle n'était pas Superwoman. Elle ne pouvait pas affronter trois hommes à elle seule, elle en avait déjà fait les frais. Elle n'avait plus son couteau en plastique, et ses côtes la faisaient affreusement souffrir. Après tout ce temps enfermée dans cette cage sans manger, ou presque, elle doutait même de pouvoir tenir debout.

Elle pensa à Smiley, à son sourire, au son de sa voix quand il lui disait combien il était fier d'elle, ou qu'il lui ordonnait d'arrêter de s'apitoyer sur son sort.

Cela fit son effet. Elle voulait que Smiley soit fier d'elle, quitte à se sortir de là toute seule.

Peu après, l'un des hommes qui l'avaient passée à tabac fit irruption dans la cabine. Sans dire un mot, il ouvrit le cadenas de la cage.

Le cœur de Bree battait si fort qu'elle se sentait étourdie. Son corps tout entier tremblait sous l'effet de l'adrénaline. L'homme passa une main dans la cage et la tira à l'extérieur comme un vulgaire objet.

Elle chancela, mais contracta les muscles de ses jambes pour ne pas tomber. On la traîna hors de la cabine sous la nuit étoilée, et la première bouffée d'air frais depuis des jours lui donna un second souffle. Une fois au bord du bateau, on la confia à un autre homme, qu'elle ne connaissait pas. Il la força à avancer vers le rivage, tandis que derrière eux, les trois autres préparaient le bateau à repartir.

Intérieurement, elle esquissa un sourire. Elle ne savait pas ce que ses ravisseurs avaient dit au nouveau venu, mais elle pria pour qu'il la sous-estime. Elle était consciente qu'elle faisait peine à voir, et elle comptait bien en profiter.

Tandis qu'il l'emmenait le long de la jetée vers une camionnette, Bree regarda autour d'elle, l'esprit en ébullition. C'était maintenant ou jamais. Une fois dans cette camionnette, tout serait fini.

Elle aurait donné n'importe quoi pour avoir des chaussures, ou même un simple T-shirt. Elle grimaça en marchant sur un objet tranchant.

Quitte à rêver, elle aurait aimé que Smiley surgisse du bâtiment qui se trouvait devant eux pour coller une balle dans la tête de ce connard.

À chaque pas en direction du bout de la jetée, son cœur s'emballait de plus belle. À présent, elle devait être en zone dangereuse. Elle réfléchissait à la meilleure manière de dégager son bras de l'étreinte de son ravisseur.

Quand ils atteignirent le parking, sont pied heurta de nouveau quelque chose de pointu. Elle poussa un cri, et s'accroupit instinctivement pour voir ce qui l'avait blessée.

À sa grande surprise, l'homme s'arrêta également.

La tête de Bree se retrouva pile à hauteur de son entrejambe.

Elle n'avait pas prévu cela, mais elle réagit sans même y

penser. Le coup de poing partit tout seul. Elle frappa le type dans les parties de toutes ses forces.

Elle avait mal à la main, mais par miracle, cela porta ses fruits : l'homme hurla et se plia en deux, les mains entre les cuisses.

Elle n'en revenait pas. C'était la deuxième fois qu'un coup à cet endroit fonctionnait.

Elle se mit à courir, sans même savoir où elle allait. Elle voulait juste s'éloigner de cette foutue camionnette, synonyme d'une mort lente, douloureuse et humiliante. Elle n'était pas encore prête à mourir.

Elle ne sentit même pas les cailloux et les éclats de verre sous ses pieds, ni la douleur au niveau de ses côtes. Elle agissait comme un animal acculé qui cherchait désespérément à fuir.

La chance était de son côté : le port était mal éclairé, et visiblement désert. Elle ignorait si le soleil allait bientôt se lever, mais cela n'avait pas d'importance. Ses ravisseurs comptaient sur l'obscurité pour dissimuler leurs trafics, et elle en tirerait partie pour leur échapper.

Derrière elle, l'homme criait, mais elle ne s'arrêta pas. Elle courait comme si sa vie en dépendait... et c'était le cas. Elle se faufila entre les voitures sur le parking, se cacha derrière des petites cabanes en tôle et en bois, sans jamais s'arrêter. Elle avait l'impression de courir depuis une éternité.

Soudain, elle heurta un grillage de plein fouet.

— Merde ! pesta-t-elle.

Elle regarda à droite, à gauche... La clôture s'étendait à

perte de vue – du moins, d'après ce qu'elle pouvait distinguer dans la pénombre.

Foutues clôtures ! C'était la deuxième fois qu'un grillage l'empêchait de s'échapper.

Une vague de désespoir la submergea. Elle ne pouvait pas passer sous la clôture en rampant, ni l'escalader : le sommet était recouvert d'un fil barbelé en spirale, comme dans les prisons.

Elle étouffa un sanglot, puis s'élança le long du grillage. Il devait bien y avoir une ouverture quelque part, un accès pour les voitures. Mais plus elle avançait, plus elle était inquiète. Ce port semblait interminable.

Derrière, les voix se rapprochaient. Ils étaient plusieurs, à présent.

Merde ! Il était hors de question qu'elle revienne sur ses pas.

Elle fut rapidement à bout de souffle, et chacun de ses pas devint une véritable torture. Chaque fois qu'elle respirait, elle avait l'impression d'avaler des clous. Ses jambes tremblaient, et son corps menaçait de lâcher à tout moment.

Non, pas maintenant, si près du but.

Mais sa volonté ne suffisait plus. Bree tomba à genoux, lourdement, en étouffant un cri. Elle resta au sol, haletante, les mains et les genoux meurtris.

Elle était épuisée. Elle avait tout donné, et finalement, elle allait échouer. Non... Pas encore. Elle essaya de se relever pour reprendre sa course, mais ses membres refusèrent de bouger.

Dans un dernier sursaut, elle se traîna à quatre pattes derrière un grand tas de débris : un amas de terre, de feuilles et de pierres, sûrement déplacés à l'aide d'un bulldozer. Elle pourrait peut-être s'en servir pour se cacher.

Les voix se rapprochaient inexorablement.

À sa grande surprise, la matière se révéla souple et friable. Elle se retourna et se plongea dedans. Rapidement, ses jambes disparurent sous les débris.

Elle s'agita pour se couvrir autant que possible. Elle parvint à enfouir l'ensemble de son corps, sauf la tête et les épaules.

Elle prit conscience qu'elle était en train de s'enterrer vivante, et de faciliter la tâche de ses poursuivants, qui n'auraient plus qu'à la frapper et recouvrir son corps pour le dissimuler.

Une fois de plus, elle pensa à Smiley.

Déterminée à mettre toutes les chances de son côté, Bree ramassa un peu de terre autour d'elle, puis se frotta les cheveux et les épaules avec pour se fondre davantage dans la terre et les gravats.

Les voix étaient maintenant très proches, juste derrière sa cachette. Elle baissa la tête, retint son souffle, et pria pour que ses poursuivants passent sans la repérer.

16

Lorsque le cri du premier homme retentit, Smiley tourna brusquement la tête dans sa direction. Blink et Kevlar étaient partis vers l'un des petits quais au sud, et il était resté en planque au niveau d'un plus grand quai. Il commençait à réaliser qu'ils ne retrouveraient peut-être pas Bree. Cette simple idée le paralysait. À Ensenada, ils étaient si près du but, de mettre un terme à tout cela une bonne fois pour toutes.

Mais au fond de lui, il refusait d'abandonner, comme lorsqu'il cherchait Bree sans relâche aux États-Unis. Elle était là, sous son nez, depuis le début. Il lui suffisait d'un signe, un infime coup de chance, pour pouvoir agir.

Ces cris étaient peut-être le coup de chance tant attendu. Il était tard... ou tôt le matin. Même si le port était actif en permanence, il n'avait jamais entendu ce genre de cris au beau milieu de la nuit.

Il s'élança silencieusement entre les caisses, les véhicules et les conteneurs éparpillés sur le quai. Contrairement aux ports américains, il n'y avait pas beaucoup de supervision, ni d'entretien. Des bulldozers rouillaient sur place, et des tas de gravats jonchaient le sol. De toute évidence, un grand chantier avait été lancé, puis abandonné.

Smiley esquiva les tas de bois, de béton et de terre, à la recherche de l'homme qu'il avait entendu hurler de douleur… mais plus il s'éloignait de l'eau, plus le doute s'immisçait. Était-il en train de se jeter dans une impasse ? Et s'il ratait le bateau sur lequel Bree se trouvait ?

Il aurait dû rebrousser chemin, ou contacter Blink et Kevlar pour se coordonner avec eux et comprendre ce qui se passait.

Mais quelque chose le poussait à continuer, à s'éloigner du quai qu'il surveillait.

Bientôt, il atteignit la limite du port, délimitée par une haute clôture grillagée pour des raisons de sécurité. Soudain, trois hommes firent leur apparition, manifestement à la recherche de quelque chose. Le cœur de Smiley s'emballa. À l'exception des faisceaux de leurs lampes qui balayaient le sol, tout était plongé dans le noir.

Smiley évita de justesse un amas de gravats qui l'aurait plongé tout droit dans leur champ de vision. Les trois hommes longeaient la clôture en éclairant les alentours. En plissant les yeux pour essayer de distinguer ce qu'ils observaient, il aperçut des empreintes dans la terre.

Une lueur d'espoir jaillit en lui, même s'il n'avait aucune raison de penser que ces traces étaient celles de Bree. Il n'avait repéré aucun bateau, mais le port était gigantesque, et des dizaines de quais échappaient à leur surveillance.

Les trois hommes avaient l'air nerveux, presque fébriles. Au moment où Smiley sortait son téléphone pour prévenir Kevlar, l'un d'eux poussa un cri triomphant.

Il se précipita vers le monticule principalement constitué de terre et se mit à fouiller dedans.

Le son qui s'ensuivit lui glaça le sang : un cri de terreur et de désespoir, qu'il n'oublierait jamais.

Bree !

Sans réfléchir une seconde, il s'élança vers eux à toute vitesse.

L'homme qui avait trouvé Bree la tirait de sa cachette par le bras. Elle se débattait de toutes ses forces, projetant de la poussière autour d'elle, sans parvenir à se libérer.

Les deux autres hommes se contentaient de rire, convaincus que leur collègue pouvait la maîtriser seul.

Smiley s'en prit d'abord à eux. Il se faufila derrière le plus grand, dégaina le couteau fixé à sa cuisse, et lui trancha la gorge d'un coup sec. Avant même que son corps ne touche le sol, il s'était déjà tourné vers l'autre.

Sans l'effet de surprise, le deuxième homme était un peu mieux préparé, mais il n'était pas de taille face à un Navy SEAL enragé qui entendait encore les cris de sa compagne dans sa tête.

Smiley planta le couteau si profondément dans sa poitrine que l'homme tomba face contre terre, et qu'il dut abandonner son arme.

Il se tourna vers le dernier, celui qui osait poser les mains sur Bree.

Tous les muscles de son corps se contractèrent. Le type tenait Bree en clé de bras. Elle avait la tête renversée en arrière, à tel point qu'elle ne pouvait pas faire face à son agresseur. Ses pieds touchaient à peine le sol, et des sons étranglés sortaient de sa gorge.

Entre les gémissements de Bree, l'odeur de sel et de poisson mort, le sang sur ses mains, le goût amer de la peur... et la vision de la femme qu'il aimait, pratiquement nue, recouverte de terre, les sens de Smiley étaient en ébullition. Une bretelle de la nuisette de Bree pendait, dévoilant l'un de ses seins. Elle était pieds nus, comme Fiona et Julie au chantier naval.

C'était précisément cette absence de chaussures qui le frappait le plus.

— Recule ! lui ordonna l'homme.

Mais Smiley n'avait pas du tout l'intention d'obéir, ni de perdre du temps à discuter avec ce salaud, ou de lui laisser une chance de faire encore du mal à Bree.

D'un mouvement fluide, il dégaina son arme de poing, la braqua sur l'individu, et l'abattit d'une balle dans la tête.

Il tomba comme une pierre, entraînant Bree dans sa chute.

Smiley se précipita pour la dégager. À genoux, il arracha le corps inerte de l'homme, puis la serra longuement contre lui, incapable de la lâcher, jusqu'à ce qu'elle laisse échapper un faible gémissement.

Il la lâcha aussitôt.

— Bree ?

— Smiley... tu es là, murmura Bree d'une voix rauque.

— Bien sûr que je suis là. Je t'ai dit que je viendrais, quoi qu'il arrive.

— Comment... comment tu as fait ? demanda-t-elle.

Smiley fronça les sourcils. Elle avait l'air d'être ailleurs.

— Tu es blessée ? aboya-t-il, regrettant aussitôt d'être aussi ferme.

Bree ne sembla même pas l'entendre. Elle cligna d'un œil – l'autre était tellement enflé qu'il restait fermé.

Il les avait tués trop vite. Bien trop vite.

— Bree ? Réponds-moi. Où est-ce que tu as mal ?

— Euh... partout. Et j'ai tellement faim...

Il croyait avoir tout enduré, mais le désespoir et la peur dans la voix de Bree lui brisa le cœur.

— J'ai de quoi manger dans la voiture. Allez, il faut sortir d'ici et te mettre en sécurité.

À peine avait-il prononcé ces mots que des cris retentirent du côté des quais. Smiley chercha son téléphone, en vain. Juste avant de repérer Bree, il l'avait sorti pour appeler Kevlar. Il était sûrement tombé... Merde.

Il réagit au quart de tour et suivit son instinct. Il prit Bree dans ses bras, la serra contre lui, puis s'éloigna rapidement des cadavres.

Il avait toujours son arme de poing, mais pas assez de munitions pour affronter tout un groupe. Ses coéquipiers avaient sûrement entendu le coup de feu, mais il leur faudrait du temps pour déterminer précisément d'où il venait. Il n'avait aucun moyen de les contacter, et Bree était dans un sale état.

Il fallait la sortir d'ici. *Immédiatement.*

Il continua à courir sans but précis, à part fuir les cris qui se rapprochaient. Le véhicule de l'équipe se trouvait dans la direction opposée, mais pour l'instant, il devait éloigner Bree de la zone. D'après les cris, il estimait qu'une douzaine d'hommes étaient à leurs trousses.

— Smiley ? fit Bree d'une voix inquiète.

— Je suis là, répondit-il en apercevant ce qu'il cherchait.

Devant eux, il y avait un portail. En s'approchant, il aperçut un cadenas. À contrecœur, Smiley déposa Bree au sol.

— Tiens-toi à la grille une seconde, ma belle.

Aussitôt, le bras de Bree se resserra autour de son cou.

— Ne me laisse pas ! s'écria-t-elle, affolée.

Smiley prit son visage entre ses mains et appuya son front contre le sien.

— Je ne te laisserai jamais, tu m'entends ? Il faut juste que j'ouvre ce portail.

Elle inspira profondément, hocha la tête, puis recula contre le grillage. Smiley n'avait jamais été aussi fier d'elle.

— Désolée... Je sais que tu ne m'abandonneras pas, mais... j'ai du mal à croire que tu sois vraiment là.

Lentement, Smiley remonta le morceau de tissu sur sa poitrine pour recouvrir son sein. Bree baissa les yeux, puis leva une main pour le maintenir en place.

Smiley sentit une vague de colère monter en lui. Il s'éloigna de la clôture avant de faire une bêtise, comme rebrousser chemin pour traquer les types qui avaient osé poser la main sur Bree et les tuer un par un, à main nues. Il en était capable, cela ne faisait aucun doute. Vu l'état d'esprit dans lequel il était, ils mourraient tous avant de comprendre ce qui leur arrivait. Mais il avait promis à Bree qu'il ne l'abandonnerait pas. Il n'était pas question de rompre cette promesse.

Il se tourna vers le portail, inspira profondément, puis donna un coup de pied dans le cadenas, de toutes ses forces. Le petit verrou se brisa sous l'impact, projetant des morceaux de métal dans tous les sens. Il souleva le loquet, et le portail s'ouvrit. Sans dire un mot, il revint vers Bree et la prit dans ses bras.

Il franchit le portail sans se retourner, mais Bree l'interrompit.

— On devrait le refermer, pour qu'ils ne remarquent pas directement qu'on est passés par là.

Elle avait raison. Entre l'adrénaline et l'état de souffrance de Bree, Smiley n'avait pas les idées claires.

Il fit demi-tour, s'apprêtant à la déposer au sol, mais une fois de plus, elle se montra plus lucide que lui.

— Approche toi du portail, je vais le refermer.

Smiley s'exécuta. Bree referma la grille, puis abaissa le loquet.

En regardant de plus près, leurs poursuivants remarqueraient le cadenas brisé au sol, mais en refermant le portail, ils gagneraient de précieuses minutes qui leur permettraient de disparaître dans le dédale de taudis qui entourait le port.

Smiley brûlait d'envie d'emmener Bree voir un médecin sur-le-champ, ou mieux encore, de la conduire immédiatement à l'aéroport pour qu'elle quitte le pays. Pourtant, rien ne pouvait atténuer l'immense soulagement de l'avoir retrouvée.

Pour l'instant, l'idéal serait de la ramener au motel. Mais il était de l'autre côté du port, et Smiley ne voulait pas prendre le risque de repasser par les quais. Il ne savait pas combien d'hommes étaient lancés à leur recherche, ni si certains d'entre eux s'étaient déjà déployés dans les rues voisines.

Il fallait trouver un abri, un endroit ou se cacher en attendant que Tex les retrouve grâce au traceur qu'il avait dans son boxer.

En temps normal, dans n'importe quelle autre situation, Smiley n'aurait pas supporté de se cacher, mais pour l'instant, Bree était sa seule préoccupation. Il ne risquerait en aucun cas de la mettre en danger, surtout après ce qu'elle venait de vivre. Il était prêt à se cacher pendant des années pour la protéger.

Il se remit à trottiner. La petite zone boisée qui bordait le chantier naval céda la place à des chemins de terre, puis à de l'asphalte. Peu à peu, ils croisèrent davantage de bâtiments et de voitures, jusqu'à se retrouver au cœur de la civilisation. Mais cela ne signifiait pas qu'ils étaient à l'abri. Ils ne connaissaient pas les intentions des personnes qui croisaient leur route. L'Équateur regorgeait sûrement de gens honnêtes et travailleurs, mais comme dans tout pays en proie à des troubles violents, chacun faisait son possible pour survivre. Et ce quartier était en piteux état, ce qui n'avait rien de rassurant. Même en courant avec Bree dans les bras, Smiley pouvait entendre des coups de feu au loin.

Ils n'étaient pas en sécurité. Castillo avait sans doute des informateurs partout, prêts à livrer deux Américains en échange d'une belle somme d'argent.

Tout en pestant intérieurement d'avoir perdu son téléphone, Smiley chercha des yeux un abri, un coin où ils pourraient reprendre leur souffle, vérifier l'état de Bree, et respirer un peu avant de rejoindre le reste de l'équipe.

Le jour commençait tout juste à se lever. Bientôt, les rues se rempliraient, multipliant les regards braqués sur eux – et l'état de Bree attirerait forcément l'attention. Elle était pratiquement nue, et s'ils ne trouvaient pas une cachette rapidement, ils allaient devoir affronter une autre série de dangers.

Soudain, il aperçut un bâtiment en ruines dans une ruelle. À première vue, on ne pouvait pas vraiment appeler cela un *bâtiment*. Le toit s'était partiellement effondré, et depuis la rue, Smiley ne distinguait rien au-delà du pan de mur qui s'était écroulé.

Il pria pour que cela leur permette de se réfugier à l'abri des regards, et s'engagea avec Bree dans la ruelle sombre.

Après s'être assuré qu'il n'y avait aucun débris susceptible de la blesser davantage, il la déposa doucement au sol.

— Donne-moi une seconde, lui dit-il.

Elle hocha la tête, mais son regard distant ne lui plaisait pas du tout.

Rapidement, il se glissa sous la porte partiellement effondrée et jeta un coup d'œil à l'intérieur. Dans le petit espace, il n'y avait rien de valeur, seulement des débris et du verre. Pour l'instant, cela ferait l'affaire, au moins jusqu'à ce que Kevlar arrive avec le reste de l'équipe.

En ressortant, Smiley découvrit Bree en train de vaciller, les yeux clos.

— Allez, viens, dit-il.

Elle sursauta violemment, et il s'en voulut aussitôt.

— C'est moi, Bree. Ce n'est que moi.

— Désolée, murmura-t-elle.

— Ne t'excuse pas. Viens, rentrons à l'intérieur.

Il ne lui laissa pas le temps de faire un seul pas, et la reprit dans ses bras.

Il baissa la tête pour franchir le seuil, et l'emmena dans ce petit espace sécurisé – du moins, il l'espérait – sous une partie du plafond toujours intacte. Il la déposa délicatement sur une large planche, puis s'activa pour dégager les débris potentiellement dangereux autour d'elle.

— Smiley ? Tu veux bien t'asseoir ?

Il avait mille choses à faire : continuer à déblayer la zone, trouver des vivres pour Bree si elle se sentait suffisamment en sécurité pour qu'il puisse s'éloigner, contacter son équipe... mais il était incapable de lui refuser quoi que ce soit.

Il s'assit, puis la prit sur ses genoux.

Elle inspira brusquement, et Smiley se figea.

— Merde, je t'ai fait mal ?

Elle secoua la tête.

— J'ai juste un peu mal aux côtes.

Un peu, mon cul, se dit-il.

Il posa doucement les doigts sur son flanc pour repérer les endroits douloureux, puis il prit son visage meurtri entre ses mains et examina ses blessures et son œil encore enflé.

Honnêtement, elle avait une tête épouvantable : des cernes noirs, les lèvres gercées, des ecchymoses partout... et il voyait bien qu'elle avait perdu du poids en quelques jours à peine.

— Tu m'as retrouvée, murmura-t-elle en le regardant dans les yeux. Maintenant que tu es là, ça va mieux.

Smiley déglutit péniblement. Il ne voulait pas lui poser

cette question, mais il fallait qu'il sache ce qu'ils devraient affronter ensemble.

— Est-ce qu'ils t'ont violée ? demanda-t-il calmement, sans détour.

Bree secoua la tête.

— Sois honnête avec moi, insista-t-il. Ça ne changera rien entre nous. Je t'aime, Bree. Rien de ce que ces salauds t'ont fait ne changera jamais ça.

Soudain, toute expression de douleur sur son visage sembla s'effacer.

— Quoi ? chuchota-t-elle.

— Si ces hommes t'ont violée, c'est leur âme qui est salie, pas la tienne. Quand on sera rentrés à la maison, on t'aidera à en parler, à digérer tout ça. Je veux que tu saches que rien de tout ça n'est ta faute. Tu n'as rien fait de mal.

Bree posa les mains sur ses joues en secouant la tête.

— Non, ce n'est pas ça... Tu m'aimes ?

Smiley comprit enfin.

— C'est un mot bien faible pour exprimer ce que je ressens pour toi. Quand j'ai réalisé qu'on t'avait kidnappée, je n'ai jamais eu aussi peur de ma vie. Quand tu as demandé à Fiona et Julie de me dire ce qu'elles m'ont dit... tu le pensais vraiment ?

— Elles vont bien ? s'enquit Bree avec insistance. Vous les avez retrouvées ?

— Oui. Cookie et Tex sont rentrés avec elles en Californie. Je suis venu ici avec le reste de l'équipe pour te retrouver. On savait que tu étais à bord d'un bateau, et j'ai l'impression d'avoir perdu dix ans à me demander si on y arriverait.

— On est en Équateur ?

— Oui, à Guayaquil.

Bree laissa échapper un long soupir.

— Bree ? Tu le pensais vraiment ? insista Smiley.

Ce n'était pas le moment de poser cette question. Elle était à moitié nue, blessée, et morte de faim. Mais c'était plus fort que lui. Il se sentait à vif, vulnérable, et il détestait cela. Il avait besoin de l'entendre de sa bouche.

— Si c'était la dernière fois qu'on me voyait, je voulais m'assurer que tu saches à quel point tu comptes pour moi. À quel point je t'aime.

L'univers de Smiley bascula de nouveau. Il savait à quel point cette femme comptait pour lui, mais l'entendre dire qu'elle ressentait la même chose renforça sa détermination. Il devait la ramener pour lui offrir tout ce qu'elle méritait : la vie la plus paisible possible. Il voulait la combler, ne jamais la décevoir, lui donner toutes les raisons de l'aimer, sans qu'elle le regrette une seconde.

Il la prit délicatement dans ses bras et la berça lentement.

Dès le coucher du soleil, si son équipe ne les avaient pas retrouvés, ils essaieraient de rejoindre le motel. Plus tôt il mettrait Bree dans un avion pour les États-Unis, mieux ce serait.

17

Bree se sentait étourdie, et vaseuse. Elle avait besoin de manger quelque chose, et de s'hydrater. Mais Smiley n'était pas magicien. Il n'avait rien sur lui. Au sein de l'équipe, tout le monde était convaincu que s'ils la retrouvaient, ils fileraient directement au motel, puis à l'aéroport.

De plus, il avait laissé son sac à dos dans leur véhicule.

Rien qu'en pensant à ce qu'il y avait dans le sac, elle avait l'eau à la bouche : de quoi manger, de l'eau, des vêtements, des chaussettes, des chaussures, du baume à lèvres... Tout ce dont une femme kidnappée pouvait rêver.

Au lieu de cela, elle était assise sur les genoux de Smiley dans un bâtiment en ruines, qui menaçait de s'effondrer à tout moment. Elle portait encore cette horrible nuisette – même si Smiley n'avait pas hésité à lui donner son propre T-shirt – et elle avait tellement faim qu'elle avait peur de s'évanouir.

Mais elle n'était plus enfermée dans cette cage, en passe

de devenir une esclave sexuelle. Et tôt ou tard, l'équipe de Smiley allait les retrouver. Il fallait garder espoir. Elle pouvait encore tenir.

— Au moins, on n'est pas dans la jungle, lâcha-t-elle spontanément.

Elle aurait dû dormir, mais elle était bien trop nerveuse, et elle sentait que Smiley l'était aussi, ce qui n'arrangeait rien. Impossible de fermer l'œil – du moins, son œil encore valide. À chaque bruit, elle sursautait, craignant que les hommes de Mateo ne les aient retrouvés.

— Je déteste les insectes. Et les serpents. Et les plantes urticantes. Si tu veux tout savoir... je n'aime pas vraiment le camping.

Smiley ricana, et Bree sentit la vibration parcourir son corps.

— C'est noté, répondit-il.

— Smiley ?

— Oui, ma belle ?

— Il n'abandonnera pas.

Le corps tout entier de Smiley se raidit. Elle aurait aimé éviter de le dire à voix haute, mais c'était plus fort qu'elle. Mateo Castillo avait déployé des moyens démesurés pour lui mettre le grappin dessus. Il n'allait pas renoncer parce qu'elle lui avait échappé une seconde fois. Pour une raison quelconque, il tenait absolument à la posséder. Elle ne comprenait pas pourquoi. Elle n'avait rien de spécial, elle était juste... elle-même.

— Je sais.

Bree ne s'attendait pas à cette réponse. Elle croisa son regard, et se mordilla la lèvre.

— Mais il ne gagnera pas, poursuivit Smiley. Il est dans notre ligne de mire, à présent. La mienne, la tienne, celle de mon équipe, de Tex, de Wolf et sa bande. Sans parler de Rex, un gars du Colorado. On va le faire tomber, Bree. Je te le garantis.

Elle le croyait. Elle aurait pu l'ignorer ou se fâcher, car après tout, ce n'était pas lui qui était traqué par Mateo. Mais il était autant impliqué qu'elle dans cette histoire. Sa simple présence ici à cet instant précis en était la preuve.

— D'accord.

— D'accord ? répéta-t-il en inclinant la tête pour mieux plonger son regard dans l'œil valide de Bree.

— Oui, Smiley. J'ai peur, je ne peux pas le nier. Mais j'ai réussi à m'enfuir à deux reprises. Je ne suis pas la femme fragile et idiote qu'il pense que je suis. Il sera plus prudent la prochaine fois... mais tant pis.

— Il n'y aura pas de prochaine fois, répliqua fermement Smiley.

— J'espère que tu as raison.

— Il n'y en aura pas, insista-t-il. Tout sera bientôt fini.

Bree pria pour qu'il dise vrai.

— Il faut que je te parle d'autre chose, ajouta-t-il.

Elle hocha la tête, tout en appréhendant ce qu'il allait dire.

— Il faut que j'aille te chercher à manger, à boire, et des vêtements plus convenables.

Le premier réflexe de Bree aurait été de refuser catégoriquement, mais elle se sentait vraiment mal, et son état ne cessait d'empirer. Smiley avait raison. Si elle voulait aider un minimum et arrêter d'être un poids, il fallait qu'elle accepte.

Ce fut l'une des décisions les plus difficiles à prendre de sa vie : elle hocha la tête.

— Bordel, Bree. Tu m'impressionnes.

Elle secoua la tête.

— Ne me dis pas que je suis forte, ou que je t'impressionne. Au fond de moi, je brûle d'envie de m'accrocher à toi et de t'empêcher de partir. Mais je ne tiens plus debout, et je sais que c'est à cause de la faim et de la déshydratation. Si tu peux aussi trouver quelque chose pour mes pieds, je t'en serai éternellement reconnaissante. Même des tongs.

— Tu es forte, et tu m'impressionnes, répliqua Smiley sans hésiter. La preuve : tu aimerais me retenir, mais tu ne le fais pas.

Bree leva les yeux au ciel en soupirant.

— Mais oui, bien sûr...

— Je ne serai pas loin, et je reviendrai avant même de te manquer.

— Trop tard, lâcha-t-elle avec un léger sourire. Tu me manques déjà.

Smiley la regarda dans les yeux.

— Je ne te perdrai pas une seconde fois, déclara-t-il d'un ton théâtral.

Bree sourit de plus belle.

— Quoi ? protesta-t-il. Il n'y a rien de drôle.

— Tu ne m'as pas *perdue*, j'ai été kidnappée par des connards.

— C'est une question de sémantique, dit-il en souriant à son tour.

— Vas-y, Smiley, avant que je change d'avis et que je

redevienne celle que je déteste : une femme faible et pathétique qui supplie son homme de ne pas la laisser.

— Ne t'avise plus jamais de faire ça, répliqua-t-il d'un ton sévère.

— Faire quoi ?

— Te rabaisser. Tu n'es ni faible, ni pathétique. Et si tu me suppliais de rester, jamais je ne t'en voudrais. Pas après tout ce que tu as enduré.

Bree déglutit, puis hocha la tête.

Smiley la fit basculer sur le côté avec précaution, puis s'assit sur la planche de bois et se mit à déplacer d'autres planches et débris autour de la petite zone.

— Qu'est-ce que tu fais ? lui demanda-t-elle.

— J'arrange un peu tout ça, au cas où quelqu'un jetterait un œil par ici. Il ne verra qu'un tas de déchets. Si tu entends le moindre bruit, ne bouge pas, et reste aussi discrète que possible. Par contre, si on te trouve, crie de toutes tes forces. Je t'entendrai, et je rappliquerai au pas de course pour tuer celui qui aura osé te toucher.

Bree fronça les sourcils. Cette dernière phrase lui rappela ce qu'il avait fait sur le port.

— Je suis désolée que tu aies dû tuer ces hommes.

— Pourquoi ? Je ne regrette rien.

Bree cligna des yeux, pantoise. Au fond, pourquoi s'excuserait-elle ? Ces hommes avaient peut-être de la famille, mais ils travaillaient pour Mateo. Ils avaient l'intention de l'emmener dans la jungle, et d'abuser d'elle.

— Je n'aurai jamais aucun remords à tuer quiconque posera la main sur toi. Si tu ne peux pas l'accepter... tant pis. Ça ne veut pas dire que je perdrai mon sang froid si un mec fait une connerie dans un bar. Mais si quelqu'un te fait le moindre mal, il est mort.

Contrairement aux autres membres de son équipe, Smiley n'était pas du genre facile à vivre, jovial et détendu. Certes, ils étaient tous SEALs, et ils avaient déjà tué. Mais Smiley avait cette part sombre que les autres n'avaient pas. C'était peut-être un peu tordu, mais elle l'aimait d'autant plus, car quand il laissait entrevoir la douceur en lui, elle fondait littéralement.

— D'accord, répondit-elle simplement.

Il la fixa du regard un instant.

— Tu en es sûre ?

— Oui, confirma-t-elle en hochant la tête.

Elle ne comprenait pas comment si peu de mots pouvaient exprimer autant de choses. Mais avec Smiley, plus rien ne la surprenait.

— Je reviendrai, lâcha-t-il avec assurance.

De nouveau, l'instinct de Bree la poussa à protester, mais elle respira profondément et se contenta d'acquiescer.

Smiley hésita un instant.

— Je n'ai qu'un traceur sur moi.

Bree fronça les sourcils.

— J'aimerais pouvoir te le donner, mais il est cousu sur mon boxer, ajouta-t-il.

— Ce n'est pas grave, Smiley.

— Si, c'est grave. On en a d'autres, mais ils sont dans mon sac. Merde, je suis vraiment trop con.

Bree ne supportait pas de le voir se rabaisser ainsi.

— C'est faux. Tu es mon homme. Mon SEAL. Et tu m'as retrouvée. J'ai confiance en toi.

— Je t'aime, murmura-t-il en lui effleurant la joue du bout des doigts.

— Je t'aime aussi, répondit-elle en inclinant la tête contre sa main.

— Je reviens, répéta-t-il.

Il disparut en un clin d'œil.

Elle se retint de lui crier de revenir.

Bree s'allongea prudemment sur le côté en enroulant ses bras autour d'elle. Elle ferma les yeux et s'autorisa à lâcher prise un instant. Elle avait puisé toute son énergie pour rester forte devant Smiley. Maintenant qu'il était parti, elle pouvait se permettre d'être faible, juste un peu. À son retour, elle relèverait la tête et se montrerait courageuse.

Tout ce qu'elle voulait, c'était rentrer chez lui, dans son appartement, dans son lit ; le regarder pendant qu'il lui faisait l'amour. Quand elle sombra dans le sommeil, elle emporta cette image avec elle – celle de l'amour, du réconfort, loin des menaces d'enlèvement, de la faim, ou des os brisés.

* * *

En arpentant le quartier délabré, Smiley prit rapidement conscience que ça allait être compliqué de sortir Bree de là et de regagner le motel. D'une part, il ignorait totalement où il se trouvait. Tous les bâtiments se ressemblaient. D'autre part, le désespoir et la méfiance qu'il percevait sur les visages des gens prouvaient que leur présence détonnait dans le décor.

Pour ne rien arranger, il tomba sur une affiche rudimentaire grossièrement accrochée à un poteau : un avis de recherche avec la photo de Bree.

L'affiche était faite à la main. La photo était granuleuse, et semblait avoir été prise avec un vieil appareil numérique, mais il n'y avait aucun doute possible : c'était bien elle. Smiley parvint à distinguer quelques éléments : *Américaine, port de Guayaquil,* et *Mateo Castillo.*

La somme d'argent indiquée sous la photo était suffisante pour changer la vie des gens du coin.

Smiley aurait presque préféré être dans la jungle. Au moins, il aurait facilement trouvé de l'eau, de quoi manger, et surtout, il aurait pu identifier leurs ennemis. Ici, tout le monde représentait une menace potentielle. La femme au coin de la rue, ou les gamins qui jouaient au ballon, pouvaient très bien les dénoncer. Les types qui rôdaient avec leurs fusils étaient peut-être des hommes de main de Castillo.

La situation était critique. Il n'avait qu'une envie : rejoindre les autres, et quitter cet endroit au plus vite. Rex avait promis de faire jouer ses contacts pour en finir une bonne fois pour toutes avec Castillo. Smiley n'aurait donc aucun scrupule à partir sans lui régler son compte personnellement. La colère du chef des *Mountain Mercenaries* était sans équivoque. Il tiendrait parole.

Smiley était de plus en plus déterminé. Bree avait suffisamment souffert. *Personne* ne les séparerait plus jamais. Il n'avait pas appris tout ce qu'il savait pour échouer à protéger la femme la plus importante de sa vie. Il aurait préféré que son équipe soit à ses côtés, mais il pouvait se débrouiller seul, surtout dans cet état de colère.

Heureusement, il avait un peu de monnaie locale sur lui ; à chaque mission, Kevlar insistait pour que chacun emporte quelques billets. Au fil des années, ils avaient appris qu'avoir un ou deux dollars en poche pouvait faire la différence.

Avec cet argent, il acheta de l'eau en bouteille, et de quoi manger un peu. Il n'hésita pas à voler le reste. Il récupéra des chaussures en piteux état, mais c'était mieux que rien. Il prit également une chemise et un pantalon suspendus à une corde à linge, derrière un immeuble de trois étages, puis il dénicha un sac pour y mettre tout ce qu'il avait accumulé.

Il était en route pour rejoindre Bree quand il s'arrêta net au coin d'une rue. Une douzaine de personnes étaient regroupées devant la vitrine d'un magasin, les yeux rivés sur un écran de télévision. Smiley s'approcha prudemment, et découvrit des images de chars dans les rues, et d'hommes masqués dans un studio de télévision qui retenaient les présentateurs en otage.

Il ne comprenait pas ce qu'ils disaient, mais de toute évidence, il allait être beaucoup plus difficile de faire sortir Bree et lui du pays. Sans parler de toute son équipe.

L'Équateur était déjà politiquement instable avant leur arrivée, mais il semblait désormais au bord d'un conflit ouvert.

Au moment même où cette pensée lui traversa l'esprit, une forte explosion retentit à quelques rues de là. Le foule, en panique, se dispersa.

Smiley s'élança dans la direction opposée – celle d'où venait l'explosion. C'était du côté du bâtiment abandonné où il avait caché Bree.

Le cœur battant à tout rompre, il ignora les civils qui

fuyaient à travers les rues. Il n'avait qu'une seule préoccupation : Bree. À mesure que le coup d'État s'étendait dans la ville, des coups de feu éclataient. Ce n'était plus seulement un problème lié à la capitale. À cet instant, Smiley ne savait même plus qui représentait le *bon camp*, s'il en existait un.

Il regrettait d'avoir laissé Bree toute seule, même si c'était nécessaire pour lui apporter ce dont elle avait besoin. Quand il déboucha enfin sur la ruelle, son sang se glaça : deux hommes armés se tenaient à quelques mètres, à proximité de la cachette de Bree.

Ils le repérèrent aussitôt, mais ça n'avait pas d'importance. Il ne repartirait pas sans elle.

Les hommes l'interpelèrent en espagnol. Smiley devina ce qu'ils attendaient, et leva lentement les mains pour signifier qu'il n'était pas armé. Le pistolet qu'il portait dans le dos lui sembla soudain bien lourd et trop visible, mais il fit de son mieux pour garder son sang-froid. Il ignorait ce que ces types cherchaient, mais avec un peu de chance, il pourrait s'en sortir sans utiliser la violence.

Mais l'un d'eux s'avança et lui asséna un coup de crosse en plein visage.

Adieu la non-violence.

Ces derniers jours étaient parmi les plus éprouvants de sa vie, et il en avait ras-le-bol.

Il saisit le fusil sans effort, l'arracha des mains de l'homme, puis le frappa d'un revers avec sa propre arme. Le type s'écroula comme une masse.

Avant même que son adversaire ne touche le sol, Smiley braquait déjà le fusil sur la tête du second, sans prêter attention à l'arme que ce dernier pointait également sur lui.

— Ne fais pas ça, mec, grommela-t-il en dévisageant le militant.

Il suffisait d'un geste de travers pour que Bree se retrouve seule à nouveau. Smiley n'était pas prêt à prendre ce risque.

L'homme désigna le sac de provisions que Smiley portait en bandoulière.

Smiley secoua la tête. En d'autres circonstances, il aurait abandonné l'eau, la nourriture et les vêtements sans hésiter. Mais Bree avait besoin de tout ce qu'il avait réussi à récupérer. Il n'était pas question qu'il abandonne quoi que ce soit.

Il pouvait presque entendre la voix de Kevlar qui lui disait d'attendre, et d'y aller doucement. Mais Smiley en avait fini d'être patient. Rien ne s'était déroulé comme prévu ; à cette heure-ci, ils auraient dû être à l'aéroport, sur le point d'embarquer pour la Californie.

Au lieu de cela, le pays sombrait dans le chaos, Bree était blessée, ils n'avaient plus aucun contact avec le reste de l'équipe, et ils étaient perdus dans le pire quartier de la ville. Smiley était furieux. Il n'allait pas laisser la moindre petite frappe prendre le dessus sur lui. Hors de question.

Les deux hommes se faisaient face, et aucun ne cédait. Smiley réfléchit aux options 'qui s'offraient à lui. Tirer sur cet homme arrivait en bas de la liste : il ne voulait pas le tuer. D'une part, cela attirerait trop l'attention – et avec les affiches de Bree placardées partout, assorties d'une prime délirante, il n'avait pas besoin de ça.

Soudain, un énorme fracas retentit dans le bâtiment où Bree se cachait. Instinctivement, le militant tourna la tête, offrant à Smiley la chance qu'il attendait.

Il se rua sur lui, et au moment où l'homme se retournait,

il lui asséna un violent coup de crosse en plein visage. À l'image de son camarade, l'homme s'effondra, inerte.

Smiley se précipita en haletant vers le bâtiment délabré. Il faisait un vacarme de tous les diables, mais il ne ralentit pas. En dégageant les débris qu'il avait lui-même empilés à l'entrée avant de partir, il sentit la panique l'envahir.

Quand il entra enfin, une vague de soulagement lui coupa les jambes.

Bree était là, exactement comme il l'avait laissée. Mais au lieu d'être assise par terre en train de lutter pour rester éveillée, elle se tenait debout derrière un tas de briques d'un mètre de haut, une planche de bois dans les mains, prête à s'en servir comme d'une batte de baseball.

Smiley n'avait jamais été aussi heureux de voir quelqu'un. En enjambant l'amas de bois, de pierres et de briques pour la rejoindre, il tremblait presque. Elle se dirigea vers lui en contournant la pile de débris qu'elle avait sans doute renversée pour faire diversion. Il ne lâcha pas le fusil, et elle ne lâcha pas la planche de bois non plus. Ils se rejoignirent et se serrèrent l'un contre l'autre d'un seul bras.

— Ça va ? demanda-t-elle.

— Moi ? Oui. Et *toi* ?

— Bien sûr. J'ai entendu ces types fouiner à l'extérieur, et j'ai failli paniquer. Mais ils n'étaient pas encore entrés, alors je suis restée discrète, en espérant qu'ils s'en iraient. Ensuite, tu es arrivé. Quand ils ont braqué leurs armes sur toi, j'ai bien cru que j'allais faire une crise cardiaque.

Smiley n'avait aucune envie de la lâcher. Elle prouvait une fois de plus à quel point elle était forte. Mais ils ne pouvaient pas rester là. Les types qu'il venait d'assommer allait bientôt reprendre conscience, et quand cela arriverait, il fallait qu'ils soient déjà loin.

Il n'y avait pas une minute à perdre. Toutefois, Smiley ne put se retenir d'embrasser Bree : un baiser rapide et fougueux.

— Je t'aime à la folie, murmura-t-il.

Le sourire qu'il aimait tant illumina son visage.

— Moi aussi, je t'aime.

Smiley eut besoin de toute sa volonté pour la lâcher et se concentrer sur le sac qu'il portait. Il en sortit la chemise et le pantalon.

— J'espère qu'ils t'iront…

La joie qu'il perçut dans son regard le frappa de plein fouet. Elle était tellement excitée à l'idée d'avoir une chemise usée et un pantalon. Une colère sourde l'envahit. Il aurait aimé lui offrir les meilleures choses au monde, mais s'il pouvait déjà lui donner de quoi se couvrir et se sentir un peu moins vulnérable, il devait s'en contenter.

Bree glissa les mains sous le T-shirt qu'elle portait et remua les hanches pour retirer la nuisette qu'on lui avait mise de force. L'espace d'un instant, elle était nue en-dessous, et Smiley avait du mal à le supporter. Cela lui rappelait ce que Castillo lui avait fait subir. Il dut se faire violence pour contenir sa colère.

Tandis qu'elle s'appuyait sur son épaule pour enfiler le pantalon, Smiley attrapa les chaussures qu'il avait trouvées.

Le pantalon était un peu trop large et trop court, mais Bree lui adressa un grand sourire en serrant le cordon autour de sa taille.

— C'est parfait ! s'exclama-t-elle.

Non, loin de là. Mais la satisfaction qu'elle éprouvait à porter enfin de véritables vêtements était palpable.

Elle tourna le dos, retira le T-shirt que Smiley lui avait donné, enfila rapidement la chemise à manches longues, puis se retourna vers lui. Smiley s'accroupit, prit son pied dans sa main, et retint son souffle en le glissant dans l'une des chaussures.

Il n'avait pas trouvé de chaussettes, mais par miracle, les chaussures lui allaient plutôt bien. À l'origine, elles devaient être blanches ; mais là, elles étaient grises, sales, couvertes de poussière et de crasse. Elles étaient un peu grandes, mais Bree ne semblait pas s'en soucier.

— Merci, murmura-t-elle en regardant ses pieds.

Une fois encore, Smiley dut se contenir pour ne pas laisser transparaître ses émotions. Ce qu'elle avait enduré lui donnait envie de réduire le monde en cendres. Elle revenait des enfers, et le simple fait d'avoir des vêtements et des chaussures suffisait à la combler. Dès leur retour, il avait bien l'intention de la choyer comme jamais.

— Il faut qu'on y aille, déclara-t-il en remettant son T-shirt encore chaud.

Il lui tendit une bouteille d'eau sortie du sac.

Le regard de Bree s'illumina de nouveau, et elle saisit la bouteille sans dire un mot. Mais elle n'avait pas la force de dévisser le bouchon. C'était une chose de plus à mettre sur le compte de Castillo. Smiley s'approcha et ouvrit la bouteille.

Elle porta le goulot à ses lèvres, et but plusieurs gorgées d'eau claire et fraîche.

— Doucement, Bree.

Il voyait bien qu'elle avait envie de tout boire d'une traite, mais elle hocha la tête, lui prit le bouchon, et le remit en place.

Smiley plongea la main dans le sac et en sortit la miche de pain qu'il avait achetée. Elle était encore légèrement tiède. Il en rompit un morceau et le lui tendit.

Quand elle le saisit d'une main tremblante, Smiley eut envie de tout casser autour de lui. La femme qu'il aimait était morte de faim. Il voyait presque la salive aux coins de ses lèvres.

Elle prit une grosse bouchée de pain, et lui sourit tout en la mâchant.

Smiley aurait voulu rester là, à la regarder manger et boire à satiété, mais ils devaient trouver un endroit où se réfugier – s'il en existait un.

Il lui prit la main pour l'aider à franchir les décombres, tout en l'observant avec attention. Elle ne boitait pas, et avait l'air plutôt stable sur ses jambes. C'était une preuve supplémentaire de sa force extraordinaire. Après tout ce qu'elle avait enduré, il n'aurait pas été surpris qu'elle ne veuille plus bouger. Au lieu de cela, elle avançait, pas à pas.

— Je suis tellement fier de toi, lâcha Smiley.

— Pourquoi ?

Elle lui demandait *pourquoi* ? Smiley secoua la tête, désappointé.

— Smiley, tu crois que j'ai le choix ? Je ne peux pas rester là sans rien faire. Tu ne peux pas nous protéger de types comme ceux qui sont à l'extérieur tout en me portant. Quand ce sera fini, je suis certaine que je m'effondrerai, probablement en larmes, mais pour le moment, il faut sortir d'ici et rejoindre ton équipe. On doit garder une longueur d'avance sur Mateo et ses hommes. Je n'ai pas le luxe de craquer, ni mentalement, ni physiquement.

Même si ça l'embêtait, elle avait raison.

— Je me rattraperai, lui promit-il en se dirigeant vers la ruelle.

— Tu n'as pas à le faire, répondit-elle calmement. Rien de tout ça n'est ta faute. Tout avait déjà commencé avant qu'on se rencontre. Et sans toi... je serais dans de beaux draps.

Smiley ricana. Ils étaient déjà dans la merde jusqu'au cou.

Bree serra sa main.

— J'ai peur, j'ai mal, et je me sens encore un peu malade, mais ça n'a plus d'importance. Avec toi, j'ai l'impression de pouvoir affronter tout ce que la vie me réserve.

Elle était trop bien pour lui.

Smiley jeta un œil à travers la porte de fortune et aperçut les deux hommes, toujours étendus au sol. Soulagé de constater qu'ils n'avaient pas encore repris leurs esprits, il lâcha la main de Bree et s'approcha de l'un d'eux. Il fouilla ses poches et trouva un peu d'argent, un couteau, et quelques munitions pour le fusil qui gisait près de lui.

Il trouva à peu près la même chose sur le second, qui avait aussi un paquet de biscuits. Aucun d'entre eux n'avait de téléphone portable – dommage, car Smiley en aurait bien eu besoin.

Cependant, il lui restait son traceur. Son équipe allait forcément apparaître d'une minute à l'autre, en formation en V, prête à leur sauver la mise.

Malgré tout, un doute lui effleura l'esprit. Pourquoi n'étaient-ils pas encore arrivés ? Tex aurait déjà dû le localiser depuis un moment. Étaient-ils aux prises avec les émeutes qui agitaient les environs ?

Il n'aimait pas du tout l'idée que son équipe soit en difficulté, mais il reporta son attention sur l'essentiel. Ses coéquipiers étaient capables de se défendre. Pour sa part, il devait s'occuper de Bree, assurer sa sécurité, et la maintenir hors de portée des civils désespérés qui ne verraient en elle qu'un moyen de gagner de l'argent.

Il lui tendit la main pour l'inviter à le rejoindre. Bree sortit des décombres et se dirigea vers lui. Dès que sa main se referma sur la sienne, Smiley sentit la tension se relâcher en lui. Ils étaient ensemble dans cette galère.

* * *

Mateo Castillo était fou de rage. Ses hommes avaient bâclé le travail du début à la fin. Non seulement ils avaient perdu les vieilles femmes censées partir pour la Russie et la Corée du Nord, mais la garce qu'il avait dû traquer lui-même leur avait aussi échappé !

Il venait d'apprendre qu'il y avait des Navy SEALs en Équateur, dans la zone portuaire. Leur présence compliquait sérieusement la récupération de ses biens.

Il ne comprenait pas comment elle avait fait pour s'enfuir. Ses consignes étaient claires : elle devait rester enfermée en permanence. Quelqu'un avait clairement merdé en la laissant sortir de sa cage. Il allait devoir faire un exemple pour qu'à l'avenir, les autres suivent ses instructions à la lettre.

Mateo aurait dû avoir le bon sens de laisser tomber cette garce, et de tourner la page pour se concentrer sur d'autres femmes, plus simples à gérer, qu'il pourrait ajouter à son cheptel sans toutes ces complications. Bree Haynes était un véritable fléau, mais il n'avait pas l'intention de renoncer. Il fallait qu'elle comprenne qui était le chef.

La situation du pays jouait en sa faveur. La milice semait la terreur suite à leur coup d'éclat au studio de télévision. Les bandes armées pillaient et tuaient quiconque était soupçonné de soutenir le gouvernement en place. Tout cela faciliterait les déplacements de ses sbires au sein de Guayaquil. Eux aussi étaient armés, et prêts à reprendre possession de ses biens.

Une fois que cette garce serait entre ses mains, elle ne reverrait plus jamais la lumière du jour. Il l'attacherait, et la maintiendrait dans un tel état de faiblesse qu'elle n'aurait même plus la force d'envisager de s'enfuir. Elle lui appartenait, et il en ferait ce qu'il voulait ; et il ne voulait que Bree Haynes.

En une fraction de seconde, Mateo prit une décision et tapota la vitre qui le séparait de son chauffeur. La cloison insonorisée s'abaissa.

— Fais demi-tour.

— Oui, monsieur.

Aussitôt, la limousine se rangea sur le côté pour effectuer un large demi-tour. C'était exactement le genre d'obéissance que Mateo exigeait, de ses hommes comme de ses femmes.

— On retourne à Guayaquil, j'ai une affaire à régler.

— Oui, monsieur, répéta le chauffeur, impassible.

Tandis que la limousine prenait la direction de la ville, Mateo remonta la vitre. Il avait confié la mission à d'autres, et ils avaient tout fait foirer à plusieurs reprises. Manifestement, il allait devoir terminer le travail lui-même. Une fois que ses hommes la retrouveraient, il l'escorterait personnellement jusqu'à son domaine. Après avoir fait ce long trajet dans le coffre, nue, menottée, avec une boule dans la bouche, elle se montrerait plus docile.

Ensuite, il présenterait sa nouvelle acquisition à ses employés les plus fidèles.

En moins d'une semaine, elle l'appellerait monsieur, et lui obéirait sans la moindre résistance. Cette salope l'appellerait « Monsieur » et ferait tout ce qu'il lui ordonnerait sans aucune désobéissance. Il pourrait alors se consacrer à satisfaire les commandes de ses clients du monde entier, qu'il avait trop longtemps repoussées.

Bree Haynes lui avait pris beaucoup trop de temps, mais cela allait changer. Une fois qu'elle aurait compris où était sa place, les choses pourraient reprendre leur cours normal. Il continuerait à soudoyer les fonctionnaires pour qu'ils ferment les yeux, à payer les habitants autour du complexe, et à mener la belle vie.

Mateo sortit un cigare de sa poche, l'alluma, et tira une longue bouffée. Oui, les choses allaient bientôt revenir à la normale. Il allait pouvoir avoir des femmes quand il le voulait, comme il le voulait, et l'argent continuerait à affluer sur ses comptes bancaires. La vie était belle... et allait bientôt devenir encore meilleure.

18

— C'est n'importe quoi ! pesta Safe. Je n'arrive pas à croire que Tex n'arrive pas à le localiser.

Kevlar était tout aussi frustré que le reste de son équipe. Quand Blink et lui avaient perdu la trace de Smiley sur le port, ils avaient aussitôt contacté les autres, mais même avec leur aide, leur coéquipier semblait s'être volatilisé.

La seule bonne nouvelle, c'était que Smiley avait certainement retrouvé Bree, et qu'ils étaient ensemble.

Ils avaient vu les avis de recherche autour du port, et en avaient déduit que Smiley était sans doute tombé sur Bree, sans pouvoir contacter Kevlar ou Blink avant de disparaître pour leur sécurité.

Kevlar croyait qu'il suffirait d'appeler Tex pour qu'il les guide jusqu'à leur planque. Mais le traceur de Smiley ne fonctionnait plus. Il n'y avait aucun signal.

Tex avait proféré une série de jurons impressionnante. Il en avait fini avec les traceurs externes, et menaçait d'implanter à chaque SEAL et chaque soldat Delta de minuscules puces électroniques qui ne se désactiveraient pas au moment où il en avait le plus besoin. Mais pour l'instant, ils n'étaient pas plus avancés.

À présent, la violence dans le pays était décuplée. Ils ne pouvaient pas sortir du motel sans risquer leur peau, d'autant que c'était impossible pour eux de se fondre dans le paysage. Même si cela leur compliquait grandement la tâche, ils faisaient tout ce qu'ils pouvaient pour retrouver la trace de leur coéquipier.

Pour couronner le tout, Smiley n'avait plus rien sur lui : ni moyen de communication, ni réserve de munitions, ni provisions. D'après Kevlar, Smiley et Bree erraient en plein cœur de l'un des quartiers les plus dangereux que l'équipe avait vu depuis longtemps, avec pour seul moyen de défense un couteau, une arme de poing, et des années d'expérience.

Il allait falloir s'en contenter.

— Effectivement, c'est du grand n'importe quoi, approuva Kevlar. Mais on sait tous que Smiley est le plus coriace de l'équipe. Si quelqu'un peut se sortir de ce merdier, c'est bien lui.

— Peut-être, mais on ne sait pas dans quel état est Bree, répliqua MacGyver. Même si Smiley peut se débrouiller, ça reste un handicap.

— C'est dégueulasse de dire ça, grommela Preacher, furieux.

— Je ne voulais pas lui manquer de respect, mais souviens-toi de ce que Kevlar a dit à propos de Julie et Fiona : elles n'avaient même pas de chaussures. Si Smiley a vraiment retrouvé Bree, elle était captive à bord d'un foutu bateau pendant des jours. On ignore tout de son état mental, et je ne parle même pas de son état physique. On sait tous que Smiley fera absolument tout pour la protéger, ce qui fait d'elle un *handicap*.

MacGyver avait raison, et c'était bien le problème. Kevlar laissa échapper un soupir.

— Il faut qu'on sorte, qu'on couvre plus de terrain. On va commencer par le sud de la zone portuaire, et progresser petit à petit.

— La situation est encore pire qu'hier, souligna Flash inutilement.

— Le gouvernement a déclaré l'état d'urgence, renchérit Blink.

— Je sais ! s'emporta Kevlar. Vous croyez que je ne suis pas au courant ? On n'a pas le choix. On navigue à vue, mais je ne laisserai pas Smiley se débrouiller seul. On n'a pas pris le temps d'étudier les cartes de la région, et on sait tous que son sens de l'orientation est déplorable. Il est peut-être déjà en plein milieu de Quito.

Sans surprise, tous les autres ricanèrent. Effectivement, Kevlar n'avait rien dit qu'ils ne savaient déjà. Smiley était un dur à cuir, un tireur d'élite hors pair, et il avait plus de courage dans son petit doigt que la plupart des gens.

Mais son sens de l'orientation était inexistant.

— Personne ne doit sortir seul. Restez groupés. Et par pitié, gardez vos traceurs sur vous en permanence. Je n'ai surtout pas besoin d'un autre homme porté disparu sans aucun moyen de le localiser.

Tout le monde acquiesça.

— Que chacun prenne un sac avec du matériel médical

et des vivres. On ne sait pas dans quel état ils seront quand on les trouvera. Restez discrets, il ne faut pas attirer l'attention de la milice. Il ne manquerait plus qu'ils nous tombent dessus... On retrouve Smiley et Bree, et on se tire d'ici. C'est notre mission, compris ?

— Hoo-ah !

— Affirmatif !

— En avant !

Kevlar avait confiance en son équipe, Mais la situation était beaucoup trop instable à son goût. Ils ne savaient pas du tout par où commencer les recherches. Dans les rues, l'atmosphère était explosive, et ils ne voulaient surtout pas se retrouver au beau milieu d'un coup d'État.

Tex et ses collègues pouvaient encore les exfiltrer, mais si la situation s'aggravait, les vols risquaient d'être suspendus, et toute sortie du territoire deviendrait quasi impossible.

Tandis qu'ils se préparaient tous à poursuivre les recherches, Kevlar laissa échapper un soupir.

— Où es-tu, Smiley ? murmura-t-il.

* * *

Smiley était à bout de nerfs. Il ne savait absolument pas où ils se trouvaient. Il avait l'impression de tourner en rond. D'ailleurs, ce n'était pas qu'une impression, puisqu'il venait de passer devant le même bâtiment pour la deuxième fois.

Ses coéquipiers allaient bien se foutre de lui. Il aurait tellement aimé avoir une boussole... ou Preacher et MacGyver à ses côtés. N'importe lequel de ses coéquipiers aurait déjà trouvé le motel où ils séjournaient. Il avait l'impression de ne pas être à la hauteur, et répondait de plus en plus sèchement aux rares questions de Bree.

Elle n'avait rien dit depuis une vingtaine de minutes, et Smiley essayait encore de déterminer s'ils avaient déjà emprunté cette rue. Rien ne lui semblait familier. Il espérait qu'ils n'étaient pas encore perdus à cause de lui...

Il entendit un léger bruit sur la gauche. En se tournant vers Bree, il vit des larmes sur ses joues. Son œil tuméfié semblait un peu moins enflé qu'auparavant, mais elle devait encore avoir du mal à y voir. Et maintenant, elle pleurait... *Merde.*

Il s'arrêta brusquement.

— Bree ?

— Ça va, répondit-elle en essayant de le faire repartir, en vain.

Smiley la plaqua doucement contre un mur et essaya d'attirer son regard, mais elle avait les yeux rivés sur son torse, et refusait de relever la tête.

— Dis-moi ce qui ne va pas, lui ordonna-t-il d'une voix rauque.

Elle soupira, puis s'essuya la joue d'un mouvement d'épaule.

— Pour quoi faire ? Ça te mettra encore plus en colère.

— En colère ? Je ne suis pas en colère.

Elle ricana.

— D'accord, se ravisa-t-il. Je ne suis pas en colère contre *toi.*

— Je suis désolée, Smiley. Tu n'as rien à faire ici. Je ne vois pas ce que j'aurais pu faire différemment, mais si j'avais été plus maline, plus forte, ou je ne sais quoi... on ne serait pas perdus en pleine guerre civile. Tu n'aurais pas eu à tuer ces types sur le port, ni à assommer les deux autres tout à l'heure. Tu n'aurais pas volé ces vêtements à quelqu'un qui en a sûrement plus besoin que moi. Tu n'aurais pas faim parce que tu m'as laissé tout le morceau de pain.

Smiley était bouleversé. Il regarda autour de lui pour trouver un endroit où ils pourraient s'assoir, se reposer un peu, et discuter. Il avait merdé, et il fallait arranger cela.

Sans un mot, il prit Bree dans ses bras. Il ne pouvait pas errer de cette manière, complètement perdu, pendant qu'elle le suivait en titubant, affaiblie et épuisée. C'était inadmissible.

— Smiley..., protesta-t-elle en passant un bras autour de son cou.

En se dirigeant vers ce qui s'apparentait à un immeuble d'habitations, une chose lui vint à l'esprit : c'était inutile de tourner en rond dans les rues. Ils risquaient de se faire repérer par des civils susceptibles de composer le numéro figurant sur ces foutues affiches. Il ne voulait surtout pas que quelqu'un s'en prenne à Bree.

Il lui fallait un repère, une direction à prendre tout en restant sous les radars de Castillo. Il devait prendre de la hauteur, élaborer un plan, et permettre à Bree de souffler un peu.

Il aurait dû y penser bien plus tôt. Il décida de grimper au sommet de cet immeuble et de chercher un accès au toit.

— Smiley ! insista Bree. Je peux marcher.

— Hors de question, répondit-il.

En entrant dans le hall de l'immeuble, il grimaça. Tout était saccagé. Des éclats de verre, des détritus et des aliments en décomposition jonchaient le sol. On était très loin de l'hôtel de luxe, mais dans ce quartier, il ne s'attendait pas à trouver mieux. Par chance, il n'y avait personne dans le hall d'entrée. Smiley se dirigea vers une porte surmontée d'un panneau représentant un bonhomme filiforme qui flottait au-dessus d'un escalier.

Il enfonça la porte d'un coup de pied, soulagé de constater qu'il s'agissait bien d'une cage d'escalier.

— Où allons-nous ? demanda Bree.

— Quelque part où on pourra se poser un peu, répondit Smiley.

— Je suis trop lourde, pose-moi, insista-t-elle.

Smiley ricana en se remémorant le poids des sacs qu'il portait en mission – sans parler de l'équipement habituel. Il sentait à peine les deux fusils qu'il avait en bandoulière. Bree était légère comme une plume.

Ils ne croisèrent personne en montant, ce qui était peut-être bon signe. Une fois au dernier étage, ils tombèrent sur une unique porte. Smiley posa Bree en la maintenant pour s'assurer qu'elle ne vacille pas, puis la poussa doucement derrière lui avant de tendre la main vers la poignée.

Son arme dans l'autre main, prêt à faire face, il retint son souffle et ouvrit la porte. La lumière du soleil inonda la cage d'escalier, les aveuglant tous les deux un instant.

Smiley cligna des yeux, le cœur serré.

Il espérait trouver un endroit désert où se cacher, mais le toit semblait tout aussi bondé que les rues en contrebas. Des bâches et des abris de fortune faits de cartons et de déchets s'étalaient partout. Les gens qu'il apercevait étaient allongés sous les coins ombragés qu'ils avaient bricolés eux-mêmes.

— Merde, soupira-t-il.

Il sentit Bree bouger derrière lui. Elle s'appuya sur son dos et se pencha un peu pour regarder.

— Là-bas, dit-elle en désignant un petit espace sur la droite, entre deux abris.

Il comprit immédiatement. Non seulement ils seraient à l'ombre, mais ils auraient aussi une vue dégagée sur la ville. C'était peut-être une occasion de repérer la direction à prendre.

Restait à voir si la femme et l'enfant installés à droite et le vieil homme à gauche accepteraient leur présence.

Il n'y avait qu'un seul moyen de le savoir.

Il s'apprêtait à demander à Bree de rester en arrière le temps qu'il aille jeter un œil, mais elle prit les devants.

Il lui attrapa la main pour la retenir.

— Tu ne peux pas y aller comme ça...

— Pourquoi pas ?

En effet, à première vue, les gens avaient l'air inoffensifs. Il s'agissait, pour la plupart, de personnes âgées ou de mères avec leurs enfants. Ils semblaient tous à bout de force, usés par la vie. Mais cela ne voulait pas dire qu'ils ne représentaient pas une menace. Smiley avait tendance à considérer tout le monde comme un danger potentiel. Apparemment, Bree n'était pas aussi méfiante.

Plus il y pensait, plus il se disait qu'il valait mieux qu'elle établisse le premier contact. Avec toutes ses armes, il n'inspirait pas vraiment confiance. Bree, légèrement boiteuse, avec ses vêtements trop grands et son œil enflé, semblait incapable de faire du mal à une mouche.

Tout en gardant un œil sur les gens autour d'eux, qui eux

aussi les observaient attentivement, Bree et Smiley se dirigèrent vers le petit espace libre.

Bree adressa un sourire à l'homme, puis se tourna vers la femme et son bébé.

— *Hola*, dit-elle en se désignant elle-même avant de montrer l'espace libre.

Elle joignit les mains comme pour supplier.

Smiley retint son souffle.

La femme acquiesça d'abord, suivie de l'homme.

Était-ce vraiment aussi simple que cela ? Smiley était sceptique. Ces derniers temps, rien n'avait été simple. Mais après tout, il avait retrouvé Bree avant qu'on l'emmène dans la jungle. La chance commençait peut-être à tourner.

Bree se retourna vers lui avec un grand sourire. Smiley adressa un signe de tête à leurs nouveaux voisins, puis posa une main dans le creux de son dos pour l'inviter à avancer. Ils n'avaient rien pour s'assoir, mais le plus important était de la mettre à l'abri du soleil pour qu'elle puisse se reposer un peu.

Il l'aida à s'asseoir, puis prit un moment pour s'approcher du bord. Tout autour, il n'y avait que des bâtiments, à perte de vue. Au loin, il aperçut l'océan. Il avait du mal à croire qu'ils s'étaient enfoncés dans les terres à ce point. Manifestement, il avait marché plus vite et plus longtemps qu'il ne le croyait.

— Smiley, assied-toi, le supplia Bree en tirant sur le bas de son pantalon.

Il faisait chaud, et malgré son envie d'observer les environs dans l'espoir de trouver un repère et de comprendre comment regagner le motel, il ne pouvait pas refuser.

Il s'assit, puis la prit dans ses bras avec précaution, toujours conscient de sa douleur au niveau des côtes. Elle posa sa tête sur son épaule et se détendit contre lui.

Lentement, Smiley fit glisser la bandoulière du sac pour pouvoir y accéder. Il sortit une bouteille d'eau et quelques crackers. Reconnaissante, Bree lui sourit en les prenant. Cette fois, elle parvint à déboucher la bouteille toute seule, ce qui le rassura.

— Comment tu te sens ? murmura-t-il pendant qu'elle se restaurait.

— Mieux.

— Dis-moi où tu as mal.

— Smiley, ça va.

— Ce n'est pas ce que j'ai demandé. J'ai besoin d'évaluer tes limites, Bree.

Elle soupira.

— J'ai mal aux côtes, à l'œil, et aux pieds. Mais ça m'a un peu détendu les muscles de marcher après être restée recroquevillée dans cette cage sur ce bateau.

— Tu veux m'en parler ? Ça pourrait t'aider…

Smiley ne voulait pas vraiment qu'elle lui explique tout en détails, mais il avait besoin de comprendre.

— Franchement, il n'y a pas grand-chose à dire. J'imagine que Fiona et Julie t'ont déjà expliqué comment on s'est retrouvées à Ensenada…

Smiley hocha la tête.

— Je les ai pris de court en sautant à l'arrière du camion de poulets. Ils s'attendaient à voir leur collègue. J'ai couru en espérant qu'ils me poursuivraient, et c'est ce qu'ils ont fait. Julie et Fiona en ont profité pour s'enfuir, mais ils m'ont rattrapée, tabassée, et je me suis réveillée dans une autre cage, sur le bateau. J'ai compris des bribes de leurs conversations, qui m'ont confirmé qu'on était en Équateur. J'avais le mal de mer, j'ai vomi plusieurs fois. Ils ne supportaient pas de rester près de moi, alors ils sortaient sur le pont. Quand je me suis sentie un peu mieux, j'ai fait semblant d'être encore malade pour éviter de leur donner des idées sur la manière de passer le temps. Ça a marché. Ils m'ont laissée tranquille. Quand on a accosté, ils m'ont confiée à un autre type, et pendant qu'il me traînait vers la camionnette, sûrement pour m'enfermer dans une autre cage et m'emmener dans la jungle, je lui ai mis un coup dans les couilles avant de m'enfuir. Ensuite, tu m'as trouvée... et voilà.

C'était une version très raccourcie des faits, mais Smiley ressentit un immense soulagement. Elle avait réussi à s'échapper deux fois de suite.

Soudain, il se rappela quelque chose.

Il se pencha légèrement, porta la main au niveau de son dos, puis sortit le couteau en plastique dont Bree s'était servie pour aider Fiona et Julie à s'enfuir. Il le brandit tout en se rasseyant.

Bree hoqueta, surprise.

— Où as-tu trouvé ça ?

— À ton avis ? Il était par terre, près de ce foutu camion...

Il y avait encore des traces de sang, et en le regardant, Smiley se dit qu'il aurait sûrement mieux fait de le laisser sur place. Pourquoi l'avait-il gardé ? Quelle idée de le sortir maintenant ?

Bree tendit la main, et Smiley aperçut un léger sourire sur ses lèvres.

— Bree ?

— Je n'en reviens pas que tu l'aies retrouvé…

Elle effleura le manche. Les cheveux qu'elle avait utilisés pour attacher le morceau de tissu commençaient à s'effilocher, mais ça tenait encore. Bree leva les yeux vers Smiley.

— Je peux le garder ?

Smiley ressentit un immense soulagement.

— Pour info… MacGyver était impressionné.

Elle rougit.

— Ce n'est pas *si* impressionnant.

— Tu plaisantes ? Il a été très efficace. C'est tout ce qui compte, pas son apparence. Les armes les plus efficaces sont souvent les objets aléatoires qu'on trouve autour de soi, pas les pistolets ou les couteaux dernier cri. Je n'ai pas de fourreau pour le ranger, et je n'ai pas envie que tu te blesses en le glissant dans ta poche. Ça t'embête si je le garde pour toi ?

— Non. Smiley ? Je peux te poser une question ?

— Tu viens de le faire, plaisanta-t-il en rangeant le couteau de fortune dans l'étui qu'il portait dans son dos.

La plupart des gens ne comprendraient pas qu'ils veuillent tous deux garder un objet lié à des souvenirs aussi horribles. Mais pour Smiley, c'était une preuve supplémentaire que Bree était faite pour lui.

Au lieu de sourire, Bree le dévisagea longuement.

— Quoi ?

— Tu as fait une blague.

— Apparemment, pas très bonne, dit-il en haussant les épaules.

— C'est juste que… tu n'es pas du genre à plaisanter. On va mourir, c'est ça ?

Elle semblait tout à fait sérieuse.

— Non ! aboya-t-il plus fort qu'il ne l'aurait voulu.

Il inspira profondément pour retrouver son calme.

— Non, on ne va pas mourir. Et si tu crois que Kevlar et les autres vont me laisser quitter l'équipe aussi facilement, tu te trompes.

— C'était aussi une blague. Bon sang, Smiley, qu'est-ce qui t'arrive ?

— Toi. Tu me donnes envie d'être un homme meilleur, et d'arrêter d'être tout le temps ronchon.

Elle posa une main sur sa joue et la caressa avec le pouce.

— Je t'aime comme tu es. Sois grincheux, Smiley. Tu peux même être un sale con. Je ne veux pas que tu changes pour moi.

— Tu avais une question ? demanda-t-il, la voix légèrement enrouée.

Elle le bouleversait. Elle était dans un pays étranger, sale, morte de faim et de soif, blessée… et pourtant, c'était elle qui le rassurait. Il ne la méritait pas, mais il ferait tout pour préserver l'amour qu'il voyait dans ses yeux ; cette confiance totale qui signifiait qu'elle comptait sur lui pour la protéger, et les sortir de ce merdier.

— On est perdus ?

Smiley cligna des yeux. Il ne s'attendait pas du tout à ça. Une vague de chaleur lui monta aux joues. Il détestait reconnaître ses faiblesses devant elle, mais il ne lui mentirait pas. Pas après tout ce qu'elle avait enduré.

Il haussa les épaules.

— Je n'ai pas le sens de l'orientation. Je suis tireur d'élite, je peux nager des kilomètres sans fatiguer, je cours plus vite que tous mes coéquipiers... mais pour trouver mon chemin, c'est une catastrophe.

À sa grande surprise, Bree sourit.

— J'imagine que ce sera moi la copilote quand on fera un road trip, alors...

L'image d'eux dans une voiture, Bree à ses côtés lui indiquant la route, lui réchauffa le cœur.

— Oui, ma belle. Ce sera toi.

— Alors, quel est le plan ? Tu as repéré où on était depuis le toit ?

Rien ne lui échappait.

— Je sais juste qu'on va dans la mauvaise direction, admit-il, un peu honteux. Il faut retourner vers la mer, pas nous en éloigner.

— Mais ce n'est pas là-bas que les hommes de Mateo nous chercheront ? s'enquit-elle en fronçant les sourcils.

— Tu as vu les affiches. Ils nous cherchent partout. Mais mon équipe était dans un motel près du port. Ils ont dû se disperser pour essayer de nous retrouver. Plus on se rapproche du périmètre, mieux c'est.

— Et Tex ? Il ne peut pas leur dire où on est ?

— Il devrait, mais s'il y était arrivé, on nous aurait déjà retrouvés. J'ai un traceur sur moi, mais il doit être HS.

— Oh... Je sens qu'il ne va pas être content.

— Tu n'as pas idée, répondit Smiley en imaginant le génie de l'informatique en train de vociférer sur son matériel. S'il en avait besoin, c'était bien maintenant.

— Peut-être que si je connaissais un peu mieux les lieux, je pourrais aider, proposa Bree.

La première réaction de Smiley aurait été de refuser. Elle avait besoin de se reposer. Mais il se ravisa. Il était incapable de s'orienter. Elle ne pouvait pas faire pire que lui.

— Dans un moment. Pour l'instant, il faut qu'on dorme. On repartira au coucher du soleil.

— Dans le noir ?

— En plein jour, on est trop visibles. La prime sur ta tête est bien trop élevée. C'est comme si quelqu'un offrait deux millions de dollars pour retrouver un chien fugueur. Tout le monde serait à l'affût.

Elle soupira.

— Je ne comprends pas pourquoi il me veut à ce point, songea-t-elle.

— Je ne dis pas ça pour être méchant, mais je ne crois pas que ce soit toi en tant que personne. À ce stade, c'est une question d'ego. Il a payé cher pour t'avoir, et maintenant, c'est devenu une obsession.

— C'est stupide, soupira Bree.

— Oui, acquiesça Smiley.

— Et quand on aura retrouvé ton équipe, et quitté le pays, il va revenir en Californie ? Envoyer d'autres hommes ? Je vais devoir me cacher toute ma vie à cause de sa fierté ridicule ?

— Non ! s'exclama Smiley, encore trop fort.

La femme au bébé laissa échapper un grognement, agacée. Smiley haussa les épaules en guise d'excuse.

— Tu te souviens de ce que Tex a dit à propos du groupe qui a éliminé le prédécesseur de Castillo ?

— Ce type… Rex ?

— Oui. Disons juste que Rex n'est pas très content. Il va s'assurer que Castillo ne soit plus jamais une menace – ni pour toi, ni pour aucune autre femme. Une fois rentrés, la seule chose dont on devra s'occuper, c'est notre avenir. Ensemble.

Bree leva les yeux vers lui.

— Je veux rester avec toi.

— Tant mieux. Parce que moi aussi, c'est ce que je veux.

— Ne me fais pas de mal, Smiley. Je crois que ça me détruirait.

— Je ne te ferai jamais de mal. C'est toi qui serais la plus susceptible de me blesser.

Elle ricana.

— Peu importe.

— Je suis sérieux. Tu crois que je passe des mois à chercher toutes les femmes que je croise en mission ? Non. Mais il y a quelque chose en toi qui m'a empêché d'abandonner. Tu m'as touché au plus profond, Bree. Et maintenant, tu es tellement ancrée en moi que je ne peux pas imaginer la vie sans toi. Tu m'as demandé une fois pourquoi je t'aidais.

Bree hocha la tête.

— Et tu as répondu que tu me le dirais après l'arrestation de Mateo.

— Exact. Il n'a pas encore été arrêté, mais de toute façon, il est déjà mort. Je crois que je t'ai aimée dès la première seconde. Ça paraît fou…mais je ne vois pas d'autre explication à cette obsession que j'avais de te retrouver.

Elle le dévisagea, sans parvenir à déchiffrer son expression.

— Si tu reprenais tes esprits et que tu changeais d'avis à propos de nous… je serais dévasté, lâcha-t-il.

— Je n'irai nulle part. Pourquoi crois-tu que je sois allée à Riverton en quittant Las Vegas ? J'aurais pu aller n'importe où, mais je me suis précipitée là où tu étais. Je pense qu'on est faits pour être ensemble. Je n'appellerais peut-être pas ça un coup de foudre… mais il y avait quelque chose. C'est pour ça que je t'ai retrouvé à Riverton, que tu as réussi à me retrouver au Mexique, et qu'on est ici maintenant. On va rentrer chez nous, j'en suis sûre.

Smiley avait tellement la gorge nouée qu'il ne pouvait plus rien dire.

Il la serra contre lui, ferma les yeux, et pria pour qu'elle ait raison.

Alors que Bree s'endormait dans ses bras, Smiley resta éveillé, en alerte. Il n'était pas fatigué, loin de là. Une fois qu'il serait certain qu'ils étaient en sécurité et sur le point de quitter le pays, il s'écroulerait. Mais pour l'instant, il était sur les nerfs.

Bree dormit environ deux heures contre lui. Quand l'activité sur le toit commença à s'intensifier, Smiley décréta qu'il était temps de partir. Il ne faisait pas encore nuit, mais il n'aimait pas le regard que certains hommes – et même certaines femmes – leur lançaient. Son analogie du *chien perdu* revenait sans cesse le hanter. Il suffirait d'un seul coup de fil pour qu'ils soient dans une merde noire.

— Bree, murmura-t-il.

Elle ouvrit les yeux instantanément, comme si elle n'attendait que ça.

— Quoi ? Qu'est-ce qui ne va pas ?

— Rien, répondit Smiley d'un ton apaisant, en espérant ne pas mentir. Il est temps de partir. Tu veux inspecter les lieux et mémoriser quelques repères pour qu'on aille dans la bonne direction ?

Elle hocha la tête et s'apprêta à descendre de ses genoux, mais Smiley la retint.

— Attends, ma belle. Laisse-moi me lever d'abord.

Il l'aida à se décaler, se leva, puis la redressa le plus délicatement possible. Ensuite, il se plaça derrière elle pendant qu'elle observait la ville.

D'après la position du soleil, Smiley estima qu'il était environ 17 h.

Bree scruta attentivement les environs, et Smiley pouvait presque voir son esprit en marche, en train de mémoriser les points de repères et de tracer un chemin vers l'océan. Une fois le soleil couché, il savait qu'il serait perdu, mais il avait confiance en Bree. Il aurait dû lui demander de l'aide bien avant. Il s'était habitué à ce que ses coéquipiers s'en occupent spontanément.

Bree leva les yeux vers lui. Même couverte de bleus et d'égratignures, c'était la plus belle femme qu'il avait jamais vue. Elle dégageait une force intérieure et une douceur qui l'attirait de manière irrésistible.

La femme avec le bébé se mit à parler. Smiley se retourna pour la regarder par l'ouverture entre les cartons. Il crut d'abord qu'elle s'adressait à eux... mais il réalisa qu'elle était au téléphone.

Il était inquiet, et pria pour qu'elle ne soit pas en train d'alerter quelqu'un. Mais elle ne semblait pas nerveuse, ni préoccupée.

Le bébé commença à pleurer. Elle raccrocha aussitôt pour essayer de le calmer.

Smiley se sentait bête : il aurait dû deviner qu'au moins une personne sur ce toit avait un téléphone.

— Ça va ? demanda-t-il à Bree.

— Oui. J'ai mémorisé quelques points de repère. Si on part maintenant, pendant qu'il fait encore jour, ça nous aidera beaucoup.

Smiley lui prit la main, puis l'éloigna du bord.

— Tes jambes vont tenir le coup ?

— Oui. Cette petite sieste m'a fait un bien fou. Merci.

Il secoua la tête. Il avait envie de lui dire qu'elle n'avait pas à le remercier, mais il avait d'autres choses en tête. Il lui fallait ce téléphone.

En contournant l'abri de fortune de la femme, il s'arrêta net. Comment allait-il formuler sa demande ?

— J'ai pris des cours d'espagnol à l'université, murmura Bree. Qu'est-ce que tu veux lui demander ?

Une fois de plus, Bree lui sauvait la mise.

— Elle a un téléphone. Peut-être qu'on peut s'en servir pour joindre Kevlar.

Bree écarquilla les yeux.

— Bon sang... ce serait tellement mieux que de retourner à pied jusqu'à la côte.

Elle se tourna vers la femme et lui demanda le prénom de son bébé.

Smiley comprenait suffisamment l'espagnol pour suivre ce qu'elle disait. Et même s'il ignorait pourquoi elle ne lui demandait pas son téléphone, il lui faisait confiance.

Pendant que les deux femmes échangeaient, Bree dans

un espagnol hésitant, et la femme apparemment méfiante, Smiley sentit un frisson le parcourir. En regardant autour de lui, il ne remarqua rien de particulier, mais l'expérience lui avait appris à ne pas ignorer les sentiments de malaise qu'il éprouvait au cours d'une mission.

— Il faut qu'on y aille, déclara-t-il.

Elle acquiesça aussitôt, et changea de ton en s'adressant à la femme. Sa voix se fit plus douce, comme si elle la suppliait. Elles discutèrent brièvement, puis Bree se tourna vers lui.

— Elle veut savoir ce qu'on lui donne en échange.

Smiley n'hésita pas une seconde. Il tendit à Bree le petit sac qu'il portait.

— Il reste deux bouteilles d'eau, une barre chocolatée, une miche de pain, et deux boîtes de légumes.

Les yeux de Bree s'écarquillèrent.

— Tu avais une barre chocolatée ?

Il se sentait coupable de ne pas la lui avoir donnée.

— Oui, mais je voulais que tu manges quelque chose de plus consistant. Ensuite, tu t'es endormie, et...

— Tu ne l'emporteras pas au paradis, murmura Bree en prenant le sac pour retourner négocier.

Smiley l'observa avec un mélange d'amour et de fierté. Elle devait mourir de faim, mais elle n'hésita pas à proposer à la femme tout ce qu'ils avaient.

— Elle veut les fusils aussi, lui expliqua Bree en se mordillant la lèvre.

— Non, c'est hors de question. On doit partir, Bree. Tout de suite.

Le poids de l'urgence retomba sur lui. Ils devaient quitter cet endroit avant de se faire piéger.

La femme dut le comprendre, car vingt secondes plus tard, elle tenait leur sac, et Bree avait le téléphone en main.

Smiley s'en empara aussitôt et composa le numéro de Kevlar. Il n'avait peut-être pas le sens de l'orientation, mais il connaissait les numéros de ses coéquipiers par cœur.

— *Qu'est-ce qu'il y a ?*

Smiley ne put se retenir de sourire en entendant la voix de son chef d'équipe.

— Si tu n'es pas occupé, j'aurais besoin d'un coup de main.

— *Smiley ?! Bordel, où es-tu ? Ça va ? Bree est avec toi ?*

— Aucune idée, oui, et oui.

— *Je m'en doutais. À notre retour, je t'inscris à un foutu cours d'orientation pour débutants. Donne-moi un repère. N'importe quoi.*

— J'imagine que mon traceur est HS ?

— *Oui. Tex est fou de rage. Il a dit qu'il n'y avait plus aucun signal.*

— D'accord. On est sur un toit. À vue de nez, je dirais… à environ huit kilomètres de la côte.

— *Bordel, comment tu as fait pour arriver jusque-là ?*

— Aucune idée.

— *Ça ne m'aide pas ! Décris-moi les environs.*

— On est dans une sorte d'immeuble. Il y a dix étages.

Smiley retourna au bord du toit et décrivit tout ce qu'il voyait.

— *D'accord. Je crois que MacGyver et Safe t'ont localisé. Tu peux rester où tu es ? Il y a des émeutes partout, et les routes sont impraticables. Il nous faudra au moins une demi-heure.*

— Négatif. Mon instinct me dit de partir. Castillo a distribué des tracts avec la photo de Bree. Il offre plus d'argent que la plupart des gens du coin n'en gagneront durant toute leur vie.

— *On a vu ça,* cracha Kevlar avec dégoût. *D'accord. Tu vois la statue d'un homme à cheval au sud-ouest ?*

Smiley chercha la statue des yeux, puis se tourna vers Bree.

— Est-ce qu'il y a une grande statue d'homme à cheval près d'ici ?

Bree désigna aussitôt la direction, à leur gauche.

— *Laisse-moi deviner... Ta compagne est experte en orientation.*

— Bien meilleure que moi, répondit Smiley.

— *Tout le monde est meilleur que toi,* plaisanta son chef d'équipe avant de reprendre son sérieux. *Allez-y. On arrive. Garde la tête baissée. On va te trouver. Smiley... Je suis content que tu ailles bien. On était tous inquiets.*

Une boule se forma dans la gorge de Smiley. Ses coéquipiers et lui étaient habitués au danger, à regarder la mort en face sans broncher. Mais là, c'était différent.

— *Trente minutes,* répéta Kevlar. *Ne nous pose pas un lapin.*

Il raccrocha.

Smiley rendit le téléphone à la femme en lui adressant un sourire reconnaissant.

— Euh... Smiley ?

— Oui ? fit-il en entendant le ton de Bree.

Il retourna près d'elle, et passa un bras autour de sa taille pour la stabiliser – elle se penchait un peu trop au-dessus du vide à son goût.

— Je crois que ce n'est pas bon signe.

Smiley suivit des yeux la direction qu'elle pointait du doigt.

— Merde...

Un camion militaire venait de s'arrêter devant l'immeuble, et des hommes armés se dirigeaient déjà vers l'entrée du bâtiment.

Sans dire un mot, Smiley prit la main de Bree et se précipita vers la cage d'escalier. Ils devaient fuir avant que ces hommes débarquent sur le toit. Ils étaient là pour eux, Smiley n'avait aucun doute là-dessus.

De toute évidence, quelqu'un avait prévenu Castillo que l'Américaine disparue était ici. Il n'était pas question d'emprunter l'escalier pour descendre au rez-de-chaussée. Ils devaient trouver un autre moyen.

— Smiley ?

— Trente minutes, Bree. Tout ce qu'on a à faire, c'est de garder une longueur d'avance sur eux pendant trente minutes, le temps que Kevlar et les autres arrivent. Tu peux y arriver ?

— C'est du gâteau, répondit-elle d'une voix tremblante.

D'habitude, quand les balles fusaient et qu'un seul faux pas pouvait être décisif, Smiley se sentait invincible. Il avait défié la mort plus d'une fois. Mais là, c'était différent. Il était terrifié. Il n'y avait pas que sa vie qui était en jeu.

Il avait toujours été conscient qu'il risquait sa vie pour son pays. Mais Bree n'avait rien fait de mal. Elle était juste tombée sur le mauvais homme, et par sa faute, elle avait été kidnappée à deux reprises, passée à tabac, et voilà qu'elle était prise au piège comme un rat, en plein coup d'État.

Le désespoir poussa Smiley à accélérer le pas. Il serra la main de Bree plus fort, l'entraînant avec lui tandis qu'il dévalait l'escalier pour rejoindre les étages inférieurs. Il devait trouver une cachette, et laisser les hommes de main de Castillo perdre leur temps à les chercher sur le toit. Quelqu'un finirait par leur dire qu'ils étaient partis, mais ils ne pouvaient pas savoir où.

Smiley pria pour trouver une porte ouverte. S'ils restaient dans les couloirs au moment où les hommes de Castillo fouilleraient les étages, ils n'avaient aucune chance. Il était prêt à tout pour que Bree s'en sorte, même s'il devait prendre une balle.

19

Le cœur de Bree battait beaucoup trop vite. Elle avait eu peur plus d'une fois au cours des derniers jours, mais jamais à ce point. Ils étaient piégés. Smiley se montrait optimiste, mais elle voyait bien l'inquiétude dans son regard. Les trente minutes d'attente avant l'arrivée de son équipe lui semblaient une éternité. Elle ne savait pas comment ils allaient pouvoir se cacher aussi longtemps.

Mais elle ne formula aucune de ses craintes à voix haute. Elle devait déjà utiliser toutes ses ressources pour tenir debout et suivre le rythme. Tandis qu'ils progressaient dans le couloir sombre et crasseux qui sentait le renfermé, Smiley essayait d'ouvrir chacune des portes qu'ils croisaient. Elles étaient toutes fermées à clé.

Puis enfin, une porte s'ouvrit.

Bree jeta un regard par-dessus son épaule en direction de la cage d'escalier, et fut soulagée de constater qu'elle restait close. Elle ne parvenait pas à sortir de sa tête l'image d'une horde d'hommes armés montant les marches quatre à quatre, prêts à tout pour mettre la main sur elle.

Si cela arrivait, Smiley allait mourir. Elle savait mieux que quiconque qu'il faudrait lui passer sur le corps avant de l'atteindre à nouveau. Elle ne supporterait pas de vivre avec sa mort sur la conscience.

Heureusement, l'appartement dans lequel ils venaient d'entrer était désert. Bree n'avait surtout pas envie d'entraîner quelqu'un dans cette galère. L'espace était étonnamment propre et bien rangé. De toute évidence, les habitants étaient pauvres, mais ils prenaient soin du peu qu'ils possédaient.

Il n'y avait qu'une seule pièce, avec un rideau dans un coin – 'c'étaient sans doute les toilettes. Un matelas était posé à même le sol contre un mur, il y avait une table bancale et deux chaises au centre, et un petit canapé – ou quelque chose qui y ressemblait – près de la fenêtre. Le tissu était éventré, le rembourrage sortait des coussins, et on pouvait voir les ressorts à travers un trou dans le dossier, mais une couverture crochetée à la main était soigneusement pliée sur le dessus.

Le coin cuisine était minuscule : un petit évier avec des boulons rouillés, et un sceau en dessous pour recueillir l'eau. Vu les énormes bidons alignés à côté, Bree doutait qu'il y ait encore l'eau courante. Il n'y avait pas de placard, seulement quelques boîtes de riz et d'autres denrées alimentaires empilées dans des caisses à gauche de l'évier. La vaisselle était rangée dans un carton près de ce qui servait de garde-manger, et une plaque électrique était branchée au mur, posée sur une planche de bois faisant office de plan de travail.

Sans les petites touches personnelles, le logement aurait été bien triste. Mais il y avait des dessins d'enfants sur les murs, quelques livres soigneusement alignés sur une étagère de fortune, et plusieurs photos punaisées çà et là, représentant un homme et une femme portant chacun un jeune enfant. Bree ressentit une certaine tristesse à l'idée que quatre personnes vivent dans cette pièce minuscule, au cœur de cet immeuble délabré... Même si, au moins, ils n'étaient pas sur le toit, en proie aux éléments et à la chaleur.

Sans lui lâcher la main, Smiley se dirigea vers une fenêtre derrière l'évier. Il regarda à l'extérieur, fronça les sourcils, puis sans un mot, il se tourna vers l'autre fenêtre près du lit.

Il regarda Bree d'un air satisfait.

— Si besoin, on peut sortir par là.

Bree écarquilla les yeux.

— Quoi ? Par la fenêtre ? Smiley, on est au neuvième étage.

— Et il y a une gouttière. C'est du gâteau, répliqua-t-il en reprenant les mots de Bree.

Il était fou, il n'y avait pas d'autre explication.

Il s'approcha d'elle et prit son visage entre ses mains.

— Tu me fais confiance ?

La réponse coulait de source.

— Oui.

Il inclina légèrement la tête et murmura :

— Tu n'as même pas hésité.

Bree posa les mains sur ses poignets.

— Smiley, on pourrait te reprocher beaucoup de choses : tu es introverti, pas vraiment sociable, tu te comportes parfois comme un connard avec les autres… mais tu n'es pas téméraire. Si tu affirmes qu'on peut sortir de cet immeuble par la fenêtre, je te crois à mille pour cent.

Il la dévisagea si longuement qu'elle commença à s'inquiéter.

Au moment où elle s'apprêtait à s'excuser pour sa réponse un peu désinvolte, il réagit enfin.

— Je ne savais pas ce qu'était l'amour. Quand mes coéquipiers tombaient amoureux les uns après les autres, je ne comprenais pas. J'étais content pour eux, bien sûr, mais je restais cynique au sujet de leurs relations. Et puis tu es entrée dans ma vie… avant de disparaître. J'étais obsédé par l'idée de te retrouver, et je me répétais que c'était juste pour m'assurer que tu allais bien. Mais c'était bien plus que ça. Ces quelques minutes à Vegas… ça m'a donné envie de vivre la même chose qu'eux. Maintenant, ça y est.

Bree ne voyait pas vraiment où il voulait en venir.

— Ça y est…, répéta-t-elle.

— C'est compliqué pour moi de faire confiance à quelqu'un. Les personnes qui auraient dû être là pour moi – mes parents – m'ont laissé tomber. Mon père était un salaud, et ma mère… elle ne l'a jamais quitté. Elle est restée malgré tout. Petit à petit, j'ai appris à faire confiance à Kevlar, Safe, Blink, Preacher, MacGyver, Flash… mais c'est tout, et ça n'a jamais été simple. Et puis tu as débarqué dans ma vie. Je n'ai jamais été aussi heureux que quelqu'un me connaisse vraiment. Quoi qu'il arrive, je sais que tu es là pour moi, tout comme je suis là pour toi.

Bree était touchée en plein cœur.

— Je t'aime, murmura-t-elle. Et je crois que je ne savais même pas ce que ça voulait dire avant.

— Moi aussi, je t'aime, répondit Smiley en hochant légèrement la tête.

Il l'embrassa avec douceur.

— Quand on rentrera, tu viendras vivre avec moi à Riverton, hein ?

— Oui, si tu veux bien de moi.

— C'est ce que je veux.

Ces quelques mots étaient emplis d'une profonde émotion. Bree aimait sa confiance en lui. Il n'avait pas dit *si on rentre*, mais *quand on rentrera*, alors qu'ils étaient en danger, et qu'ils pouvaient être découverts d'une seconde à l'autre. Ils étaient dans un sacré pétrin, et pourtant, il se tenait là, et parlait à cœur ouvert comme s'ils avaient tout le temps du monde.

— On ne devrait pas sortir d'ici ?

Smiley haussa les épaules.

— À la seconde où on passera cette fenêtre, on sera à découvert. Je préfère qu'on reste planqués ici. Ils vont peut-être croire qu'on s'est enfuis, et ils redescendront.

C'était logique, mais Bree n'était pas du genre patient. Elle avait l'impression que le croque-mitaine était juste derrière la porte, en train de les torturer volontairement en évitant d'entrer. Mais comme elle l'avait dit, elle faisait confiance à Smiley, et elle était prête à tout pour lui prouver qu'elle était une femme de parole.

Chaque minute qui passait lui semblait durer une éternité. Ils entendaient des bruits de pas au-dessus, et Bree était à la fois surprise et inquiète de constater à quel point le plafond était fin. Elle ignorait depuis combien de temps ils attendaient, mais ce n'était pas suffisant, elle en était certaine.

Quand ils entendirent des voix dans le couloir, et le bruit caractéristique de portes défoncées, Bree comprit que leur temps était écoulé.

— On y va, déclara calmement Smiley.

Elle découvrait une autre facette de lui : le Navy SEAL, le vrai. Concentré, déterminé, décisif.

La gorge nouée, elle le laissa l'entraîner jusqu'à la fenêtre. Il souleva la vitre, regarda à l'extérieur, puis se tourna vers elle.

— Il vaut mieux que je te porte. Grimpe sur mon dos, et accroche-toi pendant que je descends. À moins que tu te sentes assez forte pour t'accrocher à la gouttière et glisser toute seule…

L'inquiétude dans sa voix était palpable, et il avait raison. Elle tremblait, elle manquait de sommeil, et elle n'avait presque rien avalé. Elle n'était pas assez en forme pour quelque chose d'aussi physique. Elle avait envie de lui demander s'il était en mesure de descendre avec un poids supplémentaire, mais elle devait lui faire confiance. S'il le proposait, il savait qu'il pouvait la faire descendre sans danger.

— Tourne-toi, répondit-elle simplement.

Il la fixa du regard un instant, puis retira les fusils attachés dans son dos, et les déposa au sol. Il se retourna et s'accroupit. Bree grimpa sur son dos en se mordillant la lèvre, puis croisa les chevilles au niveau de son abdomen, tout en faisant de son mieux pour ne pas l'étrangler quand il se releva.

Ça l'embêtait qu'ils soient obligés d'abandonner les armes, mais elle ne voyait pas d'autre alternative.

Sans hésiter, Smiley passa une jambe par-dessus le rebord de la fenêtre. Bree ferma les yeux en retenant son souffle.

— Prête ?

En entendant le bruit des portes se rapprocher, Bree lui fit comprendre que oui. Ils ne pouvaient pas rester là, il n'y avait littéralement aucun endroit où se cacher. Cependant, descendre le long d'une gouttière un peu douteuse n'avait rien de très rassurant.

— Accroche-toi, lui dit-il.

Ils amorcèrent la descente à vive allure.

Même avec l'ambiance sonore de la ville, le bruit des bottes de Smiley contre la gouttière était effrayant. Bree sentit le vent s'engouffrer dans ses cheveux... puis quelques secondes plus tard, ses pieds touchèrent le sol.

Un cri retentit au-dessus d'eux. En levant les yeux, Bree aperçut un homme qui les regardait depuis l'appartement qu'ils venaient de quitter. Sans-même la poser à terre, Smiley se mit aussitôt à courir, mais s'arrêta net après quelques pas.

Mateo Castillo et deux des hommes qui étaient sur le bateau se tenaient devant eux.

Mateo affichait un sourire narquois, tandis que ses hommes braquaient des mitrailleuses sur leurs têtes.

Le sang de Bree se glaça. Elle n'avait pas enduré tout cela pour finir dans cette prison en pleine jungle. Mais elle ne pouvait pas non plus laisser Smiley se faire tuer à cause d'elle.

Si cela pouvait le sauver, elle se rendrait, et se livrerait à Mateo Castillo.

Au fond d'elle, elle savait que cela n'arriverait pas. Une scène de *The Princess Bride* lui revint à l'esprit : Buttercup se rendait pour que Wesley ait la vie sauve... mais le méchant l'avait enfermé dans un repaire souterrain pour le torturer à mort.

Très lentement, Smiley s'accroupit légèrement et lui tapota la jambe. Elle comprit qu'il voulait qu'elle descende. Elle glissa de son dos, mais resta juste derrière lui, fermement agrippée à son T-shirt.

— C'est donc toi, le Navy SEAL qui croit pouvoir me prendre ce qui m'appartient, lança Mateo avec son sourire suffisant, persuadé d'avoir gagné.

— Bree n'appartient à personne, et certainement pas à toi, répliqua Smiley sur un ton que Bree ne lui connaissait pas.

Il était froid et méprisant. Elle frissonna.

— C'est là que tu te trompes. Je l'ai achetée.

— On n'achète pas des êtres humains.

— Faux, rétorqua Mateo, imperturbable. Je fais ça depuis longtemps, et je continuerai à le faire pendant des années. Tu ne peux pas m'arrêter. Personne ne le peut.

C'était surréaliste. Ils étaient au beau milieu de la rue, et discutaient normalement. Le quartier avait été déserté. Les habitants étaient assez malins pour s'éloigner d'une situation visiblement explosive.

Smiley éclata de rire ; un rire rauque, dur, et hautain.

— Tu es un idiot.

Mateo plissa les yeux et pinça les lèvres, agacé.

Bree n'était pas certaine qu'il soit judicieux de contrarier ce type, mais comme elle l'avait dit, elle faisait confiance à Smiley.

— Au fait, ton ami Rex te passe le bonjour, poursuivit Smiley, les bras croisés.

Il n'avait pas l'air perturbé par les deux armes automatiques braquées sur lui, ni par l'armée de connards susceptibles d'arriver derrière eux.

Mateo se redressa en abandonnant son faux air détendu.

— Je sais que tu as entendu parler de lui, enchaîna Smiley. Il a éliminé del Rio, et maintenant, c'est toi qui es dans sa ligne de mire. Tu es foutu, Castillo. Il t'a dans le viseur, et la seule issue, c'est la mort, et la fin de ton règne.

Mateo redoubla d'arrogance.

— Oui, je connais Rex. Il y a de fortes chances pour que le gamin qu'il a élevé soit mon fils biologique.

Bree faillit laisser échapper un cri de surprise. Elle avait entendu parler de l'enfant que la femme de Rex avait eu pendant sa captivité. C'était celui de Mateo ?

— Comment en es-tu arrivé à cette conclusion ?

Smiley semblait toujours détendu, mais Bree pouvait sentir se muscles se contracter.

— Del Rio me la laissait aussi souvent que je le souhaitais. C'était ma préférée. J'aimais la peur dans ses yeux, même lorsqu'elle écartait volontiers les jambes pendant que je lui faisais tout ce que je voulais. C'est impossible que je ne sois pas le père de ce morveux. Ton cher Rex élève *mon* enfant, ajouta Mateo avec un rire machiavélique qui fit frissonner Bree. Comment crois-tu qu'il va réagir lorsqu'il l'apprendra ?

— Si tu crois que tu vivras assez longtemps pour que tes mensonges remontent jusqu'à lui, tu rêves.

À présent, Mateo avait l'air furieux, et inquiet. C'était agréable à voir, mais Bree était inquiète elle aussi. À juste titre.

Ses mots suivants prouvèrent qu'il en avait fini avec cette petite conversation.

— Tuez-le, ordonna-t-il à ses hommes. La femme est à moi.

Les deux hommes firent un pas en avant.

Sans réfléchir, Bree contourna Smiley, et se plaça devant lui en écartant les bras.

— Non !

Puisque Mateo ne voulait pas sa mort, du moins pas encore, elle pouvait protéger Smiley de son propre corps.

Mais Smiley n'était pas d'accord. Il la poussa sur le côté et s'élança vers les hommes armés, dans un seul mouvement.

Les deux gardes furent pris de court : ils n'eurent même pas le temps de tirer. Smiley envoya valser l'arme de l'un tout en frappant l'autre en plein visage.

Le combat était lancé. Smiley ne laissa à aucun des deux hommes la possibilité de reprendre son arme. Il était comme possédé. Son attention passait d'un homme à l'autre, ne laissant à aucun d'eux l'occasion de prendre le dessus.

Cela aurait été magnifique à voir, si Mateo ne s'était pas précipité pour attraper Bree.

Elle se débattit, mais ses côtes lui faisaient encore terriblement mal, et elle n'était pas de taille à lutter physiquement contre cet homme plus grand et plus fort qu'elle.

— Tu m'as causé trop d'ennuis ! siffla Mateo. Tu vas regretter de m'avoir défié.

— Va te faire foutre ! cracha-t-elle en se débattant de toutes ses forces.

Elle n'allait pas se laisser faire, même avec ses côtes fêlées ou cassées. Si elle ne s'échappait pas cette fois-ci, elle était vouée à la mort. La vie qu'elle imaginait avec Smiley partirait en fumée. Elle ne connaîtrait jamais les enfants d'Addison ou de Maggie. Elle ne reverrait jamais Julie, ou Fiona. Elle ne pourrait pas faire plus ample connaissance avec Remi, Kelli, Wren ou Josie, ni voir Yana et ses frères grandir.

Non, elle se battrait pour Smiley, et pour elle-même.

Elle ne se contenta pas de se recroqueviller. Elle avait essayé de sortir le pistolet de l'étui que Smiley' avait dans le dos, mais il avait senti ce qu'elle faisait... et avait fait un pas en avant, lui envoyant un message clair. C'était sûrement mieux comme cela ; elle n'avait jamais tiré avec une arme à feu, et elle ne voulait surtout pas que quelqu'un la maîtrise et retourne l'arme contre eux. Par ailleurs, elle ne voulait pas le priver de sa seule arme.

Elle opta donc pour la meilleure solution.

La chemise à manches longues que Smiley lui avait trouvée était suffisamment grande pour cacher le couteau en plastique qu'elle avait fabriqué dans le camion à poulets. À présent, cette arme de fortune lui semblait parfaitement adaptée.

Elle s'en était déjà servi pour tuer, et l'occasion de s'en servir à nouveau se présentait.

Elle essaya de se dégager pour pouvoir plonger le couteau dans la gorge de Castillo, comme elle l'avait fait à Ensenada. Mateo se déplaça jusqu'à ce que son bras enserre son cou. Il ne l'empêchait pas de respirer, mais il la contrôlait désormais mieux.

Une colère intense et féroce envahit Bree. *Non !* Ce n'était pas ainsi que l'histoire entre elle et Smiley devait se terminer. Il continuait à se battre contre les deux autres hommes, et tandis qu'elle observait la scène, l'un d'eux se dégagea et se précipita vers l'arme qui lui avait été arrachée des mains.

Il était à quatre pattes dans la boue et venait d'attraper le fusil quand Bree passa à l'action.

Elle brandit le couteau de fortune et poignarda Mateo aussi fort qu'elle le put dans le bras qui enserrait son cou. Cela ne le tuerait pas, mais si elle pouvait le faire lâcher prise assez longtemps pour lui permettre de s'enfuir, c'est ce qu'elle ferait. Smiley l'avait retrouvée une fois, il la retrouverait encore.

Mateo poussa un rugissement de douleur qui fit siffler les oreilles de Bree, et étonnamment, son bras se relâcha.

Quand elle essaya de courir, les jambes de Bree se dérobèrent. Elle tomba dans la boue comme un sac de pommes de terre. Même si son cerveau ordonnait à ses jambes de se relever, de courir. Des coups de feu résonnèrent dans les bâtiments qui les entouraient.

Horrifiée, Bree leva brusquement la tête pour voir si Smiley allait bien, mais un poids lourd tomba sur elle, la faisant basculer en avant, le visage contre le sol.

Gémissant, elle essaya désespérément de se dégager, sans grand succès.

Pendant ce temps, d'autres coups de feu retentirent. On se serait cru en pleine Troisième Guerre mondiale.

Un sanglot lui échappa. Smiley ne pouvait pas être mort. C'était impossible ! Elle ne se le pardonnerait jamais. Il était la meilleure chose qui lui soit jamais arrivée, et elle l'avait fait tuer !

Soudain, tout redevint étrangement calme. Bree avait presque peur de bouger. Peut-être que si elle restait immobile, les salauds qui la poursuivaient la croiraient morte et s'enfuiraient.

Le poids qui pesait sur elle se retira, et elle se retrouva sur le dos. Elle cligna des yeux, incapable de se concentrer sur ce qu'elle voyait. Des bras puissants la soulevèrent, l'enveloppant dans une étreinte douloureuse.

Pendant un instant, Bree crut qu'elle était retenue par les hommes de Mateo, mais après avoir inspiré une bouffée d'air, elle comprit que c'étaient les bras de Smiley.

Elle s'agrippa à lui de toutes ses forces.

— Tu es blessée ? Merde !

Elle secoua la tête, puis une pensée lui vint à l'esprit. Les hommes de l'immeuble arrivaient... Ils devaient sortir de là !

Elle redressa la tête pour dire à Smiley qu'ils devaient s'enfuir. Son œil était encore enflé, mais depuis quelques heures, elle y voyait un peu mieux ; et elle n'en croyait pas ses yeux.

Blink et MacGyver étaient accroupis à leurs côtés.

— Elle est couverte de sang, lâcha Blink. Où t'a-t-il blessée, ma belle ?

Tout cela semblait irréel. Bree était confuse. Elle essaya de baisser les yeux, mais Smiley ne relâchait pas son étreinte.

— Smiley, lâche-la, ordonna Kevlar. Il faut l'examiner.

Très lentement, il relâcha son étreinte, et Bree se pencha suffisamment en arrière pour vérifier si Smiley était blessé.

— Tu es touché ? demanda-t-elle.

— Non. Et toi ?

Elle secoua la tête.

— C'est bien ce que je pense ? s'enquit Preacher en brandissant le couteau en plastique que Bree avait utilisé.

Quand elle jeta un coup d'œil sur le côté, elle vit Mateo Castillo immobile dans la poussière, une grande mare de sang se formant autour de lui, et un trou au milieu du front.

— Je t'ai sentie le sortir de mon étui, dit Smiley en reportant son attention sur lui.

— Bien joué, ajouta Safe.

En regardant par-dessus son épaule, elle vit les hommes avec lesquels Smiley s'était battu gisant sur le sol, des impacts de balle dans la tête.

— Quoi... comment ? balbutia-t-elle.

— Vingt-deux minutes et quarante secondes, déclara Kevlar. Désolé, je n'ai jamais eu le sens du timing.

Elle comprit enfin. Kevlar et son équipe étaient arrivés juste au bon moment. Elle ne savait pas comment, mais elle s'en moquait. Ils avaient probablement entendu les hommes de main de Mateo leur crier dessus.

— Désolé de vous interrompre, mais on doit y aller, dit Flash. Les gens du coin commencent à s'agiter.

Les hommes que Mateo avait envoyés à leur poursuite

sortirent de l'immeuble, mais après avoir vu leur chef gisant au sol et les hommes armés qui l'entouraient, prêts à tirer, ils s'enfuirent en direction de leur camion à l'autre bout de la ruelle.

Les civils étaient curieux aussi. Maintenant que les balles avaient cessé de siffler, les habitants sortaient de leurs cachettes pour voir ce qui se passait.

Preacher et Kevlar saisirent Smiley par les bras, et d'un mouvement fluide, le relevèrent. Bree était toujours dans ses bras.

Elle poussa un petit cri de surprise, mais Smiley intervint.

— Je te tiens.

Il disait vrai. C'était tout ce qu'elle avait besoin de savoir. Ses douleurs revinrent avec force, et quand il passa un bras sous ses jambes pour la bercer, elle s'abandonna totalement. Entouré de son équipe, il les conduisit vers un SUV garé le long du trottoir à un pâté de maisons de là. C'était un miracle que personne ne l'ait volé entre temps.

Ils étaient un peu à l'étroit, mais Bree s'en moquait. Mateo était mort. Elle était libre.

Elle fut envahie par une sensation de légèreté, comme si toute sa vie s'ouvrait devant elle. C'était à la fois effrayant et excitant.

— Soit on retourne au motel, soit on va directement à l'aéroport, dit Kevlar.

Bree leva la tête et regarda Smiley dans les yeux.

— À l'aéroport, répondirent-ils à l'unisson.

Elle sourit, et le regard amoureux qu'il lui lança était si

intense qu'elle eut l'impression qu'ils étaient les deux seules personnes sur Terre.

— On n'a pas ton sac, l'avertit Preacher. On est partis trop précipitamment.

— Je n'en ai pas besoin, j'ai tout ce qu'il me faut, répondit Smiley sans quitter Bree des yeux.

— Oh, mais… et vous ? demanda-t-elle en détournant à contrecœur les yeux de Smiley. Vous avez vos affaires ?

— Non, répondit Preacher. Mais ça m'est égal. De toute façon, j'imagine que toutes nos affaires sont infestées de punaises de lit. Qu'elles restent dans ce motel de merde.

— On va rendre la voiture et les armes à celui qui nous les a prêtées, ajouta Kevlar. On a nos papiers d'identité, Smiley. Y compris les tiens et ceux de Bree. Pour ma part, je vais être content de rentrer chez moi.

— Je suis sûr que Julie et Fiona seront impatientes de te voir, dit Safe.

— Les autres aussi, ajouta MacGyver.

Bree avait désespérément envie d'une douche, d'un énorme bol de macaronis au fromage, et d'un gallon d'eau. Peut-être même d'un analgésique. Mais bientôt, elle aurait tout cela, et bien plus encore. Au-delà du fait que Smiley soit sain et sauf, son plus grand souhait à ce moment-là était de rentrer chez elle, dans l'appartement de Riverton, où elle se sentait davantage chez elle que tous les autres endroits où elle avait vécu… simplement parce qu'elle le partageait avec l'homme qu'elle aimait.

Elle ferma les yeux et se détendit contre Smiley une fois de plus, tandis que Blink les conduisait vers la liberté.

20

Après cette expérience extrêmement éprouvante, le vol retour vers les États-Unis parut d'une banalité confondante. L'avion privé les attendait à l'aéroport de Guayaquil, et après avoir rencontré un mystérieux contact sur le parking pour rendre le véhicule et les armes empruntées, Smiley porta Bree jusqu'à l'intérieur du hangar, puis dans l'appareil.

Ses coéquipiers et lui étaient restés silencieux et sur le qui-vive. L'atmosphère était tendue, car les groupes de militants erraient, et causaient encore pas mal de chaos dans la ville.

Une fois en plein vol, Smiley se détendit enfin un peu. Il passa tout le trajet à veiller sur Bree. MacGyver lui avait posé une perfusion, et lui avait fait avaler autant de protéines possibles.

Ils atterrirent dans un petit aéroport régional du sud de la Californie, et même s'il n'aurait pas dû, il s'étonna d'y retrouver son Ford Ranger sur le parking, ainsi que le Crosstrek de Kevlar et l'Explorer de MacGyver. Il ignorait qui avait arrangé cela – sûrement Tex, en coordination avec l'équipe de Wolf – mais il en était reconnaissant.

Deux jours plus tard, après un passage chez le médecin, il s'était retranché avec Bree dans son appartement. À vrai dire, Smiley avait grand besoin d'être en tête-à-tête avec elle. Ils avaient beaucoup discuté de ce qu'elle avait vécu, de la manière dont il l'avait retrouvée, et dont tout cela s'était terminé.

Smiley avait eu peur que Bree soit émotionnellement dévastée par toute cette violence, mais elle avait admis qu'elle était plutôt inquiète d'être aussi sereine. Cela les avait amenés à parler de la manière dont il gérait certaines missions, et il avait organisé une visioconférence pour elle avec le psychologue qu'il consultait parfois après les déploiements les plus difficiles.

Il avait passé les deux derniers jours à la choyer, à s'assurer qu'elle mangeait sainement et qu'elle buvait assez. Leurs téléphones débordaient de messages vocaux, d'e-mails et de sms, mais ils n'avaient qu'une envie : profiter l'un de l'autre.

Cependant, il était temps de passer à autre chose. Smiley voyait bien que Bree commençait à s'agiter. Il avait envie de rester enfermé avec elle, de la garder pour lui, isolés du reste du monde, pour la chouchouter et veiller à ce qu'elle se remette complètement sans la moindre complication. Mais Bree était extravertie. Elle avait besoin de voir Fiona et Julie, de constater par elle-même qu'elles allaient bien. Elle voulait également remercier ses coéquipiers et l'équipe de Wolf, qui avaient aidé à les retrouver, et elle mourait d'envie de rencontrer Tex.

Smiley savait qu'il était toujours en Californie du Sud. Il laissait à Bree le temps nécessaire pour retrouver ses repères. Tout le monde faisait de même. Ils envoyaient des sms, des e-mails, mais ils respectaient leur intimité en évitant de venir frapper à leur porte.

— Je me suis dit qu'on pourrait aller chez *Aces* cet après-midi, proposa Smiley.

Le sourire que Bree lui adressa en se tournant vers lui confirma sa décision.

— Oui, ça me ferait très plaisir ! répondit-elle avec enthousiasme.

— Tu es sûre d'en avoir la force ? Tu avais mal à la tête hier.

Même s'il avait lui-même suggéré cette sortie, Smiley se demandait soudain si ce n'était pas prématuré.

— Oui. Mais... et toi, tu en as envie ? demanda-t-elle en fronçant légèrement les sourcils.

Ils étaient assis sur le canapé, et Smiley se tourna vers elle. Il posa une main sur sa joue.

— Si tu en as envie, alors moi aussi.

— Ce n'est pas juste, protesta-t-elle.

— Je t'aime, Bree Haynes. Je me suis fait une promesse pendant que j'étais à ta recherche : si je te retrouvais, je passerais le restant de mes jours à me plier en quatre pour t'offrir la vie que tu mérites. Et tu mérites d'être entourée d'amis, de rire, de vivre l'instant présent.

Bree secoua la tête avec obstination.

— Tu ne comprends pas ? Je ne peux pas être heureuse si je m'inquiète pour toi, si tu te forces à faire des choses dont tu n'as pas envie, et si tu es malheureux.

— Je ne serai jamais malheureux tant que tu es à mes côtés. Ça sonne comme une réplique toute faite, mais ça ne l'est pas. Ça me rend heureux de te voir sourire. Ça me donne envie de faire tout ce que je peux pour que ce sourire reste sur tes lèvres. Si tu veux sortir dîner, on sort dîner. Si tu veux aller au cinéma, on va au cinéma. Si tu as besoin de passer un moment entre filles, je te laisserai l'espace qu'il te faut. On n'a pas encore parlé de notre avenir à long terme, mais je veux t'épouser, Bree. Je veux vieillir à tes côtés, partir en vacances avec toi, garder les enfants de nos amis, et les voir surexcités de rentrer chez eux. Et par-dessus tout, je veux te gâter.

Bree avait les larmes aux yeux, mais il ne paniqua pas, car elle souriait.

— Moi aussi, j'ai envie de tout ça. Mais seulement si je peux te gâter en retour.

— Marché conclu. Et il faut que je te dise que...

Il marqua une pause.

— Oui ? fit-elle.

— Au *Aces*, tout le monde sera là.

Elle ricana.

— Je m'en doutais.

— Tu veux toujours y aller ?

— Absolument. On est restés isolés assez longtemps. Il est temps de reprendre une vie normale. Je ne suis plus en danger, n'est-ce pas ?

Smiley comprit aussitôt de quoi elle parlait.

— J'en suis sûr. J'ai parlé à Tex en rentrant. Je lui ai tout raconté. Il m'a envoyé un message ce matin après s'être renseigné sur la situation en Équateur. Le complexe de Castillo a été pris d'assaut. Toutes les femmes enfermées là-bas ont été libérées. Elles bénéficient de l'aide de groupes de défense des droits des femmes. Celles qui sont originaires d'autres pays se font rapatrier. L'organisation de Castillo, c'est de l'histoire ancienne. Tu es en sécurité, je t'en donne ma parole.

— Ça va me faire bizarre de ne plus être obligée de surveiller mes arrières.

— Tu vas t'y habituer, répondit-il fermement.

Elle lui adressa un petit sourire.

— Je t'ai déjà dit que je t'aime aujourd'hui ?

— Non, répondit Smiley en faisant la moue avec exagération.

— N'importe quoi. Je te l'ai dit, et même deux fois. Quand tu m'as servi ton gratin de Tater Tots au bacon et au fromage ce matin, et quand tu m'as aidée à égaliser mes cheveux.

— Hmm, je ne m'en souviens pas, plaisanta-t-il.

Le visage de Bree s'illumina.

— C'est exactement à ça que je pensais quand j'étais enfermée dans ces cages : nous deux, ici, amoureux, en sécurité, en train de nous taquiner.

Il sentit une vague d'émotions l'assaillir, mais il les refoula et se concentra sur l'amour qu'il y avait dans ses mots.

— Je t'aime, murmura-t-il.

— Heureusement, parce que je crois bien que maintenant, tu es coincé avec moi, répondit-elle en souriant.

Il se pencha vers elle pour l'embrasser. Ce qui devait être un bref baiser pour lui faire savoir à quel point il l'aimait se mua en quelque chose de plus profond, presque désespéré.

Il se retira à contrecœur, ignorant le petit gémissement de protestation de Bree.

— Quand tes côtes seront complètement remises, je te montrerai à quel point tu es *coincée* avec moi, lui promit-il.

Bree fit la moue.

— C'est nul.

Smiley éclata de rire.

— Au moins, tu n'as pas à gérer ça, dit-il en désignant son érection d'un signe de tête.

Bree tendit la main.

— Je peux m'en occuper.

Mais il lui saisit la main et la porta à ses lèvres.

— Ça peut attendre, répondit-il avec douceur. Je t'ai attendue toute ma vie, je peux bien attendre encore un peu.

Bree écarquilla les yeux.

— C'est tellement mignon. Qui êtes-vous, et qu'avez-vous fait de mon petit ami ?

Il rit de plus belle.

Bree se rapprocha, et passa les bras autour de son cou. Smiley la fit pivoter sur ses genoux. C'était bien plus confortable, et il sentait la chaleur de son corps.

Ils restèrent dans cette position de longues minutes, savourant le simple fait d'être l'un contre l'autre, puis Bree redressa la tête.

— Alors... quand est-ce qu'on part au *Aces* ?

Smiley rit de nouveau, et réalisa qu'il avait davantage ri en deux jours qu'au cours des dix dernières années. Bree avait apporté de la lumière dans sa vie monotone. C'était un énorme changement, et il adorait ça.

Il regarda sa montre.

— Ils y seront tous dans un quart d'heure, répondit-il d'un air faussement détaché.

— Un quart d'heure ?! s'exclama Bree en essayant de descendre de ses genoux.

Smiley la retint.

— Smiley ! Laisse-moi ! Il faut que je me prépare.

— Tu es déjà prête, déclara-t-il.

Bree leva les yeux au ciel.

— Je dois me changer, trouver un moyen d'arranger cette tignasse, mettre un peu de maquillage pour masquer les bleus... Je ne suis pas prête !

Il lui caressa la joue et posa son front contre le sien.

— Tu es parfaite comme ça, et tes amies te diront la même chose.

Elle se figea.

— Je ne veux pas qu'elles aient pitié de moi, ou qu'elles repensent à toutes les horreurs qu'on a vécues. Je veux qu'elles soient heureuses pour moi, pour nous, et qu'on profite d'être ensemble sans la menace de Mateo au-dessus de nos têtes.

Formulé ainsi, Smiley comprit mieux. Il hocha la tête et se redressa en relâchant son étreinte.

— Mais ça me fait plaisir que tu me trouves parfaite telle que je suis.

— Tu es bien plus que parfaite, affirma Smiley. Fais ce que tu as à faire. Je vais prévenir Wolf et Kevlar qu'on aura du retard, et ils préviendront les autres.

— On ne sera pas en retard, protesta Bree.

Smiley se contenta de hocher la tête en souriant. Ils allaient clairement être en retard, mais il s'en fichait, et leurs amis aussi. Ils brûlaient tous d'impatience de les revoir, et de constater par eux-mêmes qu'elle allait bien. Fiona et Julie avaient hâte de pouvoir lui parler. Smiley les avait tenues à distance aussi longtemps que possible... mais le moment était venu. Elles avaient besoin de se retrouver.

Il regarda Bree se précipiter dans le couloir, et une fois seul, il s'adossa et ferma les yeux. Quelques jours auparavant, un moment comme celui-ci lui semblait inaccessible. À présent, il était chez lui avec la femme qu'il aimait. Elle n'était ni brisée, ni véritablement meurtrie. C'était un miracle ; son miracle. Il passerait le reste de sa vie à travailler d'arrache-pied pour rendre chaque jour meilleur que la semaine qu'elle venait d'endurer.

* * *

Bree était nerveuse. Elle ne savait pas exactement pourquoi. Peut-être parce qu'elle ne voulait surtout pas que les autres la traitent différemment, ou qu'elle craignait que Julie et Fiona lui en veuille. Elle savait seulement que ce qui lui semblait être la meilleure idée du monde quelques minutes auparavant semblait maintenant être une erreur.

— Détends-toi, lui dit Smiley en lui prenant la main pour la conduire jusqu'à la porte du *Aces Bar & Grill*.

327

Bree tira la langue dans son dos, et quand il se retourna brusquement, elle afficha un grand sourire.

Il sourit.

— Tu viens de me tirer la langue ?

— Non, mentit-elle.

Smiley se mit à rire, ce qui détendit Bree pour de bon. Elle adorait faire rire cet homme. Il riait rarement, donc c'était une petite victoire à chaque fois.

Elle n'eut pas le temps de s'inquiéter davantage, car Smiley était déjà en train d'ouvrir la porte.

Quand ils entrèrent, ils furent accueillis par un silence… puis toute la salle explosa de joie et les salua.

C'était bouleversant, mais en voyant tous les gens présents, Bree sentit une immense vague de chaleur l'envahir.

Remi fut la première à venir la serrer dans ses bras. Ensuite, Bree passa d'une personne à l'autre. Tout le monde voulait s'assurer qu'elle sache à quel point elle leur avait manqué, et combien ils étaient inquiets.

Étonnamment, l'ambiance était plutôt festive, ce qui la soulagea. Elle ne voulait pas passer la soirée à raconter ce qu'elle avait vécu, ni susciter la compassion. Elle était saine et sauve, et consciente que beaucoup de femmes qui en étaient passées par là n'avaient pas eu cette chance.

Le moment qu'elle attendait et qu'elle redoutait à la fois arriva. Julie et Fiona s'approchèrent, tout aussi nerveuses qu'elle.

— On dirait que quelqu'un vous a volé votre gâteau de Noël, plaisanta Bree pour dissimuler son émotion.

Elles eurent l'air surprises en premier lieu, puis elles se jetèrent sur elle en même temps.

Bree recula pour garder l'équilibre. Heureusement, Smiley ne l'avait pas quittée d'une semelle, et il posa une main dans son dos pour la stabiliser.

Soudain, une pensée occulta toutes les autres : elles avaient failli ne plus jamais se revoir.

Elles éclatèrent en sanglots toutes les trois. Pour Bree, c'était un mélange de soulagement, de peur différée, et de fierté. Elle pouvait considérer ces femmes comme des amies.

Fiona fut la première à s'écarter, tout en gardant les bras autour de Julie et Bree.

— Ne refais jamais ça ! s'exclama-t-elle.

— Oui, ce n'était vraiment pas cool ! renchérit Julie.

Bree se surprit à sourire.

— Vous auriez préféré que je reste les bras croisés pendant qu'on nous expédiait je ne sais où ?

— Tu aurais pu y rester ! s'écria Fiona.

— Et à cause de nous, tu es blessée, ajouta Julie.

Bree reprit son sérieux, et les regarda tour à tour.

— Même si je pouvais revenir en arrière, je ne changerais absolument rien. Vous étiez là-bas à cause de moi. Je ne voulais pas que vous reviviez le pire moment de votre vie.

— Ce n'était pas ta faute, protesta Julie. C'était à cause d'un connard persuadé qu'il avait le droit de nous priver de notre liberté.

— S'il t'était arrivé quelque chose..., poursuivit Fiona, la voix brisée. Si tu avais disparu, ou si tu avais dû subir ce qu'on a vécu, je crois que ce serait encore pire que ce qui nous est arrivé il y a des années.

Bree était sidérée.

— Non, Fiona.

— Si ! insista-t-elle. Ce que tu as fait, c'est l'une des choses les plus altruistes que j'ai jamais vues. Et je ne sais pas si j'ai envie de te gifler ou de te reprendre dans mes bras.

— Je vote pour le câlin, répondit Bree.

De nouveau, les trois femmes se retrouvèrent blotties les unes contre les autres.

— Si je peux me permettre..., intervint une voix grave derrière Fiona.

Elle se dégagea, et Bree croisa le regard de Cookie.

Il la regardait intensément en pinçant les lèvres.

— Si tu veux bien... j'aimerais aussi te prendre dans mes bras. Je ne veux pas te mettre mal à l'aise.

Bree se jeta presque sur lui, et enfouit son visage contre son torse. L'étreinte de Cookie lui faisait mal aux côtes, mais elle ne dit rien.

— Merci, lui dit-il en posant une main derrière sa tête.

Ce mot pénétra au plus profond de son âme.

— Maintenant, c'est mon tour, déclara une autre voix grave.

Avant même de s'en rendre compte, Bree se retrouva dans les bras de Patrick Hurt. Il la remercia également avec beaucoup d'émotion.

Bree commençait à se sentir un peu gênée par toute cette attention. Elle était convaincue que si elles en avaient eu la possibilité, Julie et Fiona auraient fait la même chose. Elle avait tout simplement été libérée de sa cage la première.

— Bon... je crois qu'on sait tous pourquoi on est là ! lança Jessyka.

Bree se blottit de nouveau contre Smiley.

La propriétaire du *Aces* s'adressa à tout le monde depuis le bar.

— Ce soir, pour des raisons évidentes, il n'y aura pas de poulet au menu.

Bree éclata de rire en même temps que tout le monde. Elle échangea un regard complice avec Julie et Fiona, qui firent la grimace. Bree rit de plus belle.

— Il y aura des amuse-gueules. Si vous voulez autre chose… tant pis pour vous.

Tout le monde se mit à rire de nouveau.

— Le champagne est offert par la maison, les serveurs vous attendent. Levons nos verres en l'honneur de Bree, Julie, Fiona, et nos SEALs, les meilleurs des meilleurs. Sans oublier Tex.

Bree cligna des yeux, puis se tourna dans la direction où tout le monde regardait. Tex était adossé au mur du fond. Elle ne l'avait jamais rencontré, et pourtant, elle l'aurait reconnu entre mille. D'une part, il portait un short qui laissait entrevoir sa prothèse, et d'autre part, il dégageait une aura particulière, à la fois nerveuse et paternelle.

Sans hésiter, Bree se dirigea vers lui. Elle sentit Smiley lui emboîter le pas, mais elle n'avait d'yeux que pour l'homme qui s'était donné tant de mal pour les retrouver, qui avait aidé tant d'autres personnes. C'était lui qui l'avait localisée, et même si le traceur de Smiley était défaillant, Bree savait qu'il avait tout donné pour les retrouver, sans relâche. Sans parler du vol retour, et du passeport que Kevlar avait sorti de sa poche à l'atterrissage.

Elle avait entendu d'incroyables histoires à propos de cet

homme, et se retrouver face à lui était presque irréel. Remi, Wren, Josie, Maggie, Addison, Kelli... Elles avaient toutes bénéficié de son aide.

Elle versa la première larme avant même d'être à ses côtés. D'autres suivirent, et elle tomba littéralement dans ses bras. Tex la serra contre lui tandis qu'elle s'abandonnait complètement. Elle ne se rendit pas compte du temps qu'elle passa à pleurer dans ses bras, mais cela ne semblait pas le gêner.

Quand elle reprit le contrôle, elle se dégagea doucement.

— Salut, lâcha-t-elle en séchant ses larmes, un peu honteuse.

Elle venait sans doute de ruiner son maquillage, mais elle s'en fichait complètement. Elle avait un tas de questions à lui poser, mais aucune ne lui venait à l'esprit.

Tex esquissa un sourire en coin.

— Salut.

— Je... Tu... Bon sang ! râla Bree, frustrée de perdre ses moyens.

— Je m'appelle Tex, dit-il. Enchanté.

— Bree, répondit-elle.

C'était un peu surréaliste de se présenter alors qu'ils savaient déjà à qui ils s'adressaient.

Soudain, tout ce que Bree voulait lui dire refit surface, et elle bafouilla en essayant de l'articuler.

— Merci. À toi, et aux femmes avec qui tu travailles. Sans vous... je ne sais pas comment Smiley nous aurait retrouvées. Comment tu as su où le bateau allait accoster ? Vous m'avez suivie depuis Ensenada ? Je suis désolée qu'on m'ait retiré le traceur que Smiley m'avait donné, ça n'a pas dû vous faciliter la tâche. Fiona et Julie m'ont tout raconté. Remi et les autres m'avaient déjà parlé de toi, mais dans le camion de poulets, elles m'ont raconté à quel point tu as été génial quand elles se sont fait kidnapper, et ce que tu as fait pour Fiona... Tu l'as appelée toutes les quatre heures alors que tu avais d'autres obligations. Je ne sais toujours pas comment tu as fait pour obtenir une copie de mon passeport, mais merci pour ça aussi. Et pour l'avion. Je...

— De rien, l'interrompit Tex, mettant un terme à son flot de paroles.

Il la serra de nouveau dans ses bras.

— Il faut que je rentre auprès de ma femme et de mes enfants, ajouta-t-il en la relâchant. Et de mon chien. Il faut aussi que j'arrive à comprendre pourquoi le traceur de Smiley était HS. J'ai son boxer dans un sac plastique. Si quelqu'un fouille dans mes affaires, ça va paraître bizarre, mais j'ai horreur que la technologie me lâche. Je vais découvrir ce qui s'est passé, quitte à devoir toucher le boxer sale de Smiley.

Bree éclata de rire. Elle s'attendait à ce que Tex soit un peu guindé, et ringard. C'était tout le contraire. Il lui faisait penser à un oncle bienveillant, à qui elle pouvait confier ses secrets en toute confiance.

Il lui adressa un léger sourire qui la fit fondre littéralement.

— Tu vas emménager chez Smiley ? demanda-t-il spontanément.

Bree regarda timidement derrière elle, puis hocha la tête.

— Je m'en doutais. J'ai transféré tes affaires 'du garde-meubles de Vegas à celui de Riverton.

Elle resta bouche bée.

— Merci, mec, dit Smiley en tendant le bras pour serrer la main de Tex.

Ce dernier hocha la tête, salua Smiley, puis traversa la salle en direction de Fiona. Si Bree ne l'avait pas déjà deviné, à présent, c'était évident : Fiona était l'une de ses préférées. Ils avaient un passé intense en commun, et l'affection qu'ils avaient l'un pour l'autre faisait plaisir à voir.

— Ça va ? demanda Smiley derrière elle en la prenant dans ses bras, le menton sur son épaule.

— C'est toi qui t'es arrangé avec lui ?

— Non, il m'a simplement demandé ce qu'on comptait faire de tes affaires. Je lui ai répondu qu'on s'en occuperait plus tard. Apparemment, il ne voulait pas qu'on s'embête avec ça. Alors... ça va ?

— Oui, répondit Bree. Très bien, même.

Elle contempla ses nombreux amis. Elle avait failli perdre tout cela. Cette pensée l'ébranla davantage que tout ce qu'elle avait vécu.

Bree cligna des yeux, surprise. C'était horrible, on l'avait enfermée, traitée comme une moins que rien, menacée, battue, terrorisée... et pourtant, elle était ici, saine et sauve, entourée de plus d'amis qu'elle n'en avait jamais eu.

Elle aurait pu réagir comme une victime, se laisser submerger jusqu'à devenir quelqu'un d'autre, une femme effrayée par son ombre, et cloîtrée chez elle de peur que des inconnus s'en prennent à elle.

Mais en réalité, la vie était faite de hauts et de bas. Elle préférait se concentrer sur le positif. Elle se retourna dans les bras de Smiley et afficha un grand sourire.

— Quoi ? s'enquit-il en fronçant les sourcils. C'est quoi, ce sourire ?

— Je suis heureuse, répondit-elle simplement.

Il n'avait pas l'air rassuré, au contraire.

— Ça ne fait que deux jours. Ce qui t'es arrivé peut te frapper de plein fouet quand tu t'y attendras le moins.

Bree haussa les épaules.

— Peut-être, mais tu seras là, et je pourrai en parler à Julie et Fiona. Ou à Remi, ou à Kelli. Ou encore, aller voir Yana pour me rappeler à quel point elle apprécie tout ce qu'elle a, et comment elle gère ce qu'elle a vécu. J'ai eu de la chance, j'en suis consciente, et je préfère ça qu'être morte. J'ai envie de vivre, Smiley. D'avancer sans regarder en arrière.

— Je t'aime, murmura-t-il.

— Je t'aime aussi. Un jour, on sera ici tous les deux, vieux et grisonnants. Les enfants de nos amis seront là aussi, en train de rire et de parler de choses qu'on ne comprendra pas, d'une technologie qui nous dépasse. Et on repensera à notre vie sans regret.

Smiley la regarda d'un air nostalgique, et Bree eut un pincement au cœur.

— C'est ce que je veux, lui dit-il.

— Alors on fera tout pour que ça arrive.

— Oui.

Un serveur s'approcha avec un plateau de flûtes de champagne remplies à ras bord. Bree en prit deux et en tendit une à Smiley.

— À nous, murmura-t-elle.

— À nous, répéta-t-il.

Au lieu de boire, Smiley posa son verre sur la table sans même regarder… puis attira Bree contre lui.

Il l'embrassa longuement, passionnément, avec tout l'amour qu'il lui portait.

Bree le ressentit jusqu'au bout des ongles. Elle 'était la femme la plus chanceuse du monde, et elle se jura de vivre pleinement à partir de ce jour.

* * *

Quelques heures plus tard, Smiley n'arrivait pas à dormir. Il avait serré Bree dans ses bras jusqu'à ce qu'elle s'endorme, mais il n'arrêtait pas de cogiter. Après tout ce qui s'était passé, il repensait sans cesse à quelque chose que Castillo avait dit. Il était mort, et c'étaient sûrement des conneries, mais Smiley avait besoin de vider son sac. Il ne trouverait pas le sommeil tant qu'il ne serait pas libéré de ce poids.

Il se retourna et embrassa délicatement Bree sur le front, encore surpris de l'avoir près de lui. Non seulement à cause de ce qu'elle avait vécu, mais aussi parce que c'était un connard grincheux. Il le savait, mais Bree semblait s'en moquer. Ça le dépassait, et il ne comptait pas la laisser partir maintenant. Il avait trop besoin d'elle.

Il se glissa hors du lit aussi discrètement que possible. Il resta debout près du matelas un instant pour s'assurer qu'elle dormait toujours. Elle bougea légèrement en l'absence de la chaleur de son corps, mais se rendormit aussitôt. Rien qu'en regardant ses cheveux plus courts, son visage encore tuméfié, il avait envie de remonter le temps et de tuer Castillo une nouvelle fois.

Il se força à quitter la chambre pour se rendre au salon. Il s'assit sur le canapé, regarda son téléphone, puis inspira profondément avant de composer un numéro qu'il avait demandé à Tex avant de partir du *Aces*.

C'était le milieu de la nuit, mais l'homme décrocha au bout d'une sonnerie seulement.

— Rex.

— Désolé de t'appeler à cette heure. C'est Smiley.

L'envie de lui parler était irrésistible, mais maintenant qu'il l'avait au téléphone, Smiley n'était plus si sûr d'avoir bien fait.

— Qu'est-ce qui se passe ? Bree va bien ?

— Oui. Elle est vraiment... extraordinaire. Sa force me surprend un peu plus chaque jour.

— Nos femmes sont plus solides qu'on ne le pense, approuva Rex. Je me demande tout le temps comment Raven a fait pour se remettre de ce qu'elle avait vécu sans perdre sa personnalité. Je ne comprends toujours pas.

— Il faut que je te dise quelque chose, lâcha Smiley. À ta place, je voudrais le savoir, mais... ce n'est pas une bonne nouvelle.

— C'est au sujet de Castillo, c'est ça ?

— Oui. Je sais que tu es au courant qu'il travaillait avec del Rio, mais il a dit quelque chose... et il s'en est vanté.

— Il est mort, hein ?

— Oui.

— Merci, dit Rex. Tu m'as évité d'avoir à faire appel à quelqu'un pour s'en occuper.

Smiley hocha la tête, même si Rex ne pouvait pas le voir.

— Oublie que je t'ai appelé, si tu préfères...

— Je préfère que tu me dises ce qui t'empêche de dormir, réplique Rex d'un ton neutre.

— D'accord. Je cherchais à le retarder pour laisser le temps à mon équipe d'arriver. Je l'ai provoqué, j'ai parlé de toi, je l'ai chauffé en lui disant que tu allais le traquer pour le tuer de tes propres mains. Ce n'était peut-être pas la meilleure idée, mais je faisais tout pour gagner du temps.

Il marqua une pause avant d'aller droit au but.

— Castillo prétendait qu'il était le père biologique de ton fils. Il a dit qu'il était assez souvent avec ta femme pour que David soit de lui.

À sa grande surprise, Rex éclata de rire.

— Mon fils est le mien et celui de Raven. Il n'a jamais été celui de ce connard, et il ne le sera jamais.

Smiley resta sans voix.

— Écoute, reprit Rex. Je suis en paix avec ce qui est arrivé à Raven. Est-ce que j'ai toujours envie de buter chaque enfoiré qui a posé la main sur elle ? Évidemment. Mais je ne peux pas. J'ai choisi de me concentrer sur la vie qu'on mène à présent, sur ce fils extraordinaire, brillant, gentil et compatissant qu'on élève ensemble. Je suis le père de David, à cent pour cent. Même si je n'ai pas de lien génétique avec lui, ça ne change rien.

— D'accord.

— J'ai du respect pour toi, Smiley. Ça n'a pas dû être facile de me le dire, mais ça compte énormément pour moi. Tu sais que ce n'était pas très malin de le provoquer, n'est-ce pas ?

— Je sais. Tout de suite après, il a donné l'ordre à ses hommes de me descendre. J'aurais mieux fait de parler météo.

Rex ricana.

— L'expérience m'a appris qu'il valait mieux coller une balle dans la tête et éviter la conversation. C'est plus simple.

— Je m'en souviendrai la prochaine fois.

— Tu ferais bien.

— Ce que tu as déjà fait, et que tu fais encore... c'est très important, dit sincèrement Smiley.

— Je le pense aussi. Chaque femme et chaque enfant qu'on sauve est une victoire. Et je dormirai toujours tranquille après avoir tué un type qui croit qu'il peut faire ce qu'il veut des femmes.

— Amen.

— Merci pour ton coup de fil. Que Castillo aille se faire foutre. Qu'ils aillent tous se faire foutre. Moi, je vais vivre ma vie, être heureux, rire, et profiter de chaque journée. Ça me suffit.

Il avait raison. Rex avait vécu un enfer avec sa famille, et il s'en était remis. S'il pouvait être heureux... Smiley aussi.

— Si un jour tu passes en Californie du Sud, on serait ravis de te voir.

— Je ferai en sorte que ça arrive. Retourne te coucher, Smiley, tu peux dormir tranquille. C'est un ordre.

Smiley pouffa de rire.

— Tu n'es pas mon commandant.

Rex se contenta de ricaner avant de raccrocher.

Smiley se sentait plus léger. Il se leva, et s'arrêta net en apercevant Bree adossée au mur.

— Je ne voulais pas te réveiller, s'excusa-t-il.

— Tu ne m'as pas vraiment réveillée. Enfin… pas totalement. Tu me manquais.

Elle s'avança vers le canapé, le poussa à s'assoir, puis se lova contre lui, les genoux repliés, les pieds sur le coussin.

— On dirait qu'il l'a bien pris.

Smiley ne fut pas surpris qu'elle ait deviné qui il appelait. Elle avait aussi entendu Castillo.

— Oui, répondit-il.

— Pour ce que ça vaut, je pense que Castillo mentait.

Smiley n'en était pas convaincu, mais il ne la contredit pas.

— Ça n'a pas dû être facile de lui dire ça.

— Effectivement.

— Ça fait partie des choses que j'aime chez toi, Jude Stark, avoua-t-elle en levant les yeux vers lui. Tu fais ce qui est juste, même quand ça te coûte.

Sa remarque lui réchauffa le cœur plus que jamais.

— Merci.

— De rien. Maintenant… même si c'est le milieu de la nuit et qu'il est trop tôt pour que je te saute dessus, on peut retourner au lit ?

Smiley se leva et la souleva aussitôt.

— Je crois que j'aime bien quand tu me portes.

— Tant mieux, parce que j'adore te porter.

Il l'installa sous la couette avec lui, et le sentiment de paix qui l'envahit quand elle posa la tête sur son épaule et passa la jambe sur sa cuisse était presque effrayant.

— Je t'aime, Smiley. J'ai toujours su que Jude Stark était un nom de super-héros, et tu me le prouves chaque jour. Je ne parle pas seulement du fait que tu as dévalé une gouttière de neuf étages alors que j'étais sur ton dos, ou de la manière dont tu as géré deux flingues pointés sur ta tête, ni de tout ce que tu fais en mission. Je parle du fait que tu appelles un ami parce qu'une rumeur le concernant te trotte en tête. Ou que tu me portes parce que ça te fait plaisir. Ou que tu me prépares le dîner. Ou que tu m'as organisé une soirée avec les amis pour m'accueillir. Ou de tous ces petits gestes que tu fais chaque jour pour rendre ma vie plus légère et plus belle. Tu es mon super-héros, Smiley. Je t'aime tellement.

— Je suis juste un homme qui veut simplifier la vie de sa compagne, protesta-t-il.

— Et tu le fais très bien, je t'en suis reconnaissante.

— Je t'aime, dit Smiley en l'embrassant sur la tête.

Elle l'embrassa sur le torse.

— Je t'aime aussi. Et quand je serai guérie, fais attention... Je compte bien te montrer à quel point.

— J'ai hâte, répondit-il avec un sourire béat.

— Je peux te demander quelque chose ?

— Ce que tu veux, quand tu veux.

Elle regardait quelque chose de l'autre côté de la pièce. Il suivit son regard jusqu'à l'étagère.

— Je veux réparer ton ours, lâcha-t-elle soudain.

Smiley éclata de rire.

— C'était pas censé être drôle ! protesta-t-elle.

— Depuis combien de temps tu y penses ? On est là, au lit, fatigués, en train de parler de super-pouvoirs, et toi, tu t'inquiètes pour Beary.

— J'adore ce nom, dit Bree en affichant un grand sourire.

C'était idiot, un truc d'enfant. Smiley avait un rapport

complexe avec cette peluche. Il y avait des bons souvenirs, et d'autres... moins bons. C'était la seule chose qu'il avait emportée en quittant sa maison pour de bon.

— Je pense juste qu'il mérite un petit lifting, reprit Bree. Vous avez traversé beaucoup de choses tous les deux, mais tout ça est derrière vous maintenant. Vous êtes libres.

Cela valait aussi pour elle et lui. Et elle avait raison, réparer Beary serait cathartique. Le voir *revivre* aussi.

— D'accord, acquiesça Smiley.

— Vraiment ? s'exclama Bree, ravie.

— Vraiment.

— Super !

Sa copine était une vraie gamine... et il n'aurait changé cela pour rien au monde.

— On peut dormir, maintenant ? grommela-t-il pour la forme.

— Oui, répondit-elle avec un soupir de satisfaction en se blottissant contre lui.

Bree s'endormit instantanément. S'il ne l'avait pas déjà vue s'endormir en une fraction de seconde, il aurait pu croire qu'elle faisait semblant. Il ne s'en plaignait pas : cela signifiait qu'elle ne ressassait plus les horreurs qu'elle avait vécues récemment.

Smiley sourit en regardant le plafond, ravi de constater qu'elle pouvait baisser la garde et qu'elle lui faisait confiance quand elle était vulnérable.

Il s'endormit avec ce sourire... et se réveilla de la même manière.

Il tenait dans ses bras la seule personne qui avait su alléger la culpabilité qu'il portait depuis toujours à cause de ses parents. Celle qui l'aimait pour ce qu'il était, avec ses défauts.

C'était ça, la vie. Il ne s'agissait pas d'argent, ni de la taille de la maison ou de la voiture, ni même du nombre d'amis – même si c'était important. C'était trouver quelqu'un capable de voir au-delà des failles... et d'aimer quand même. Bree était cette personne, et il lui rappellerait chaque jour à quel point elle comptait pour lui, et à quel point il l'aimait.

ÉPILOGUE

Dix ans plus tard

— Tu es nerveuse pour la semaine prochaine ? demanda Bree à Addison tandis qu'elles se tenaient au bord des trampolines en essayant de garder un œil sur tous les enfants qui sautaient d'une plate-forme à l'autre.

— Non, répondit fermement Addison. Il est largement temps.

— MacGyver était super-réticent, non ?

Addison pouffa de rire.

— C'est peu dire. Mais Artem veut faire ça depuis des années. C'est la seule chose qu'il a demandée comme cadeau de fin d'études. Il sait qu'une fois à la fac, il sera bien trop occupé pour y aller.

— Alors, jusqu'où Tex est allé avec les histoires de traceurs ? demanda Bree en souriant jusqu'aux oreilles.

Addison leva les yeux au ciel.

— Seigneur… Je l'aime, mais quatre traceurs chacun, c'est franchement un peu trop.

— On ne peut pas lui en vouloir. L'Ukraine est en paix depuis des années, mais il restera toujours un petit risque que quelque chose arrive pendant votre séjour là-bas.

— Je comprends. Mais MacGyver gère tout. Kevlar vient avec nous, Dude aussi. Tu savais que mon mari a aussi engagé un garde du corps pour nous accompagner ? Apparemment, le responsable du groupe touristique est un ancien Marine, et il parle couramment ukrainien.

Bree lui sourit, puis tourna brusquement la tête en entendant quelqu'un crier. Elle aperçut Violet assise sur l'un des trampolines, se tenant la jambe, déjà entourée de cinq enfants. Preacher et Safe accoururent. Elle n'avait pas l'air blessée, mais elle était clairement ravie d'être au centre de l'attention.

— Cette gamine est tellement gâtée, dit Addison en riant.

— Elle a l'habitude que les garçons se mettent en quatre pour elle.

— Vous parlez mal de ma fille, plaisanta Maggie en arrivant avec Josie.

— Ta gamine est pourrie gâtée jusqu'à la moelle, lança Bree.

— Exactement, répondit Maggie sans se formaliser.

— Où est Amelia ? demanda Addison à Josie.

— Avec son père. Elle était fatiguée, expliqua Josie en désignant Blink, assis à une table avec leur fille de deux ans dans les bras.

— Et toi, comment tu tiens le coup ? demanda Addison.

Des triplés en pleine crise des deux ans, ce n'est pas vraiment ce qu'il y a de plus simple au monde.

— Je n'imagine même pas en avoir trois à cet âge, admit Remi en rejoignant le groupe. Je me souviens quand Vinny avait cet âge-là. J'avais juré ne plus jamais avoir d'enfant, tellement j'étais épuisée à courir derrière lui.

— Tu as clairement changé d'avis, ricana Bree. Parce que Mason est arrivé deux ans plus tard.

— Et sa crise des deux ans à lui, c'est le moment où j'ai décrété que c'était fini, répliqua Remi. Mon père était déçu. Je crois qu'il aurait adoré que j'aie huit gamins. Mais deux, c'est bien assez.

— Blink s'en sort super bien avec notre tribu, fit remarquer Josie.

— Je n'arrive pas à croire que tu aies eu des jumeaux, puis des triplés, dit Addison en secouant la tête. C'est de la folie.

— Ce n'est pas comme si je l'avais prévu ! répondit Josie. Et de la part de quelqu'un qui en a cinq, c'est l'hôpital qui se fout de la charité.

— Oui, mais les miens sont plus grands, répliqua Addison.

— En parlant de ça... comment va Ellory ?

— Elle va super bien. Elle vient de finir sa première année avec les *Peace Corps*. On s'inquiète beaucoup pour elle là-bas, au Gabon. Je croyais que MacGyver allait faire une syncope quand il a appris qu'elle partait en Afrique pour enseigner, mais elle adore ça.

— Elle vient en Ukraine avec vous, pas vrai ? demanda Remi.

— Oui. On y va tous. J'ai vraiment hâte. Artem, Borysko et Yana méritent de revoir leur pays d'origine. Yana ne se souvient pas de grand-chose, mais Artem et Borysko, si.

— Ça m'impressionne qu'Artem entre en prépa de droit cet automne.

— Il a toujours dit qu'il voulait aider ceux qui n'avaient pas les moyens ou la possibilité de s'aider eux-mêmes.

— Je n'en reviens pas qu'il ait choisi de faire sa fête de fin d'études ici, dit Maggie. Il pourrait être en train de traîner avec ses potes, mais non : il choisit un parc de trampolines pour que tous ses petits cousins s'éclatent. C'est vraiment un bon gars.

— C'est vrai, confirma Addison, remplie de fierté.

— Oh ! Voilà Kelli. C'est mon tour de porter la petite ! s'exclama Wren en se précipitant vers la jeune maman.

Sa fille avait six mois, c'était la plus jeune de tout leur groupe. Elle était particulièrement précieuse, après tout ce que Kelli et Flash avaient traversé pour l'avoir : des années de traitements, d'essais, d'échecs. Ils avaient fini par renoncer, se contentant de leurs chiens et chats... puis elle était tombée enceinte.

Les trois derniers mois, elle avait dû rester alitée pour éviter de perdre le bébé, et la naissance de Désirée avait été un immense bonheur partagé par tous.

— Pas juste ! protesta Bree. Je ne l'ai même pas encore portée aujourd'hui.

— Tant pis pour toi ! chantonna Wren en récupérant la petite.

— Regardez-nous, dit Remi en secouant doucement la

tête. Qui aurait imaginé qu'on en arriverait là ? Il y en a combien, maintenant ?

— Avec Kevlar, vous en avez deux, répondit Wren. Moi, j'en ai une. Josie et Blink en ont cinq, Maggie et Preacher, trois, Addison et MacGyver en ont aussi cinq, Kelli et Flash ont leur petite Des... et Bree est la seule d'entre nous à être intelligente, puisqu'elle n'en a aucun.

— Dix-sept gamins, ricana Maggie. C'est dingue.

— Le plus dingue, c'est que la plupart sont des garçons, lança Wren. Qu'est-ce qu'on a fait pour mériter ça ? lança Wren.

Bree rayonnait en regardant ses amies. Les cris de joie et les éclats de rire des enfants résonnaient dans toute la salle. Ils avaient privatisé les lieux pour la fête de fin d'études d'Artem. Il avait invité quelques amis proches, et les plus grands surveillaient les plus petits. Surtout Logan et Violet, qui avaient quatre et cinq ans.

Brody et Cody, les jumeaux de Josie, jouaient les petits chefs, comme à chaque fois qu'ils retrouvaient leurs cousins. Arlo, le fils d'Addison et MacGyver, et Ben, celui de Maggie et Preacher – les deux plus âgés, dix ans – ignoraient tout le monde, complotant sûrement un truc dangereux.

Borysko, fidèle à lui-même, était assis à une table avec deux copains, un hamburger à la main... ce qui n'étonnait pas Bree : il avait un appétit sans fond.

Yana, quinze ans, adolescente typique, supportait à peine le chaos ambiant et préférait ses vidéos et ses copines... mais aujourd'hui, elle jouait avec Tony et Walker, deux des triplés de Josie.

Bree balaya la salle du regard et vit les hommes, devenus

ses amis au fil des ans, occupés à amuser ou calmer leur progéniture. Leur retraite approchait, et aucun n'était vraiment prêt. Ils aimaient la Navy, et tout ce qu'ils avaient fait pendant ces années. C'était étrange de tout arrêter en ayant encore de si jeunes enfants.

Mais aucun n'avait prévu de rester inactif : ils avaient tous des projets. Ils n'étaient pas du genre à s'affaler devant la télé une bière à la main.

Kevlar sautait sur un trampoline avec Vinny et Mason, huit et six ans. Safe veillait sur Violet en tenant Logan par la main. Blink surveillait tout le monde depuis sa table, Amelia endormie dans les bras. Ses fils étaient de vrais diablotins, mais en général, un seul regard noir suffisait à les calmer.

Après avoir laissé Violet à Safe, Preacher se tenait près de Blink avec Milo dans les bras, son petit garçon d'un an, adopté et atteint de trisomie 21 – quasiment aussi gâté que Désirée et Violet.

MacGyver venait de quitter la table où se trouvait Borysko pour retourner sur les trampolines.

Flash aidait Yana avec les triplés, et courait derrière eux alors qu'ils hurlaient de rire.

Quant à Smiley... il avait tellement changé en dix ans. Il ne serait jamais expansif, mais en le voyant sauter sur un trampoline et faire l'arbitre pour Ben et Arlo dans un concours de saut, Bree était comblée.

Comme s'il sentait son regard, Smiley se tourna vers elles. Leurs regards se croisèrent, et elle sentit presque physiquement son réflexe immédiat : s'assurer qu'elle allait bien, et qu'elle n'avait besoin de rien.

Il faisait preuve d'une intuition incroyable avec elle.

Quand elle avait mal au ventre à cause des règles, il lui apportait une bouillotte. Quand elle avait la fringale, il lui préparait un en-cas sans qu'elle ait besoin de demander. Et même dix ans plus tard, il était tout aussi ardent au lit qu'au début.

Ils s'étaient mariés sur une plage ; une petite cérémonie intime avant de faire une énorme fête au *Aces*. Devenir sa femme était merveilleux, mais n'avait rien changé à ce qu'elle ressentait : elle l'aimait tellement que ça lui faisait parfois peur. Ses déploiements restaient un supplice pour elle, mais elle faisait bonne figure pour ne pas lui montrer à quel point elle détestait chaque départ.

Il s'en rendait compte malgré tout. Et un jour, il s'était excusé, mais elle l'avait incendié. Elle lui avait ordonné de ne plus jamais recommencer. C'était un SEAL exceptionnel, il aimait son travail, et ses angoisses n'étaient pas son problème.

Bien sûr, il avait aussitôt protesté.

Au final, Bree était incroyablement fière de lui. Il était excellent dans son métier, mais l'idée de le perdre était presque insupportable. Il avait fallu une longue discussion avec Caroline Steel pour qu'elle apprenne à gérer sa peur, à se rappeler qu'il travaillait avec six des meilleurs hommes qui soient, et que maintenant qu'il avait Bree, il ferait tout pour rentrer.

Et il était toujours rentré.

Ils n'avaient pas d'enfants, car aucun d'eux n'en voulait. Ils étaient largement occupés avec ceux de leurs amis, qui adoraient séjourner chez Tante Bree et Oncle Smiley : se coucher tard, manger des cochonneries, jouer à des jeux vidéo interdits chez les parents… Ils étaient l'oncle et la tante *cools*, et Bree s'en contentait parfaitement.

Sa vie était bien remplie. Son enlèvement par un trafiquant sexuel lui paraissait appartenir à une autre existence, presque une époque révolue.

Comme s'il lisait dans ses pensées, Smiley dit quelque chose à Ben et Arlo, puis s'élança vers elle et les autres femmes en rebondissant sur le trampoline.

— Oh-oh, Smiley arrive, lança Remi en plaisantant. On dirait que c'est le moment pour nous de filer.

— Vous n'êtes pas obligées de partir, protesta Bree.

Mais il était clair que ses amies étaient ravies de retourner auprès de leurs maris. Même dix ans plus tard, elles étaient toutes aussi amoureuses qu'au premier jour.

— J'ai fait fuir tout le monde avec ma mauvaise humeur ? demanda Smiley en la rejoignant.

Bree éclata de rire.

— Tu n'es plus si grognon que ça.

— Mouais, marmonna-t-il.

Elle rit de plus belle.

— Voilà ce que j'adore voir et entendre : ton rire. Tu sais bien que la première fois que je t'ai rencontrée, je me suis mis en tête de te faire sourire plus souvent ?

— Je souriais déjà, protesta Bree.

— Pas assez. Mais maintenant ? Tu es un véritable soleil pour moi. Quand je commence à faire la tête, il me suffit de te regarder, de voir ton sourire, et je me rappelle tout ce que la vie m'a offert.

Bree n'arrivait plus à arrêter de sourire.

— Tu deviens d'un mielleux… Qu'est devenu le Navy SEAL dur à cuire que j'ai épousé ?

— Il est toujours là. Mais au fil des années, j'ai appris à me foutre de ce que les gens pensent. S'ils ont envie de croire que je suis complètement sous ta coupe, grand bien leur fasse. Parce que… ils n'ont pas complètement tort.

— Tais-toi, grommela Bree.

Il lui adressa un large sourire… puis reprit son sérieux.

— Tu es heureuse.

Ce n'était pas une question.

— Pourquoi je ne le serais pas ? Je suis entourée de mes meilleurs amis, qui sont devenus ma famille. Les enfants sont en bonne santé, bien dans leurs baskets. La vie ne nous a pas épargnés, mais on s'en est sortis. On est là, ensemble, à fêter le diplôme d'Artem et son entrée à l'université de droit. Et l'an prochain, Borysko suivra – pas pour devenir avocat, mais docteur, m'a-t-il dit. Un avocat et un médecin… Qui l'aurait cru ?

Smiley effleura la joue de Bree du bout des doigts.

— Je t'aime.

Elle sentit le rouge lui monter aux joues.

— Je t'aime aussi.

— On doit rester encore longtemps ?

— Pourquoi ? s'enquit Bree, soudain inquiète. Tu te sens bien ? Il y a un problème ?

— Je me sens très bien. J'ai juste envie de faire l'amour à ma femme, et je me dis que les toilettes d'un parc de trampolines n'est peut-être pas l'endroit le plus approprié.

Bree leva les yeux au ciel.

— Non, clairement pas.

— L'un des avantages à ne pas avoir d'enfants, c'est qu'on peut le faire quand on veut et où on veut, sans risquer qu'un petit être humain vienne nous mettre des bâtons dans les roues.

— Oncle Smiley ! s'écria Arlo en bondissant sur le trampoline le plus proche. Tu sais quoi ?

Pour calmer ses ardeurs, Smiley inspira profondément avant de se tourner vers l'enfant.

— Qu'est-ce qu'il y a, mon bonhomme ?

— Papa a dit que moi et Ben, on pouvait dormir chez toi et tante Bree ! C'est trop cool, hein ?

— On dit *Ben et moi*, corrigea Smiley en soupirant.

Bree pouffa de rire.

— Adieu les plans sans enfants pour ce soir, murmura-t-elle.

— Super nouvelle, dit-il à Arlo.

Le garçon repartit aussitôt en hurlant à Ben qu'Oncle Smiley avait dit oui.

— Finalement, je ne suis plus si sûr d'attendre d'être à la maison, lâcha Smiley.

Bree l'enlaça.

— Hors de question. Mais ça me fait plaisir que tu aies envie.

Smiley recula légèrement et la regarda avec une expression que Bree ne réussit pas à déchiffrer.

— Quoi ? demanda-t-elle.

— Tu m'as offert une vie que je n'aurais jamais imaginée, même dans mes fantasmes les plus fous. Une vie parfaite. On se dispute, tu tires toujours la couette, il y a du stress...

mais je m'endors et je me réveille avec toi à mes côtés. Je ne pourrais rien imaginer de mieux.

Bree s'abandonna contre lui.

— Tu vas y avoir droit ce soir, murmura-t-elle.

Il afficha un immense sourire.

— Youpi !

Ils éclatèrent de rire une nouvelle fois. Entendre son mari dur à cuire dire *youpi* était hilarant.

Deux heures plus tard, tout le monde sortit du bâtiment. Ils avaient dépassé leur créneau d'une heure, mais ils s'amusaient tellement que personne n'avait voulu écourter. De toute façon, impossible de faire faire quoi que ce soit à l'heure prévue. Il y avait trop d'enfants, trop de *salut*, de *attends*, de *tu reviens quand* ? Partout où ils allaient, c'était le chaos, et Bree adorait ça.

Quand elle réussit enfin à mettre Arlo et Ben au lit, il était bien plus tard que l'heure habituelle, et elle était lessivée. Même sages, ces deux garçons débordaient d'énergie.

Elle entra dans sa chambre et trouva Smiley déjà installé dans leur lit. Elle fit rapidement ce qu'elle avait à faire dans la salle de bain, puis se glissa sous la couette. Malgré la fatigue, le désir l'envahit. Elle ne se lasserait jamais de son mari – ni de lui montrer à quel point elle l'aimait encore autant.

Elle retira la couette et sourit en découvrant qu'il était entièrement nu. Sans perdre un instant, elle referma sa main autour de son sexe et se pencha sur lui. Le long gémissement qu'il laissa échapper amplifia son désir. Elle avait envie de lui, tout de suite.

Une fois qu'il fut en érection, ses hanches se soulevant

légèrement à chaque mouvement de la bouche de Bree, elle changea de position. Elle remonta sa nuisette et le chevaucha. Elle guida son sexe, puis s'affaissa d'un seul coup.

Cette fois, ils gémirent ensemble.

— Chut, souffla-t-elle. Il ne faut pas que l'un des gamins débarque pour voir ce qui se passe.

— Je voulais te goûter, protesta Smiley en faisant la moue.

Bree pouffa de rire en le voyant faire cette tête.

— Quoi ? C'est la vérité.

— Plus tard, trancha-t-elle. Là, j'ai besoin de mon mari.

Peu importait combien de fois elle se retrouvait au-dessus de lui : Smiley finissait toujours par reprendre le contrôle. Ce soir ne fit pas exception. Ses mains se posèrent sur ses hanches, et il la fit descendre sur lui, inlassablement, plus fort à chaque fois. Le claquement de leurs peaux résonnait dans la chambre.

Avant qu'elle n'ait le temps de protester, Smiley la bascula sur le dos. Il continua à la prendre tout en plongeant son regard dans le sien.

— Je t'aime, dit-il.

— Je t'aime aussi.

Ensuite, ils firent l'amour en silence, absorbés par la tendresse, le désir et la complicité qui vibraient entre eux, chacun se nourrissant du plaisir de l'autre. Il ne fallut pas longtemps avant que Smiley émette ce petit grognement adorable qu'il faisait toujours juste avant l'orgasme, restant profondément en elle tandis qu'il se déversait.

Bree ne fut pas déçue de ne pas avoir encore joui. Elle savait que son heure viendrait. Littéralement.

Il se retira et baissa la main pour caresser son clitoris. Au bout de dix ans, il savait exactement ce qui la faisait vibrer.

Après coup, il remonta la couverture sur eux et se coucha à moitié sur elle, la tête posée sur sa poitrine, le souffle encore un peu court.

Bree adorait ces moments-là. Caresser les cheveux de Smiley pendant qu'il se reposait sur sa poitrine lui donnait un sentiment de paix... et de désir.

Certes, leur mariage n'était pas parfait. Ils se disputaient, ils s'agaçaient entre eux. Mais ils en discutaient toujours, et réglaient les désaccords pour s'endormir ensemble. Elle ne pouvait rien demander de plus.

— Je l'ai vu, tu sais, dit soudain Smiley.

— Vu quoi ? Qu'est-ce que tu veux dire ?

— Ça. Nous. Je l'ai vu aussi clairement que si un film était projeté derrière mes yeux le jour où j'ai ouvert la porte de cette voiture, et que je t'ai vue ligotée sur cette banquette arrière. C'est pour ça que je n'ai pas pu te laisser partir.

Bree eut instantanément les larmes aux yeux.

— Je sais que peu de gens croient au coup de foudre. Mais moi... c'est ce qui m'est arrivé.

Ils en avaient déjà parlé, mais entendre une fois de plus son mari lui dire comment il était tombé amoureux d'elle dès la première seconde lui donna la chair de poule.

— Pour moi, ça n'a pas été aussi rapide... mais je n'arrivais pas à sortir ton nom de ma tête. Jude Stark. C'était synonyme de sécurité. C'est ça qui m'a amenée ici... vers toi.

Smiley releva la tête et appuya le menton sur ses mains.

— Je n'ai jamais aimé mon prénom. Il me rappelait un

père qui frappait ma mère. Il y a son ADN dans mes veines. Mais aujourd'hui, grâce à toi... j'en suis fier.

— Tu peux l'être, depuis toujours.

Il haussa les épaules.

— Peut-être. Peut-être pas. Mais avec toi à mes côtés, j'ai l'impression que tout est possible. Merci.

Cet homme... Sous sa carapace de dur à cuire, ce n'était qu'un gros nounours, et elle l'aimait à en crever.

Il esquissa un petit sourire en coin, puis commença à descendre lentement le long de son corps... juste au moment où un bruit de vomi dans la salle de bain les figea tous les deux.

— Bordel, jura Smiley en laissant tomber sa tête sur son ventre.

Ce n'était pas drôle, mais Bree ne put s'empêcher de sourire.

— Le roi des empêcheurs-de-baiser frappe encore. J'y vais.

— Non, reste là. Je m'en occupe.

— Je parie sur le combo bol de popcorn, guimauves, plus énorme banana split, ajouta Bree.

Smiley grimaça.

— Ouais... ce n'était pas notre meilleure idée, mais merde. On est le tonton et la tata cools. Ils apprendront la modération.

Bree haussa un sourcil.

Smiley ricana.

— Ou pas.

Il se pencha pour l'embrasser sur le front.

— Dors, mon cœur. Si c'est sérieux, je te préviens.

— Je t'aime.

— Moi aussi.

Elle le regarda enfiler un pantalon de pyjama en flanelle qui traînait par terre et un T-shirt, avant de sortir d'un pas assuré. Elle se tourna sur le côté et écouta la voix étouffée de Smiley en train de rassurer l'enfant malade.

Elle s'endormit en se disant qu'elle était la femme la plus chanceuse du monde. Elle avait les meilleurs amis, et certains des meilleurs enfants qui soient. Si elle avait des questions sur la Navy ou sur la vie, elle pouvait toujours se tourner vers Caroline et les autres. Son mari était généreux, gentil, et le meilleur amant qu'elle ait jamais eu. Il était entouré d'amis qui étaient comme une véritable famille, et qui seraient toujours là pour eux.

Des années plus tôt, quand elle était terrorisée, attachée à l'arrière de cette voiture, prête à être emmenée pour être utilisée comme un objet sexuel, elle n'aurait jamais imaginé que sa vie prendrait cette tournure ; ni quand elle se trouvait dans cette cage, à l'arrière de ce camion, ou sur ce bateau, destinée au même sort.

La vie était étrange. Elle pouvait être atroce, terrifiante, puis en une seconde, devenir magnifique. Les hauts et les bas étaient difficiles à encaisser, mais finalement, les personnes qu'on choisissait d'avoir autour de soi étaient celles qui permettaient de tenir.

Et Bree avait certainement les meilleures. Elle ne changerait rien à ce qu'elle avait vécu, car ça l'avait menée à Smiley.

* * *

Je sais qu'après chaque série, je vous remercie toujours, cher fidèle lecteur. Mais je vous suis sincèrement reconnaissante d'avoir suivi toute la série et d'être arrivé au dernier tome. Celui-ci était assez amusant, car j'ai pu faire revenir beaucoup de mes personnages originels. Et je sais que c'était un peu méchant de ma part de remonter jusqu'à *Un Protecteur Pour Fiona* et de faire revenir un méchant de cette histoire. Mais comme toujours, mes héroïnes sont coriaces, et l'amour triomphe du mal.

Si vous n'avez pas encore commencé ma nouvelle série, *Les Anges Gardiens*, j'aimerais beaucoup que vous lui donniez une chance. Elle est disponible, et met en scène une équipe de pilotes d'hélicoptères des *Night Stalkers*. Le premier tome s'intitule *Un ange pour Laryn* (le héros est le jumeau de Blink, que vous avez rencontré dans cette série).

Restez forts, soyez heureux, soyez gentils, et continuez à lire !

~Susan

DU MÊME AUTEUR

<u>Autres livres de Susan Stoker</u>

<u>Forces Très Spéciales : Alliance</u>

Un protecteur pour Remi

Un protecteur pour Wren

Un protecteur pour Josie

Un protecteur pour Maggie

Un protecteur pour Addison

Un protecteur pour Kelli

Un protecteur pour Bree

<u>Au Repos du Guerrier</u>

Le Soldat

Le Marin (3 Mars 2026)

Le Pilote

Le Garde-Côtes

<u>Les Anges Gardiens</u>

Un ange pour Laryn

Un ange pour Amanda

Un ange pour Zita (10 Feb)

Un ange pour Penny

Un ange pour Kara

Un ange pour Jennifer

<u>*Le Fruit du Hasard*</u>

Le Protecteur

L'Aristocrate

Le Héros

Le Bûcheron

<u>Hawaï : Soldats d'élite</u>

Un paradis pour Élodie

Un paradis pour Lexie

Un paradis pour Kenna

Un paradis pour Monica

Un paradis pour Carly

Un paradis pour Ashlyn

Un paradis pour Jodelle

<u>Sauvetage à Eagle Point</u>

Un sauveteur pour Lilly

Un sauveteur pour Elsie

Un sauveteur pour Bristol

Un sauveteur pour Caryn

Un sauveteur pour Finley

Un sauveteur pour Heather

Un sauveteur pour Khloe

<u>*Le Refuge*</u>

Un soutien pour Alaska

Un soutien pour Henley

Un soutien pour Reese

Un soutien pour Cora

Un soutien pour Lara

Un soutien pour Maisy

Un soutien pour Ryleigh

Silverstone

Pour la confiance de Skylar

Pour la confiance de Taylor

Pour la confiance de Molly

Pour la confiance de Cassidy

Delta Force Deux

Un refuge pour Gillian

Un refuge pour Kinley

Un refuge pour Aspen

Un refuge pour Jayme

Un refuge pour Riley

Un refuge pour Devyn

Un refuge pour Ember

Un refuge pour Sierra

Forces Très Spéciales : L'Héritage

Un Sanctuaire pour Caite

Un Sanctuaire pour Brenae

Un Sanctuaire pour Sidney

Un Sanctuaire pour Piper

Un Sanctuaire pour Zoey

Un Sanctuaire pour Avery

Un Sanctuaire pour Kalee

Un Sanctuaire pour Jane

Mercenaires Rebelles

Un Défenseur pour Allye

Un Défenseur pour Chloé

Un Défenseur pour Morgan

Un Défenseur pour Harlow

Un Défenseur pour Everly

Un Défenseur pour Zara

Un Défenseur pour Raven

Ace Sécurité

Au Secours de Grace

Au Secours d'Alexis

Au Secours de Bailey

Au Secours de Felicity

Au Secours de Sarah

Forces Très Spéciales Series

Un Protecteur Pour Caroline

Un Protecteur Pour Alabama

Un Protecteur Pour Fiona

Un Mari Pour Caroline

Un Protecteur Pour Summer

Un Protecteur Pour Cheyenne

Un Protecteur Pour Jessyka

Un Protecteur Pour Julie

Un Protecteur Pour Melody

Un Protecteur pour l'avenir

Un Protecteur Pour Les Enfants de Alabama

Un Protecteur Pour Kiera

Un Protecteur Pour Dakota

Un protecteur pour Tex

Delta Force Heroes Series

Un héros pour Rayne

Un héros pour Emily

Un héros pour Harley

Un mari pour Emily

Un héros pour Kassie

Un héros pour Bryn

Un héros pour Casey

Un héros pour Wendy

Un héros pour Mary

Un héros pour Macie

Un héros pour Sadie

Un héros pour Annie

Autre

Un moment suspendu : Recueil de nouvelles

<u>AUDIO</u>

Un paradis pour Élodie

À PROPOS DE L'AUTEUR

Susan Stoker est une auteure de best-sellers aux classements du New York Times, de USA Today et du Wall Street Journal. Elle a notamment écrit les séries Badge of Honor: Texas Heroes, SEAL of Protection et Delta Force Heroes. Mariée à un sous-officier de l'armée américaine à la retraite, Susan a vécu dans tous les États-Unis, du Missouri jusqu'en Californie en passant par le Colorado, et elle habite actuellement sous le vaste ciel du Tennessee. Fervente adepte des fins heureuses, Susan aime écrire des romans où les sentiments laissent place au grand amour.

http://www.StokerAces.com

 facebook.com/authorsusanstoker

 x.com/Susan_Stoker

 instagram.com/authorsusanstoker

 goodreads.com/SusanStoker